José Luis Castillo-Puche

Conocerás el poso de la nada

José Luis
Castillo-Puche

Conocerás el poso de la nada

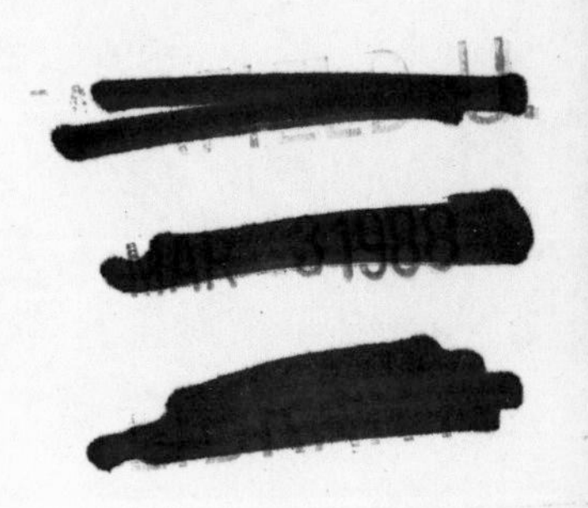

Ediciones Destino
Colección
Áncora y Delfín
Volumen 567

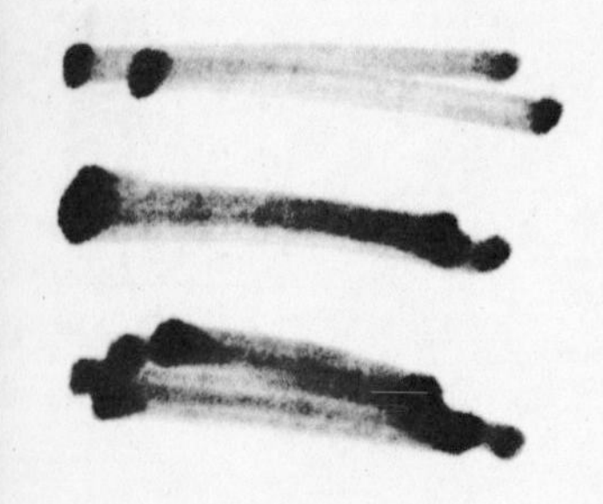

Consejo de Ciento, 425. Barcelona-9
Primera edición: abril 1982
ISBN: 84-233-1214-3
Depósito Legal: B. 14.988-1982
Impreso por Gráficas Instar, S. A.
Constitución, 19. Barcelona-14
Impreso en España - Printed in Spain

A Paco Lozano, pintor para la angustia y para el sosiego.

«Ahora bien, debemos pensar en un libro como una uña clavada en la vida de un hombre.»

JOHN STEINBECK

Ahondando, escarbando, quitando las nieblas de la memoria como quien quita piedras del camino, palpando dolorosamente con la palma de la mano el filo corroído del corazón, punta que era como una lengua golosa de probar las dulzuras del mundo, meollo estrujado por las angustias de la muerte, no de una sola muerte sino de tantas muertes en una, todas las muertes en una sola, todas las muertes juntas, apiñadas, amontonadas sobre el cuerpo exangüe de tu madre, y aquí llegas por fin a aquel lejano día, que te golpea el sueño y la vigilia sin remedio ni fin, el día en que dejaste la carne de tu encarnación al pudridor mandato de la tierra, y su nombre quedó escrito por ti sobre el yeso blando todavía de la pequeña muralla de ladrillo, y una cruz pintada con trazo vacilante y torpe, como de la mano de un niño, y casi un niño eras –recuérdalo bien–, y sin embargo rápidamente, casi sin transición, con el machete por lustrar, te pusieron un fusil en la mano, que ya servía, vaya si servía, para la lucha cuerpo a cuerpo, y servía, vaya si servía, para matar, quién sabe a quién, podía ser a tu hermano Manolo, que se había ido derecho al bando de enfrente, y viva la guerra, ¡adelante!, «de frente, marchen», «march», huyendo hacia adelante, que es la guerra, así es la guerra, y cuando te fuiste todavía acaso estaba la tierra caliente de su cuerpo frío, del cementerio a la carretera, hacia adelante, hacia nuevas zanjas abiertas, acaso para ti o para tus hermanos, y te fuiste, parece mentira, hacia las trincheras, empujado por aquel tipejo que escupía palabrotas y blasfemias, y que para bromear se ponía el gorro al revés, y creía que hacía mucha gracia, el muy cabrón, mientras acaso el viento y la lluvia habían borrado ya el improvisado nombre, y hasta la hierba habría crecido suave y tierna sobre la huella de mis rodillas, y qué cosas tiene la vida, que nuestro camión había de pasar rozando los muros de aquel cuadrilátero donde quedaba ella, flor disuelta en las nadas que Dios creó no sabemos para qué ni por qué, respuestas indiferentemente relegadas al olvido sin palabras posibles, infinita soledad que se crispaba a la menor revuelta de cualquier camino, ah, la furia indetenible de la revolución, que no puedo saber el tiempo que pasó, ni en qué me entretuve, mientras las nubes desfilaban sobre el Malecón como panzas de burra arrastradas por la corriente, cuando fui detenido por indocumentado en el coche de viajeros de Hécula, y por llevar algo de ella llevaba su sortija, y cuando me la vieron aquellos bestias me llamaron maricón, y me empaquetaron como si fuera un delincuente, y así fue cómo nuestra casa de la calle San José quedó cerrada para siempre como una caja de muerto, nunca más volvería para abrirla, que hasta la vendí a distancia como quien tiene un tío en La Habana, y las ventanitas de El Algarrobo quedarían ciegas y sordas, hasta para la música del chorro de agua sobre la balsa, que todo quedó atrás, y la carretera enfilaba el frente de combate recta como una jabalina tirada desde el origen, y en el horizonte moría el sol en medio de un manadero de sangre, mientras tú, Pepico, eras ya allí, imberbe y perplejo, un recluta de la libertad, «otro recuperado de la hostia», como gritaba el capitán que mandaba aquel contrasentido –creo que se llamaba Castañeda–, y yo, lo reconozco aún ahora, me sentía demasiado joven para la guerra, y desde luego más preparado para morir que para matar, abrumado por mi conciencia derrotada de aspirante a cura, y de pensar en matar algo, tenía que ser, por supuesto, lo primero, mi miedo, mi puro, insondable miedo, miedo a todo, pero sobre todo miedo a la muerte, mientras mis compañeros «recuperados» se hacían los bravos y cantaban canciones obscenas, ¿dónde podían haberlas aprendido, recién salidos del seminario?

Pero mi inocencia iba a terminar muy pronto, mientras la camioneta chirriaba hacia arriba que casi se ahogaba en las zigzagueantes vueltas, y la carga asustada de reclutas, unos encogidos de puro miedo y otros disimulando con bravatas, rebullíamos como un auténtico ganado irracional e instintivo, en un crepúsculo que recuerdo interminable entre los que cantaban su pena y los que bebían su llanto, y fue entonces cuando, casi ya anochecido, creyendo acaso que la penumbra le amparaba, uno de los «recuperados», cuando cruzábamos sobre un puente, saltó de repente desde la carretera al vacío, lo que faltaba, que todos nos quedamos mudos, y el parón inmediato, y todos rodeados de pronto de mujeres y niños, y unas que gritaban «pobrecico», «pobrecico», y acudimos a ver cómo se había quedado sin rostro y sin voz aquel cuerpo que hacía unos minutos tenía mirada y voz y calor, y el capitán que sólo supo decir y repetir «un hijo de puta menos», y poco a poco se nos fue borrando enseguida el flequillo y las pecas del despeñado, y tuvimos que parar y esperar a que llegara el juez y se hiciera cargo del cadáver, y el médico forense del pueblo, y todos rodeados de niños y mujeres, y viejos, y cuando las diligencias terminaron, continuamos en la camioneta fantasmal, todos en cuclillas, y ya nadie cantaba, y yo me sentí por primera vez con el fusil en la mano, agarrado a él como a un palo de náufrago, un palo que ardía, que quemaba la mano, y no sabía cómo agarrarlo, ni cómo ponerlo, ni cómo hacerlo pasar por algo normal, algo natural que me habían puesto entre las manos, y lo sentía ajeno, separado de mí y al mismo tiempo clavado en mi carne, pegado a mi carne como se pega la vestidura de los quemados, y mis manos blandas, débiles, demasiado blancas se apretaban sobre el hierro como tratando de hacerse fuertes, de hacerse duras y capaces de sostener aquello que mi mente rechazaba y mis manos agarraban con fuerza, y trataba de pensar mientras cruzábamos La Mancha en una madrugada de silencio escarchado, y al fusil no lo miraba ni una sola vez, sólo lo sentía y lo apretaba y a veces lo acariciaba, no sé por qué, porque no podía pensar por qué, no podía pensar nada, sólo en el cementerio donde quedaba ella, pequeño y triste gurruño de vida apagada, y fuimos bajando todos las cabezas hasta encogernos dentro del capote, y yo recuerdo que la tela del cuello me rozaba la boca y entonces la chupé como si fuera un caramelo, y tenía un sabor agradable, raro, y las únicas palabras que me resonaban en la cabeza, aunque creo que no las había oído ni una sola vez, eran las de «cuerpo a cuerpo», «cuerpo a cuerpo», como algo que martilleaba mis sesos, que nacía de la sangre sobre mis sienes, y pensaba que tampoco ella reposaba en su tierra, como debía ser, sino que había quedado en una tierra extraña, que no era la suya de siempre, quién se lo hubiera dicho, y algún día habría que arreglar aquello, si existía ese «algún día», porque todo parecía terminar en aquel muro de oscuridad que íbamos penetrando con la camioneta renqueante, mientras los ojos intentaban imaginar la llanura, una llanura acaso cubierta de cadáveres quietos y como dormidos indiferentes a la guerra, porque la guerra sólo existe mientras estamos vivos, y de pronto un ruido lejano hizo que el capitán, que todos creíamos dormido, comenzase otra vez con sus blasfemias y a cagarse en nuestras madres, y entonces supimos lo que le pasaba, porque empezó a gritarnos: «Si viene la aviación, pararemos y todos rápidamente al suelo, ¿entendido?», sí, entendido, eso si daba tiempo, eso si nos enterábamos siquiera, extraña quietud, sabor a miedo de las puntas del capote, mientras seguíamos atravesando aquella geografía dividida en dos, mientras el silencio se masticaba en aquella absurda camioneta como un coágulo de sangre que se atraviesa en la garganta.

Pronto empezamos los controles y nos fuimos acercando al monte de fuego y humo, pero antes llegamos a un pueblo de casas quemadas, camiones parados y tropa desperdigada, y dando un salto sobre el retén de guardia el capitán Castañeda empezó a vaciar sus escupitajos y aguardientes contenidos en una retahíla de tacos, que «aquí están los quince "recuperados" del copón», decía, «bueno, los quince no, uno menos, un hijo de puta menos, porque uno, el más grande, se aplastó los sesos en un puente», y «aquí tenéis a los catorce, pues, catorce "recuperados" "re-cu-pe-ra-dos", y que se jodan pronto y bien»..., y seguía y seguía llamándonos «recuperados del copón» y «recuperados de la hostia», y parecía lleno de odio y de rabia, y entre risotadas y palabrotas nos iban empujando, y no nos llamaban nunca desertores sino «recuperados», no sé por qué, si era por cumplido o por mofa, el caso es que comenzaron a tomarnos la filiación, muy cumplidamente, y enseguida nos dejaron sueltos como el ganado entre escombros, y creímos que aquello iba a durar, pero no, que sin darnos tiempo ni a mear comenzaron a juntarnos de nuevo, y a dos que se habían escondido en un caño que atravesaba la carretera, los sacaron por la fuerza, eran casi dos niños, y allí mismo los remataron y el «recuperado» Carlos, que estaba a mi lado, comenzó a vomitar y sólo echaba un hilillo de saliva, porque no tenía nada en el estómago, y yo me agarré al fusil para no caerme, cosa ridícula, pero cierta, porque yo estaba como borracho aunque no había bebido ni siquiera agua, y recuerdo que veía mi sombra en el suelo a la luz de los focos, y no me parecía mi sombra, sino la de alguien que estuviera a mi lado, y tenía la sensación de que alguien, alguien invisible, proyectaba aquella sombra, y no podía tener más miedo, ni podía sentir más tristeza, pero eso mismo me producía ganas de moverme y hasta de hablar, y cuando pidieron voluntarios, sin saber para qué, me ofrecí, y lo primero que me tocó fue enterrar a los dos fusilados, y yo debía de tener un aspecto bien lamentable, porque el capitán y el comisario se reían y sé que se reían de mí; pero yo tenía la boca seca como si hubiera masticado tierra, y el pulso me temblaba como el sexo de un niño cuando recién sacado del baño le echan polvos de talco, y las costras de la sangre me salieron fácilmente con sólo restregar un poco con tierra y agua, tierra tan roja como la sangre y un agua tan fría como el corazón de un muerto; y yo quería rezar pero no recordaba bien ninguna oración, parecía mentira, y no era capaz de pasar de las dos o tres primeras palabras, y no habían pasado ni diez minutos cuando apareció sobrevolando muy bajo aquel avión gordo y pesado que fue rociando de bombas el pueblo, lo que aún quedaba en pie del pueblo, la estación, la vía del tren, un viejo convento, el depósito del agua, y la gente corría a esconderse como cuando en Hécula, una vez, se había escapado un toro por las calles, escena que yo había visto de pequeño, y se me había quedado muy grabada, y ahora, ante la asociación de imágenes, me dio la risa, una risa histérica, incontenible, estúpida, hasta que, de pronto, me vi con el fusil en la mano, como quien sostiene un juguete estrafalario y macabro, un fusil entre las piernas, y cuánto pesaba, un fusil para qué y contra quién, y el capitán seguía insultándonos: «Mamarrachos, pero si no sabéis ni siquiera cogerlo, camada de críos mimados, pandilla de señoritos», y seguramente tenía mucha razón en algunas cosas, que yo, por ejemplo, había dejado mis cosas escondidas como un niño que piensa volver y no quiere que nadie le toque sus juguetes, y así me iba a la guerra, me estaba acercando a la guerra sin saber lo que era el amor ni la mujer, ni la vida ni nada, «crío mimado», «señorito», quizás tenía razón, y adiós a todo sin conocerlo, adiós a la vida, adiós al sol que se había retirado entre estertores rojizos, adiós a las estrellas que aparecían indiferentes y a la luna que se cuajaba en lo alto como una flor blanca sobre la tumba de la tierra.

Y sigo escribiendo, no hay otro remedio, seguiré escribiendo por encima de todo y a pesar de todo, seguiré escribiendo entre el follaje, como decimos aquí, sí, sí, el follaje, el follaje de ella, el incendio crepitante de su sexo, muramos de una vez, ayes que rozan dentro de la conciencia los solares solitarios de la locura, y luego la fronda como una sábana aliviadora y soporífera, húmedo cobertor de verdores, pulpo vegetal que se extiende de los cienos a las cimas, paisaje que no es el mío, no es el de tu raíz ni el de tus yemas, pero que acabará siendo el de tu frontera con la lluvia y con el amor, con las nubes y los humos, con la nostalgia y el recuerdo, y cada noche, y muchas tardes, y casi siempre mi vida colgada de la rama verde de Herminia –sí, tengo que hablar de Herminia, no tendré más remedio que hablar de ella–, un cuerpo blanco como un río que se enciende de peces devoradores, larga garganta de ángel flautista caído en el asombro, cabellos sedosos como una catedral derramada de miel en la aurora, ojos lentos como astros de un mundo remoto, pies y manos que seguramente fueron barro y ahora son nieve bullidora y ardiente, y, sobre todo, los labios siempre sedientos, hontanar inagotable del pálpito vital, cardo del amor donde el placer se hace muerte; pero nunca sería hora de abandonar esta gozosa sepultura, tormento ahora en la ausencia –¿hasta cuándo?–, e inmóviles nos quedábamos bajo el árbol inmenso de la noche hecha silencio hondísimo de latidos y de lluvia; no, no tendré más remedio que hablar de Herminia, porque su recuerdo se sobrepone a veces a todo, hasta a aquel desarraigo total, aquel desgarrón –no disimules ni andes con más rodeos, que si Herminia, que si niños muertos, y vete derecho a lo que importa–, cuando fuiste definitivamente arrancado y sin retorno posible de las entrañas de tu madre, mejor dicho, cuando sus entrañas cálidas y tiernas te fueron arrancadas sin miramiento y sin justificación, dejándote perdido y sin norte, sin tierra debajo de los pies y sin tiempo a que agarrarte, lapso de vacío y de temeridad, y no supiste nada hasta encontrarte en aquel camión cargado de noche y de luna, aquel camión con sabor a capote y a sangre, y por eso tendré que volver al comienzo, al eterno comienzo del molino de mi existencia, porque nunca terminarás de decir toda la verdad ni de las personas ni de las cosas, por más que quieras, por más que indagues y lo intentes –habría que saber si lo intentas en serio–, y porque sólo volviendo a aquel punto donde todo terminó una vez, para comenzar de nuevo, pero ya de otra manera, sólo así te darás cuenta, sólo así conocerás el poso de la nada.

Las cosas se van preparando, se van haciendo solas, un día se suelta una palabra, otro día otra, se sonríe, se calla, siguen imponiéndose las palabras, y más aún los silencios, parece que se otorga, todos otorgan, todos son cómplices sin saberlo, todos están de acuerdo, implícitamente, clandestinamente, hasta que un día, cuando menos lo esperas, cuando tú seguías soñando, ajeno a todo, ya está, es algo decidido, inapelable, se decidió, lo decidieron, y tú ya estás en el garlito, sin comerlo ni beberlo, no sabes cómo fue, pero está hecho, está decidido, es algo firme y hasta del dominio público, y tú sin saber nada, sin haber dicho una palabra, pero es como si las hubieras dicho todas, como si fueras el primero en estar de acuerdo, y así era, ¿era o no era?, no sabrías decirlo ahora, no sabrías decir cómo se llegó a aquella seguridad, pero acaso estuviste tan de acuerdo como todos ellos, como el mandón de tío Cirilo que se había apoderado de la jabonosa voluntad de tío Cayetano, y tu madre, sobre todo tu madre, recuerda que ella estaba feliz con la idea, con el hecho inminente, inevitable, firmemente decidido, cumplido el sueño de su vida, el sueño de tu destino, «será sacerdote», y su rostro se iluminaba, y te lo pedía y te lo había pedido con lágrimas en los ojos, y no era necesario porque no se lo hubieras negado nunca, no se lo podías negar, no se lo negarías por nada del mundo, ni siquiera se te hubiera pasado por las mientes, cómo le ibas a negar nada a tu madre, y así quedó todo concluido, determinado, aunque tu hermana Rosa por aquellos días te había disfrazado de golfillo vendedor de periódicos, tampoco era eso, pero ella decía que qué rico estabas, que qué cara de sinvergüenza tenías, no, tampoco era eso, todo era broma, claro, una broma de mal gusto, según tío Cirilo, que hasta quiso romper la foto que te hicieran, pero todo iba adelante, inexorablemente, ya estaban preparadas la ropa interior y la tela para las sotanas, y el finísimo roquete bordado a toda prisa por las monjas, y las cartas que llegaban de los hijos misioneros de tío Cirilo, místicas cartas que inventaban un aire de éxtasis en toda la familia, y se leían y se releían, y se leían a los vecinos, y recuerda que no era fácil ni posible negarse, no te lo planteabas siquiera, había un aura de resignación, de aceptación, como un círculo cerrado del que no era posible salir, algo más fuerte que los muros o las rejas del seminario, otra clase de murallas que te encerraban férreamente, y hasta comenzabas a sentirte héroe o santo, soñabas con el martirio, con la acción salvadora, redentora, tú no podías ser como tus hermanos, que también habían ido por delante al seminario pero se volvieron como habían ido, en medio del gran escándalo y del gran disgusto de la familia, pero tú no, tú eras seguramente el elegido, todo hacía creer que eras el elegido, desde el principio, alguien tenía que sacrificarse por todos, y ese eras tú, no te vuelvas atrás, tú no harías lo mismo que ellos, míralos, cobardes, embotados, sin saber qué hacer en la vida, pero él sí, «este sí que lo hará», «este será feliz y nos hará felices a todos», «nos salvará a todos», no hay otra salvación que la del cielo, «este ha acertado», y era como una herencia impuesta, como una bendición, como una unción de lo alto, aquí está el corderillo sacrifical que va a poner orden y equilibrio en la balanza familiar, y ya verás cómo empezarán a llover bendiciones sobre esta casa, y hasta los compañeros te mirarán con envidia, y todo fue tan deprisa, tan encadenado, que no sabría decir cómo, cartas, consejos, despedidas, recomendaciones, adiós a los amigos, a la calle, al pueblo, y qué importaba la tristeza irremediable que irradiaba de una pequeña e insignificante persona, y esa persona era yo, pero la tristeza no nacía de mi consciencia, porque yo estaba ilusionado, mi madre era feliz, luego yo también, todo sea por ella, no había que volver los ojos atrás, y «quién sabe si no llegará a obispo», «el zagal es listo y tiene estampa, tiene madera», y «este no hará lo que sus hermanos, que no saben lo que quieren», y algo había de verdad, porque Pascual y Manolo también habían probado, pero Manolo se volvió enseguida con dolor de madre, era muy blando Manolo, mientras que Pascual que ya casi iba adelante y llevaba muy buenas notas, y escribía unas cartas tan hermosas, pues un verano, yo creo que fue después de aquella excursión al monte de Santa Ana, en que se le vio hablar a solas y un buen rato con la hija de la carnicera, con gran berrinche de tío Cirilo y de tío Cayetano, dijo que no volvía al seminario cuando ya le estaban preparando la maleta, y ni las lágrimas de nuestra madre lograron conmoverle, duro como el pedernal se plantó y hasta mandó al diablo al cura párroco que se había entrometido en el asunto, y desde entonces el genio y el carácter de Pascual se hicieron insoportables, y tío Cirilo y tío Cayetano casi le tenían miedo, hasta que se fue a Madrid, que aquello no era vida, y después de muchos bandazos y muchas cartas de recomendación, terminó en el ejército, que era lo que más le iba, como que era autoritario y andaba más derecho que una vela, y siempre con ganas de gresca, y así había de concluir en la guerra, aunque esto tampoco se puede decir, porque más blando que era Manolo y acabó igual, sólo que en la otra parte, que en nuestra casa hubo para los dos bandos.

El caso es que había que empezar el curso, aunque me llevaron con un poco de retraso, ya se iban las golondrinas y todavía los vencejos daban vueltas alrededor de las torres, principalmente de la de la iglesia vieja, melodía vesperal y matutina que ponía un poco de lírica agitación en la mansedumbre horizontal de los carros que entraban y salían del pueblo de cara a la vendimia, agreste riada de carros que se colaba en el pueblo como una puñalada de sangre olorosa, algarabía de muchachos y muchachas que se iban al campo a ganar unas pesetas y también a embriagarse junto al pámpano con el vino de la comarca y con las canciones de amor antiguas que eran el canto mañanero y vespertino de los vendimiadores, y no sé por qué cuando recuerdo aquella salida mía tengo que contraponerla como un símbolo al jolgorio de la vendimia, pero así son las cosas, que nunca sabe uno por qué unos recuerdos le traen otros, y tantas veces contra nuestra voluntad, que más quisiéramos no recordar nada y partir de cero, pero de qué cero, dónde está el cero, que para mí todo es confusión, y comienzo y no consigo seguir el hilo, porque ahora me acuerdo de aquello de la vendimia, cuando los niños picábamos de los capazos y salíamos corriendo, y en el polvo de las calles se iba cuajando el goterío espeso del mosto presentido, y todo el pueblo olía a mosto, que oler el mosto era en muchas casas un alivio a la pobreza de todo el año, y mientras algunos de mis amigos se iban a la vendimia, aunque les pagaban solamente la mitad o una tercera parte del sueldo de los mayores, pues digo que yo, aquel año, salía con mi pequeño baúl hacia la capital y hacia el seminario, y recuerda que tampoco era sólo la vendimia lo que dejabas atrás, porque había un otoño envenenado y revuelto de gritos y de mítines, y «viva la revolución», gritaban los oradores que venían desde Madrid, mientras los viejos buscaban el solecico en los bancos del parque, las mujeres se echaban sus chales negros y la feria del pueblo había terminado, ya no quedaban más fiestas, sólo el mes del rosario y luego el de las ánimas, luto sempiterno, tufo de mortaja, romería fúnebre hacia el cementerio, explosión de flores para un día de llanto, negro vacío en cada familia, en cada casa, en todas las casas, calle por calle y número por número, y el negror de las sotanas de tanto cura hacía más muerta la cal de las paredes y más vivas las ideas revolucionarias que salían de la Casa del Pueblo.

Mi experimento se consumó, y precisamente porque duró más y porque en mi caso hubo más entrega, más promesas y también más lucha interior, y esto tú, sólo tú lo sabes muy bien, tenía que ser más dramático, o quién sabe si no es todo una hipertrofia narcisista de tu propio drama, pero hay cosas que te han dejado marcado, el desgaste de sueños e ideales, el choque profundo y brutal con la propia debilidad, el dilema trágico y las dudas agotadoras que se llevaron por delante lo mejor de tu existencia, y es que, si no quieres acabar siendo un cínico redomado, si un residuo de libertad se aloja en tu corazón, si hay que vivir disimulando, engañándose uno a sí mismo, y por supuesto engañando a los demás, acaba uno por corromperse, por envilecerse, y luego viene la necesidad de anulación, de olvido total, hasta no reconocerte a ti mismo, dónde quedan los sueños, los ideales, la inocencia que te permitía ver el mundo con curiosidad gozosa, y ya no te reconoces a ti mismo, qué más da, ahí queda todo, o bien un ansia loca de identidad puede llevarte a cometer toda clase de locuras, o bien acabas flotando en la vida confundido, alienado, perplejo de ti mismo, bandazo interior y «tente tieso», y no sabrías decir si tú, en verdad, te has recuperado o no, si has logrado entroncar con aquellos años que fueron tu raíz y tu sentido, el sentido de tu vida, y si queda en ti realmente algo de todo aquello, algo siquiera para el recuerdo, quizás el recuerdo sea lo único que queda, pero un recuerdo que se te escapa, que no te pertenece, porque tú mismo lo rechazas –confiésalo–, y das vueltas y vueltas a la infancia, al antes y al después, sin afrontar aquellos años que fueron decisivos y que sólo fragmentariamente has asumido, y sin embargo aquellos años están también dentro de ti, amasados con tu persona, y tienes que afrontarlos, enfréntate a ellos, no disimules más, y recuerda, por ejemplo, cuando tío Cirilo te agarraba fuerte de la mano y arrastrándote te llevaba a la ermita, cerraba con llave por dentro, y entonces nos poníamos a recorrer los pasos, y sólo una lamparilla mortecina y temblorosa marcaba apenas los perfiles siniestros y húmedos del interior, y un paso detrás de otro, y aquí me arrodillo y aquí me levanto, pero en cada sitio había que golpear el suelo con los nudillos, como si llamáramos a una puerta fantasmal, pero yo pensaba que era como llamar a las puertas del cielo, sólo que no comprendía cómo el cielo estaba abajo, donde debería estar el infierno, y había que esperar dentro de uno mismo la divina respuesta, porque Dios nos contestaba dentro, decía tío Cirilo, y yo me excitaba esperando la respuesta, pero no oía nada, y había que seguir, y esto se hacía en verano y en invierno, cuando las piedras rezumaban y la luz de la lamparilla oscilaba agonizante, y todo aquello me asustaba aunque no podía confesarlo ni a mí mismo, y había que pedir perdón, una y otra vez, y ahora me pregunto por qué teníamos que pedir tanto perdón, pero entonces yo no me preguntaba nada, solamente obedecía y pensaba que había que pedir perdón sólo por estar allí, por vivir, por tener la osadía de vivir y seguramente había que pedir perdón por haber tenido alguna alegría en la vida, por haber jugado con algún compañero, por haber disfrutado de una golosina, no sé, no recuerdo muy bien por qué pedía yo perdón, pero creo que mi idea entonces era que había que pedir perdón por todo, por tener ojos y manos y pies, y seguramente tío Cirilo confundía el perdón con la gratitud; pero Dios, Dios que lo sabía todo, Dios callaba, por algo sería, por algo Dios callaba de aquella manera cuando el corazón se quería salir de la caja del pecho y el pavor se apretujaba en las sienes sudorosas, y cuando preguntábamos por los muertos de la familia, los muertos pasados, los presentes y los futuros, por todos había que preguntar, y entonces para mí, tío Cirilo era un muerto más, y quizás tú eras un muerto también y desde entonces no has tenido vida nunca más, porque alguna vez se escuchaban ruidos o voces, algo que no parecía de este mundo y entonces el terror te convertía en un muerto que deambula, que se arrodilla y se levanta, y una pequeña luz, que no era la de la lamparilla, te brotaba en el interior, una luz necesaria para perdurar hasta la salida, una luz que tendría que conducirte, finalmente, a la puerta cerrada por dentro, pero entretanto había que callar y esperar, arrodillarse y levantarse, llamar en las losas y esperar de nuevo, y sobre todo había que obedecer a aquella presión sobre la mano y sobre el espíritu, porque si tío Cirilo me mandaba algo y no le obedecía al instante, venían los coscorrones, y los nudillos de tío Cirilo eran duros y nudosos como los sarmientos, y algunas veces también eran cingulazos, bien contados, y a veces yo me escapaba y entonces recibía el doble, bien contado, y había que ser obediente, porque si eras obediente te dejaba subir a la torre y coger por el tejado las pelotas que se les habían quedado arriba a los niños, y algunas veces hasta me dejaba buscar nidos de gorriones o de vencejos, y tío Cirilo andaba sobre las tejas como si tal cosa, y entonces parecía de verdad un pajarraco saltarín y siniestro revolando desde su capa por encima del tejado, pero nunca nos íbamos sin hacer una visita a cada altar, uno por uno, con oraciones y saludos, y despedidas interminables, y sin soltarme nunca de la mano, bien sujeto, y para el domingo por la tarde se preparaba la visita al cementerio, que esa era otra, y allí estaban las fotos de mis hermanicos, que habían muerto casi nada más nacer, y a todos los había llevado al cielo tío Cirilo, y un poco también tío Cayetano, naturalmente, para eso era el cura de la familia, aunque menos devoto que tío Cirilo, y las fotos se las habían hecho cuando ya estaban muertos, vestidos de blanco y rodeados de flores, y yo, parece mentira, tenía pegado a la pituitaria el olor a muerto y a flores de muerto, y cuando veía las fotos me volvía aquel olor mareante y dulzón, un olor que ahora mismo percibo muy bien y que creo que no se me irá en la vida; entonces tío Cirilo me hablaba de cuando yo iba a estar en el seminario, que él me llevaría a visitar a tío Juan y a tío Pablico y a tía Rosario, que era abadesa en Orihuela, y si era bueno me regalaría un Evangelio con estampas, y a todo esto «no mires a las chiquillas», «las niñas son la tentación del demonio», «hay que cuidar los ojos, que por los ojos entra todo lo malo», y entonces yo pestañeaba rápidamente porque aquello de los ojos me ponía nervioso, y tío Cirilo seguía con su retahíla, «cuando un día te veamos en el púlpito de la Iglesia Nueva, predicando, y como habrás estudiado tanto, nos tendrás a todos con la boca abierta y tu madre, mi hermanica, verá que yo tenía razón, porque yo no quiero más que tu bien», y siempre la mano bien apretada entre las suyas, que hoy pienso que aquellas manos fueron para mí las más férreas ataduras que un niño puede soportar.

Fue la soledad, la soledad del seminario, la que me fue empujando hacia dentro de mí mismo, hacia la necesidad de acorazarme y defenderme de «los otros», y tal como me iba encerrando y conociéndome me fui percatando de que estaba lleno de avidez por la verdad y la autenticidad de las cosas, con un fondo emocional inconfesable y aterido que me hacía vulnerable a los menores roces con la realidad; pero todo iba siendo taponado y decorado con una máscara de resignación, de conformismo y hasta de disimulo; la vulgar aceptación, la rutina, los convencionalismos, los tapujos consentidos, todo iba lentamente diluyendo la capacidad de escándalo, y así fue cómo el cinismo se fue enquistando en ti sin que apenas te dieras cuenta; el Evangelio te entraba por su potencia de arrastre para los pobres y los humildes, y creías en el Jesús de las bienaventuranzas y del perdón, pero al mismo tiempo, recuérdalo, eras un ser demasiado sensible, acaso enfermo de terrores y de sueños que sentía de una manera apasionada y trémula el choque de la belleza, el amor y el misterio de la vida, y aunque me había sentido en cierto modo atraído por el riesgo de dar a mi vida entera un carácter de mística sublimación, al final tendría que ser barrido como escoria de un volcán, y no sólo barrido sino aventado sin sentido ni fijeza capaces de dar a mi existencia un punto de apoyo o una trayectoria de coherencia y sosiego; todo fue más bien aniquilación y desarraigo, desgaste inútil y vacío total, porque mientras existían las sombras fascinadoras de la libertad imposible, era fácil mantener la lucha agotadora, la esperanza o la salida a tanta confusión, pero todo se vino abajo, como tenía que venir, cuando descubriste que tampoco fuera de allí había solución; estaba el problema de la mujer, su distancia, su proximidad, su imagen y su ensoñación febril y placentera, prohibida y soñada, tantas veces dibujada involuntariamente en un papel que enseguida había que romper, y los recuerdos, pocos pero acuciantes, de las muchachas conocidas, que te habían sofocado y te habían hecho tragar saliva, o habían llegado a más, como la Santi, bendita Santi, maldita Santi, y había que reprimirse, cambiar de pensamientos, aceptar cilicios, olvidarse del propio sexo, como si no existiera, como si fueras un ángel, ¿podías acaso ser un ángel?, y luego estaban los amigos que te perseguían, o los que tú perseguías, para qué, por qué, siempre al borde del abismo, siempre imaginando la caída, pero sin caer del todo, y los sueños, sobre todo soñar, huyendo de la realidad irreal y desconocida, para acabar perdido y sonámbulo en un mundo vacío, sin resortes de voluntad ni de combate; porque, has de reconocerlo, ni siquiera te has enamorado de verdad, ni antes ni después, qué fueron los sueños imposibles, las mentiras que creíste verdades, enamorado del amor mismo y de sus espejismos, confiesa que tu madre, tu propia madre te defendía contra todas las mujeres del mundo, y es cierto que pudiste resistir y resististe hasta el fin, pero una resistencia que era pura derrota, y aun así tu madre se llevaría por delante y para siempre todas las huellas del combate y todas las posibilidades de victoria, y después del desgarrón final no quedarían más que sombras amedrentadoras en torno, y no sabría decir si un resto de libertad contra las bárbaras imposiciones, en todo caso una libertad inútil, libertad sin esperanza y sin ilusión, que eso fue todo lo que quedó de aquella batalla mil veces más aniquiladora que las de la guerra.

Las amenazas y los barruntos de revolución inminente hacían más vehementes y feroces los deseos de tío Cayetano y tío Cirilo para que yo fuera algo así como un mártir o un redentor, que es muy cómodo cultivar mártires en pellejo ajeno, y recuerdo que por entonces se vociferaba en las calles, en las tabernas, en las fábricas y sobre todo en la Casa del Pueblo, todo eran condenas y terrores y un cierto sector de la sociedad vivía ansiosamente la espera de un levantamiento militar, mientras tú seguías debatiéndote entre anhelos contrapuestos y confusiones desconcertantes; pero, ¿por qué tengo que meterme en el pozo putrefacto de las miserias de un espíritu atormentado, si además está claro que fuiste un atemorizado seminarista, como cualquier otro, y sólo eso, sin más?; pero, si quieres, puedes seguir dando suelta a los demonios interiores, como quien entra en un desván de palomas domésticas y a brazadas las echa al aire. Puedes hacerlo, y lo harás, al cabo acabarás haciéndolo.

Tan pronto se dijo y se supo que me iba al seminario, todo cambió, o algo cambió al menos, en primer lugar se alejaron de mí todos los amigos callejeros, los pocos que me dejaba tener tío Cirilo, o puede ser también que yo mismo me separara de ellos, un poco avergonzado, pero entonces cayeron sobre mí los seminaristas mayores del pueblo, alguno de ellos demasiado zalamero, esa es la verdad, y éramos como una nube negra flotando entre la cal del impasible caserío, y poco a poco los fui conociendo a todos, éramos como una casta, un mundo aparte, los había hijos de campesinos que se estaban librando así de las faenas del campo, rústicos cuellos, manos pesadas y rasposas; otros eran hijos de tenderos o menestrales que querían asegurarse un porvenir de coro, o coño, según se ha visto después, y también había alguno que era un muchacho triste, hijo de familia dividida, y ya entre ellos uno no tenía más remedio que aguantar bromas, devociones y juegos que siempre llevaban el sello de lo falso, lo amansado, rebañil y vulgarote, y yo lo notaba, y todo concluía en largos rezos, rezos que comenzaban con caras contritas pero que muchas veces terminaban en risas, porque no había sentido de nada, ni auténtica devoción ni conmoción ni mierdas, éramos los elegidos –¿elegidos de qué?–, elegidos de mierda, leva forzosa de unos seres que sólo buscaban escapar de la penuria, la sordidez o la asfixia pueblerina, el seminario era un aval para todo, para el cielo y para la sociedad, lo que cambian los tiempos, pero ellos hablaban interminablemente de los superiores y los profesores, mientras sus compañeros del terruño amasaban estiércol, no sé qué es mejor si un estiércol por fuera o por dentro, y se divertían mucho imitando a los profesores, «tú ya verás, lo pasarás muy bien», pero yo comenzaba a encerrarme en mí mismo y a fabricar mi propia máscara, y había unos compromisos ya marcados, como la visita obligada al párroco arcipreste, y no sé cómo era así, pero siempre acabábamos viéndole merendar o cenar, que yo creo que los seminaristas elegían la hora por si les invitaba, pero siempre era una invitación tan de cumplido que sólo cabía decir «no, gracias», «no, gracias», y nos quedábamos embobados viéndole cenar de una manera suculenta y exquisita, que no se privaba de nada, y aquellas dos remilgadas, la sobrina y la tía, rivalizando en servirle, «¿un poco más de vino?», «¿algo más de salsa?», «ya verá qué queso más rico», y así hasta que terminaba y casi le limpiaban la barba grasienta con la servilleta de hilo fino, y uno volvía a casa lleno de admiración y también de asco, y por entonces ya comenzabas a espantarte las tentaciones como si fueran tábanos pegajosos, confesarse, arrepentirse, volver a confesarse, y otra vez, y otra, y las derrotas se callan, y se van muriendo los sueños, y los libros entonces comenzaron a ser un refugio, tantas veces prohibido, igual que mirar a las muchachas, «no las mires», «no las mires», «los ojos en el suelo», pero hasta en las losas hallabas su imagen, y sus risas, y su olor, no hacía falta mirarlas porque las tendrías dentro mismo de los ojos, dentro de tu alma, sentirse separado, alejado del tronco mismo de la savia de la vida, cada día más muerto por dentro, cartón piedra, y cuando fallaba la tristeza pegada al cuerpo, acababas riéndote de pequeñas cosas inocentes, pero no eras tú quien reía, ¿dónde estabas tú?, ¿quién eras tú?, que la huida de la emoción, del enternecimiento, te iban haciendo poco a poco insensible, todo muy estudiado, todo hecho fórmula infalible, molde acariciado, remilgado, insensiblemente consentido y complacido, los ojos bajos, la compostura, el gesto, figuras de palo y purpurina, que no se daban ni pizca de cuenta de los odios que el pueblo iba endureciendo en medio de sus hambres, su falta de trabajo y su miseria, encrespados campesinos mordidos por la envidia y el asco que les producían los señoritos chulánganos y ostentosos, fatalismo periódico y puntual como las estaciones que en Hécula aparecía de tarde en tarde para convertirnos a todos en enterradores, enterradores de niños, de ilusiones, de esperanza, de muchachas en flor y de viejos resignados, enterradores de todo, que por enterrar nos enterrábamos a nosotros mismos entre montones de podredumbre, desde la podredumbre del semen a la madeja de las flemas caquéxicas, vida que no habíamos de vivir sino morir como sempiternos enterradores, sepultureros incluso de los ideales, si alguno había existido, condicionados por el luto, todo luto, chaquetas y pantalones vergonzantes que asomaban por debajo de las sotanas, brillo y sebo de las ropas gastadas en el oficio de ver morir, de preparar para la muerte, paño de las consolaciones imposibles y rutinarias, alpaca para las fiestas de relumbrón, lanas negras para el catafalco de las exequias, siempre las exequias y los responsos, ritos y ceremonias de la muerte.

Uno estaba infantilizado como un mamoncillo, y precisamente el seminario se le haría llevadero y soportable gracias a las cosas menores, ah, las pequeñas cosas de la vida que nos atan y nos distraen, que nos enredan y nos enajenan y también nos liberan: el reloj de pulsera que nos acababan de comprar, las ropas nuevas metidas en el flamante baúl, los zapatos sin estrenar, las pelotas del frontón, la pluma estilográfica que te habían regalado y era de las buenas, el costoso misal romano con tus iniciales grabadas, las libretas, hasta las libretas eran hermosas, con sus tapas negras relucientes, los sobres, el papel y las tarjetitas timbradas, todo con tu nombre, igual que las sábanas, las toallas, las camisas, todo con tu nombre, un nombre repetido hasta el infinito para el sacrificio, un nombre que acabarías por no reconocer, y estaba también aquel monedero de plata, regalo de la marquesa amiga de tío Cayetano, y una ampolla hermética de agua bendita, regalo de tío Cirilo, unos guantes de lana hechos por Rosa, «para que no te salgan sabañones», el Oficio Parvo, la máquina fotográfica que me iba a dar tanta importancia entre los compañeros, y que era el regalo de Pascual y Manolo, y qué pensarían ellos, me pregunto yo ahora, puesto que tú ibas a recorrer el mismo camino del que ellos estaban de vuelta, pero todo era distinto, las cosas, las cosas estaban allí para distraerte, para encandilarte, para darte importancia, para atraparte, recuerda, aquel estuchito con las cosas de costura, para que pudieras pegarte un botón, la cajita con aspirinas, y otra cajita con los sellos de correo, «no te olvides de escribir por lo menos una vez por semana» y «manda la ropa sucia por el ordinario todas las semanas», y «no te olvides de esto y de lo otro», y los gemelos, aquellos gemelos que servían para ver el paisaje desde la torre de la catedral o desde la Fuensanta, que veíamos todo el paisaje de verde alfombra de la huerta: casitas, palmeras, humo vegetal, torrecillas, y el hilo del río resguardado por espesos cañaverales y filas de eucaliptos, algunos montecillos lejanos medio azulados, y el tren que cruzaba la húmeda y desparramada vega, y uno se sentía importante porque iba hacia la capital del obispo y la catedral, y un puente de piedra, un gran puente de piedra sobre el río, y un baúl con las camisas bien apiladas y bien marcadas con pequeñas letras, y un paquete de caramelos en la maleta para suavizar la garganta, siempre andabas con laringitis y afonías, y sin embargo nada más llegar te iban a meter enseguida en la *Schola Cantorum,* quizás porque no andabas mal de oído, y recuerda la emoción de aquella despedida, y otras despedidas, siempre muy temprano, cuando tu madre te encargaba al chófer, al cobrador y a todos los viajeros del autobús, y luego se reían, pero era importante la llegada, y la emoción de ir por las calles de la capital con un carrito donde iban todos los bultos, y la impaciencia de saber en qué piso y en qué celda te habían colocado, «por Dios no te vayas a mear en la cama», y el beso de mi madre en la despedida, un beso que me hacía daño, y ella se quedaba llorando en un rincón, adiós, madre, adiós, pueblo, adiós a las jambas de la puerta de tu casa que calentabas con tu traserillo, adiós a la cama de tus obsesiones, la lucha contra el cuerpo, la lucha contra el alma, y allí quedaba Rosa con sus profundos ojos negros, y el árbol de la puerta de San Cayetano, que había dejado el suelo cubierto de florecitas blancas que nosotros comíamos como si fuéramos borriquillos, y las cabras que cada mañana esperaban en la puerta a que les sacaran los dos cuartillos de las ubres bien repletas, y a pesar de que era ya de día, seguía encendida la luz sobre la torre del Castillo, y Hécula rebullía en las esquinas con apresurados bultos negros, curas y beatas que al tercer toque se dirigían casi a la carrera hacia la iglesia, mientras los campesinos entraban a la taberna a tomarse su orujo, y el guardia civil de turno, parado en la esquina del cuartel, parecía observar el movimiento incipiente del pueblo, y así todos los días mientras yo me iba en aquel coche de línea que iba parando en las esquinas de las calles y en los cruces de los caminos para recoger nuevos viajeros, y yo entretanto, disimuladamente, me hurgaba en los bolsillos para comprobar que allí estaba el dinero, y la llave del baúl, y la pluma estilográfica, el rosario, los caramelos para la garganta, el termómetro incluso, ay, aquellas décimas de los largos atardeceres, y el coche de línea avanzaba entre nubes de polvo, produciéndome tortícolis en las revueltas, cuando mis ojos ya estaban anticipando la imagen de todo lo que vería al llegar después del sahumerio frutal de la huerta, aquel caserón gris, viejo y destartalado, como un cuartel, que tenía sobre la puerta principal a san Fulgencio en una hornacina, con su báculo y su mitra, algo sorprendente para una perpleja y medrosa figurilla, y qué pronto habías de ser blanco de los comentarios jocosos y de las burlas que se reservan a los novatos, pero tú, recuerda, te ponías a mirar las montañas y las ramblas vacías, sin importante nada de los comentarios ni de nada, y sin embargo, recuerda también que te entraban ganas de llorar y cuántas veces se empañaban los cristales de tu ventana y se nublaban las viñas y los olivares que iban pasando como un campo de aguas temblorosas, y alguien tiraba de ti para que bajaras a tomar algo en la venta donde había parado el renqueante autocar, pero tú no podías apartar los ojos de la ventana porque sería traicionarte, y te quedaste solo en tu asiento, aprendiendo a defender tu soledad como la defienden los gatos, metido en un fanal, pero con los ojos como esponjas ávidas, lo importante era salir de ti mismo cuando una mula se espantaba o un muchacho tiraba de una vaca, mientras aquel cacharro de autocar seguía dando vueltas, y arriba iban mis bultos, como el caracol lleva su habitáculo, como si de pronto el mundo, tú mismo, todo lo que eras y todo lo que tenías fuera aquel baúl atado arriba, y lo sentías a veces traquetear, no se iría a caer, y los ojos que te miraban siempre lo hacían con un poco de lástima, como si fueras un niño solitario que va por su propio pie al hospital o al orfelinato, en cierto modo era como si tuvieras una enfermedad incurable y terrible, allí en aquel autocar, separado, marginado de todos, apartado de las gentes, acaso acababas de ser apartado incluso de tu familia y de tu pueblo, sí, como un apestado, como un elegido, no lo niegues, te sentías elegido, predestinado, pero esta predestinación era triste, era acongojante, mientras ellos seguían hablando de mujeres, como la Tomasa que decían que tenía las tetas como cuernos de toro, y también los cuernos de Paco, el de las maderas, que tenía que girar en redondo en las esquinas para no descornarse, y todos reían estas cosas, reían a carcajadas, y tú los sentías de otra especie, de otra raza, de otro mundo, te sentías ajeno, dentro de ti bullía el vértigo de lo inefable, de lo celestial, pero ¿qué era lo celestial?, qué era aquello que te hacía intuir el fracaso, la angustia y la impotencia, «no serás capaz», «no serás capaz», dónde estaba tu fuerza, la fuerza que necesitarías, y comenzabas a comprenderlo, pero todo había de pasar aún por procesos más punzantes, de momento sólo unas lágrimas incomprensibles, ¿por qué?, ¿por qué?, que no te permitían ver con claridad los rebaños de cabras negras, y aquel hombre con una oveja sobre los hombros, como el buen Pastor, el buen Pastor, y otra vez la emoción, las lágrimas, la moquilla cosquilleándote en la nariz, y alternativamente los estados radiantes en que te sentías un héroe, y te estabas viendo en tierras de misiones, salvar almas, salvar almas, qué cosa tan difícil, y pensar que te hacían creer que era fácil, como colectar caracoles después de la lluvia, pura osadía cuando no tienes vocación de estrujarte, de anularte totalmente, de trascender todo, pero cómo, cómo, si sólo ibas pendiente del paisaje, y recuerda cuando el autocar arrolló aquel hermoso perro color canela, que quedó retorciéndose en la cuneta y todos seguían comiendo pan y chorizo, otros tortilla, y tú comenzaste a empalidecer y a sentir unas bascas enormes, y volvieron a compadecerte, «pobrecillo, no sabe que lo van a castrar», y «la mayoría de las veces la culpa es de las familias», «qué sabe esta pobre criatura», pero estaban equivocados, yo sabía más de lo que creían, yo marchaba convencido, no iba empujado por nadie ni por nada, «voy porque quiero», y yo también los compadecía porque parecían tan satisfechos con el pan y el chorizo, y el regüeldo, y las manos sobre el estómago atiborrado, «no sabéis nada de nada», no sabéis que yo he elegido un camino, o el camino me ha elegido a mí, otra vez los elegidos, pero qué otra cosa podía pensar entonces; aquellas gentes, en todo caso, no estaban preparadas para entenderme, para penetrar en los entresijos del corazón, porque a ratos yo me sentía casi tan feliz como mi madre, «no voy al seminario a enterrarme como un muerto, sino que voy a aprender de Cristo la profunda sabiduría de las resurrecciones», «et resurrexit», «et resurrexit», y otra vez me sentía colmado, exultante, y respiraba ansioso el aire y la claridad del Mediterráneo que se colaba por entre las montañas, y un vientecillo salado descendía hasta los limoneros, y subían y bajaban del coche campesinos de cuello agrietado, sombrero negro y camisa blanca para ir a la capital, y las mujeres con gruesos refajos y las cestas apoyadas en la cadera, y una fila de bicicletas detrás del coche, y otra delante, portando cántaros de leche, alfalfa, costalillos de harina o de panizo, y los panes del color de la era, y los pellejos de vino, y lo mismo nos metíamos en un túnel de follaje que aparecíamos sobre blancos calveros como montones de cal, y a trechos divisábamos las acequias con su rumor de agua rebosante de matujos, agua que se colaba espejeante en los bancales, y recuerda que tú llevabas un paquete de cigarrillos canarios en el bolsillo, y los tocabas de vez en cuando pero no te atrevías a sacarlos, y eran tu primer intento de hombría, como un signo de libertad y qué engañado estabas, porque si acaso ibas hacia la negación de toda libertad y pronto lo descubrirías, pero los cigarrillos en el bolsillo te hacían sentirte dueño de tu destino, cómo era esto compatible con el camino que habías emprendido, y sin embargo recuerda que fueron tus primeras horas, y hasta días, de sentirte libre, nuevo, comenzando a vivir, y muchas veces he pensado si aquel viaje en el autocar que te llevaba al seminario no fue la primera liberación del atosigante ambiente de tu pueblo y de tu familia, y hasta las lágrimas que a veces nublaban tus ojos no eran más que ese tributo necesario a la libertad, porque la libertad da miedo, siempre da miedo, sobre todo si nunca la has tenido, pero recuerda también que tu primer sentimiento de gozo y libertad lo habías sentido junto al mar, con tu madre, y también entonces sentiste miedo unido a aquel abismo de alegría y sobre todo, recuerda, cuando bajo la luz hiriente de la playa sentiste cuán poca cosa era ella ya y cómo su figura estaba minada por el proceso irreversible, porque cuando ahora y entonces la recuerdas allí, con los pies descalzos sobre la arena, te parece algo irreal, la ilusión de una existencia que nunca tuvo realidad, hasta tal punto era impalpable, como un sueño irrepetible, y es como si todo lo que siguió a aquello fuera para mí completamente soñado, y la volvía a recordar ahora, sonriente pero agotada, feliz pero insignificante, como una visión que se pudiera llevar el viento de un momento a otro, y ella no me habría dicho nada si supiera que yo llevaba aquellos canarios en el bolsillo, y acaso se hubiera hecho la loca, otra cosa sería si lo supiera tío Cirilo, o el mismo tío Cayetano, y quién sabe si al llegar al seminario no tendría que fumármelos en el retrete, como harían los demás, que ya me lo habían dicho.

Ya estábamos llegando, ya habíamos cruzado las vías del tren y por la ventanilla entraban semillas y *abuelicos* voladores, y los gallos, como bolas de fuego, se paseaban delante de las casas, y los cerdos estaban atados al pie de los árboles o simplemente sueltos, revolcándose en el barro, porque la huerta se hacía intensa y culminadora en torno a la capital, como un cerco de luz restallante, de verdor intenso y de algarabía animal y humana, y un soplo cálido corría por entre palmeras y cipreses llenando mi pecho de una ansiedad desconocida, y ya estábamos pasando por delante de aquel caserón que tenía como dos gigantes pétreos a la puerta y fue cuando me di cuenta de que ya estábamos en Murcia, y pronto comenzó el ajetreo y la música de las tartanas con sus cascabeles y cascos rítmicos sobre el adoquinado, y habíamos entrado también en el reino de la manga de riego, cosa que en Hécula no existía y que por eso a mí me fascinaba, con su chorro desde lo alto deshaciéndose en finas gotitas, qué derroche de agua, quién se lo diría a don Jerónimo, pobre don Jerónimo, y otra vez el pueblo se me echaba encima como una losa, y toda la familia, «no pierdas nada», «cuidado con la bolsa de mano», «que le des una propina al hombre del carrito», «cuidado con el dinero»..., y yo lo que quería era ya saltar del autobús cuanto antes y acercarme a los carritos, pero los carritos de los helados, carritos de frutas, de dulces, carritos de arrope en sus jarritos de barro, y pregones y gritos, Murcia era toda un ruido interminable de campanas y pregones, de carromatos y de coches extraños que no se sabía cómo podían circular por las calles tan estrechas, donde todo resonaba como si el río estuviera todo barbotando por debajo del pavimento, y nada más parar el autocar ya pude ver a otros seminaristas que se dirigían mansamente con sus carritos de mano hacia el seminario, y yo estaba impaciente por encontrarme con las caras nuevas que me esperaban, y también en sucesivos regresos estaba la sorpresa de los que no volvían, por voluntad propia unos y por imposición otros, toda una criba de expulsiones o desfallecimientos que traía el ardiente verano, y en las plazas donde se vendían flores, o cerámicas, o churros, teníamos que esperar ante la caravana ferial de animales y frutos, seguramente era día de mercado, riadas de blusas y pañuelos floreados saliendo y entrando en las tiendas, en las iglesias, en las farmacias, gente que comía por la calle y tiraba al suelo peladuras y envoltorios; beneficiarios y canónigos casi en procesión hacia el Palacio Episcopal, y los bomberos desocupados y espatarrados delante del cuartel, verdaderamente Murcia era fiesta y zoco, mercado y jolgorio, y enseguida el seminario, no había escapatoria, un edificio imponente con sus falsas ventanas pintadas y sus rejas como de cárcel, aunque yo por aquel entonces de toda aquella mole sólo veía la capilla, demasiado tiempo rezando o la mayor parte durmiendo, «póngase de pie» y uno se despertaba hasta la raíz del pelo, y el refectorio con sus platos abundantes y cuarteleros, «diga en qué pasaje está el lector», y empezabas a balbucir aunque lo supieras, pero te aturullabas, aturdido, titubeante, hasta que arrancabas con el pasaje; y otro lugar que habías de frecuentar y hasta llegó a ser lugar predilecto para ti sería la enfermería, unas décimas, siempre aquellas décimas, ¿hasta cuándo?, y entonces era obligado ir a la enfermería, unas medicinas, el termómetro, un balcón para ver las nubes pasar, y era preferible al pupitre del salón de estudio, oh, terror de los relojes, «pónganse de rodillas los señores tal y cual»..., y en el dormitorio, como las celdas no tenían techo, a veces me caía encima un mendrugo y había que devolverlo enseguida, y ojalá no te tocara un pasante de los que te tiraban de las orejas, que te las dejaban ardiendo, aunque era preferible a los que se andaban con mimos y caricias, que de todo había en el fulgentino cenáculo.

Había que saltar los altos escalones de piedra negra y ya estábamos dentro del seminario, muros adustos de luz escasa y rejas hurañas, y tan pronto nos veíamos en el ancho vestíbulo de la sala de visitas, nos poníamos rápidamente al corriente de las novedades del curso, que habían puesto monjas para la cocina y la enfermería y qué raro nos iba a resultar encontrar los letreros de «clausura»; también habían cambiado a dos superiores y enseguida tratábamos de adivinar por qué y qué tal serían los nuevos, y algunos no pasarían de meros perseguidores, olisqueándolo todo, y valiéndose casi siempre de espías y celosos *betuneros*,[1] sorprendiendo hasta las miradas, intentando penetrar los pensamientos y por supuesto leyendo todas las cartas; también habían enlucido los andenes, y enseguida todos querríamos saber en qué andén nos habían colocado, quiénes tendríamos al lado, porque no era lo mismo, ni mucho menos, había compañeros y compañeros, los había relamidos y los había zafios, los había limpios y los había zarrapastrosos, había los silenciosos, demasiado, y los bullangueros, los tristes y los potreadores, los reservados y los pícaros, los maliciosos y los inocentones, los que siempre callaban y parecían esconder algún secreto terrible, los que se sonrojaban al pronunciar el nombre de María, los que habían tenido contactos con el mundo, y se notaba, y los que se pasaban de crédulos, de bobos o de pánfilos, cuyo destino parecía simplemente comer y roncar; pero también le podía caer a uno al lado algún silencioso y solitario de esos que se adivinaban atormentados por violencias o amarguras interiores; o te podía tocar uno de esos calculadores, ambiciosillos, que iban para obispos y que ya se movían de manera muy estudiada; también había becarios, soberbios y distinguidos, que comían en mesa aparte, y a veces uno se sentía sugestionado por estos elegidos que parecían tener ya contacto real con el reino de Dios; y los había sinceros, que se mortificaban y hacían terribles penitencias mientras los demás se reían y seguían comiendo y pensando en el rancho, la verdad era que abundaban los vulgarotes y atrofiados, y eran los que siempre seguían adelante en su mediocridad bona-

1. Pelotilleros, alumnos que adulan a los superiores y profesores.

chona, cazurros huertanillos que eran los que siempre quedaban en las mermas anuales, socarrones campesinos que habían encontrado el modo de librarse del arado, y ellos sabían mantenerse discretos y dóciles, mientras los exquisitos y zalameros eran a menudo carne de expulsión, seguramente merecida; lo más importante también era saber cuanto antes qué teólogo te había tocado como jefe de sala y qué pasantes se encargarían de nosotros, porque también aquí había riesgo y sorpresa, que algunos gozaban castigando, otros, apesadumbrados ascetas, decían a todo que no, y luego estaban los equívocos protectores, que si miradas conmovedoras, que si sonrisitas y alguna palmada donde cayera, mucho amor en Cristo que era mera homosexualidad larvada o manifiesta; y luego venían también los noticiones, «¿no sabes que Romualdito murió ahogado en el Segura este verano?», y «Ernesto que la ha colgado», y yo trataba de imaginarme a Romualdito, cuando le leía al padre espiritual hasta que se dormía, y a veces le enviaba algún pastel a Romualdo al refectorio, y todos pensábamos que lo tenía bien merecido, porque aquel padre espiritual que mezclaba a santa Teresa y san Juan de la Cruz con los chistes baturros más groseros, no se dormía sin que Romualdito le leyera, y menos mal que a ti te había llamado sólo una o dos veces para que le leyeras, se había aficionado a Romualdo y todas las noches tenía que ser Romualdo, y también después de los ejercicios espirituales era cuando había más deserciones, que muchos salían enfermos o despedidos hacia sus pueblos, seguramente intervenían los confesores, o ellos que no resistían la prueba, y tú no sabes decir hoy cómo pudiste aguantar tanta tortura, tanta comedia, tan sistemática y dolorosa destrucción de los sueños, de los auténticos sueños, que tan a menudo eran sueños de ideal, pero había que desgarrar los sueños en aras de un júbilo falso, de una devoción convencional, de una ficticia consolación, y todo se fue haciendo poco a poco ridículo, tristísimo, vacío y abochornante, mientras el auténtico ser se refugiaba en una soledad intocable, cada vez más abrumadora, hasta la disolución, la dislocación y el desdoblamiento, que no sabías, recuerda, quién eras tú, si el que se movía enfermizo y desvaído por los pasillos o el que se arrebujaba en la cama cada noche como quien traspone los umbrales de la insondable soledad humana, un desdoblamiento que estuvo a punto de aniquilar tu razón y tu cuerpo endeble y asustado; sólo el miedo, la indecisión y el recuerdo de tu madre que reverenciaba tu camino, tu futuro, tu santidad plenamente admitida y venerada, te pudieron retener y obligar en el sacrificio, el engaño y la aniquilación; lo hiciste por ella, confiesa que sólo por ella, por aquella pavesa de vida que se consumía lentamente, y tú sentías que su fin sería el tuyo como persona, como hombre, como proyecto de vida, y aún no sabías nada de todo lo que vendría después, y entretanto eras un número en el rebaño, saludos, inclinaciones, reverencias, coscorrones, retorcimiento de las manos, tirones de orejas también, admiración por los mayores, con su prestigio colosal a nuestros ojos, su soltura, su seguridad; encima mismo de la ropa del viaje algunos se ponían rápidamente las sotanas, y ya teníamos enfrente a don Rufino, amarillo de paja y cera vieja, conciencia hepática que nos trataba según iba el proceso de su bilis, y el superior, que no sólo nos vigilaba, como quien no quiere la cosa, con absoluto dominio de la simulación, sino que además nos cuadriculaba en su libretita secreta, con toda clase de sutiles datos sobre nuestro carácter, condición, conducta e inteligencia, y allí estabas ya convertido en pieza germinal de todo un engranaje, y lo malo era cuando toda esta información procedía de chismes y soplos infundados, aunque él tenía sus métodos casi infalibles, pero peor era don Rufino que se quedaba quieto, quieto, mirándote, aunque de vez en cuando hacía una especie de flexión rítmica con las piernas, como si los pantalones le apretaran los genitales, y todos hacíamos chistes acerca de esto, pero nos acercábamos lo menos posible porque su rostro demacrado y su aspecto sucio daban la impresión de que, si entrábamos en su aura, nos sentiríamos envueltos en bascas próximas al vómito, y de todos modos había que acercarse lo suficiente para besarle la mano cubierta de manchas de café o de hollín, no se sabía, y entonces él nos miraba tan fijamente a los ojos que nos entraba una sed tremenda: «¿vienes dispuesto a trabajar de firme y a portarte bien?», «sí, señor», «hay que dejar de pensar en las musarañas», «sí, señor», «¿no sábes decir otra cosa que sí señor?», y uno no sabía ya qué decir y estaba deseando salir corriendo o que le tragara el suelo de una vez, y lo bueno era cuando ya podíamos irnos buscando la celda y el colchón, que estaba hecho una gran pelota encima del jergón, y también apareció mi cubierto de plata con las iniciales, regalo de mi madrina, que lo había dejado olvidado en el refectorio el curso anterior, pero allí estaba, cuando ya lo daba por perdido, y casi fue para mí una decepción, porque esto me demostraba que las cosas eran más perdurables que uno mismo, que cada año volvía cambiado y en cambio las cosas estaban allí, dándonos una lección o un disgusto, o una alegría también, las cosas, las cosas, que parecen formar parte de nosotros, y sin embargo permanecen frías, alejadas, siempre fuera de nosotros, aunque las queramos y no sepamos vivir sin ellas, recuerda la sortija de tu madre, que todavía llevas en el dedo y que la sentiste tan extraña cuando ella faltó, y casi no sabías qué hacer, si tirarla enfurecido o ponértela para siempre jamás, y al fin hiciste esto último después de tenerla apretada contra tu pecho, sobre el lado izquierdo, y lo hiciste tan rápidamente, avergonzado de tus sentimientos, que no puedes decir que aquello fuera consciente y verdaderamente un gesto voluntario, y después la sortija habría de servir para que el capitán Castañeda, creo que se llamaba así, te llamara marica y señorito, en aquel camión que se atraviesa en tu recuerdo cada vez que hablas de ella, sin saber por qué, o acaso lo sabes muy bien.

Conforme nos aposentábamos en la nueva sala, se imponía el rito de colgar cada uno su menguado traje, los pantalones, la chaqueta y el jersey de la vida casera, en aquella silla siniestra, y rápidamente nos enfundábamos en la sotanilla, y cada cual comenzaba a hacer maniobras y pruebas para colocarse bien el verde fajín fulgentino (los del seminario de San José lo llevaban morado) y se necesitaba cierta práctica y maña para colocárselo bien y sin pincharse con el imperdible, un imperdible enorme, como para sujetar a un caballo, y una vez con la sotana puesta, todavía sin el alzacuello, asomando el triste nudo de la corbata viuda, nos dábamos ya cuenta de que no sólo la calle, sino todo lo humano, la vida tal como se entendía fuera de aquellas paredes, quedaba colgada también con aquella raquítica ropa de paisano, «estás creciendo», «no se te puede hacer un traje para las vacaciones de cada año», y así todos andábamos metidos en trajecillos escasos, con las manos saliendo desde el antebrazo y los tobillos al aire, como espantapájaros vestidos de prestado, y es que la vida, nuestra vida, era alternante e intermitente, que allí quedaba colgada con el deleznable atuendo mundano hasta que llegaban otras vacaciones, o quizás alguna salida forzosa, como la de los incendios o la quema de las iglesias, o la muerte de un familiar, cuando uno tenía que correr arrugado y grotesco hacia la estación; pero las vacaciones quedaban ya lejos y estábamos entrando en la férrea horma de la fábrica, la «fábrica de curas», como llamaba la gente de Murcia al seminario, y allí estábamos mirándonos unos a otros, pesarosos de tantas cosas, entusiasmados de tantas otras, orgullosos de lo que creíamos nuestro heroísmo y nuestro sacrificio, fingiendo también estar al tanto de las cosas del «siglo», como se decía allí dentro, encajonados como los toros, arremolinados como los borregos, sobrenadando la piedad y la devoción, que era contagiosa pero que rápidamente se hacía formularia e inoperante, y en aquellos días estábamos excitados por la política, que hasta el rector había dicho «quién sabe si terminaremos el curso, las cosas están muy difíciles», y también estábamos pendientes de la forma y los cambios que venían de Roma para los estudios y el régimen de los seminarios y que decían que eran muy necesarios, pero eran unos cambios que siempre se estaban anunciando y nunca llegaban, y entretanto todos allí éramos como pelotas de goma que íbamos de corrillo en corrillo, de rezo en rezo, de rutina en rutina, y cada vez fallaban más, no se sabía si por los vientos revolucionarios que corrían o por la inquietud y la zozobra de los acontecimientos, que todo se me agolpa ahora, como una balumba de hechos y frustraciones, que aquellas aguas revueltas trajeron estos lodos, porque somos hijos de nuestro pasado, y eso no podemos evitarlo y lo estoy notando ahora mismo, sufriéndolo en mi carne y ya no sé si no debería interrumpir el relato de todo aquello, porque la vida que estoy viviendo ahora también es mi existencia y me reclama, aunque tantas veces me pregunto si todo aquello me sucedió a mí o es una pura fantasía de mis novelerías, y no sabes ya qué es lo más importante si lo que pasó o lo que está pasando, aunque para ti, no lo dudes, hubo un punto en que todo acabó, un punto sin soldadura posible, y lo demás ha sido el poso de la nada; nunca pude figurarme, por ejemplo, que lo de Herminia pudiera terminar como terminó, aunque debería estar preparado para ello, tan tontamente, ella que parecía una mosquita muerta, tan dulce, tan entregada, canela divina, encoñamiento total, y de pronto ha resultado una furia con cuernos, una yegua encabritada, una fiera enfurecida, aunque todo esto que estoy diciendo no es del todo verdad, porque Herminia ha sido para ti, recuérdalo, un pozo de ternuras, algo que nunca pudiste esperar de ninguna mujer, y ella me recibió desde el primer momento como una gacela de infinita tristeza, como adivinando el fardo de pavores y desengaños y muertes que tú almacenabas entre pecho y espalda, y nunca me hizo preguntas pero parecía adivinarlo todo, y se había convertido en el refugio único y primero de mis arideces y mis torturas, porque todo lo demás, ya lo sabes, no había pasado de sueños o ilusiones que nacieron marchitas, pero con Herminia no hizo falta nada, no tuve que amar ni hacer promesas ni tampoco apelar a la esperanza, que todo fue fácil y como natural, como debe ser, y sin embargo todo acabó cuando ya me había acostumbrado, cuando tanto la necesitaba, y ahora me arrepiento de haberme metido en algo así, ¿quién me mandó?, que al fin está visto que las mujeres no han sido para mí más que frustración y fracaso, fracaso incluso inicial; sólo en el caso de Herminia la cosa parecía que iba a ser definitiva, pero todo se ha ido al traste de la manera más absurda, por una auténtica tontería, quién me lo iba a decir, cuando ella parecía tan sensata, y que no esperaba nada, porque nunca nada le prometí, si acaso amor, cuando empezaba a prometerle amor, y quizás ese fue mi error, que a las mujeres no hay que darles nunca la seguridad de que estás en el saco, está visto, si todo hubiera seguido como al principio, aquel pacto sin pacto, amor sin palabras, pasión fortuita, como si cada día fuera a ser el último, quizás así las cosas no se hubieran estropeado, porque no sé cómo contarlo, pero todo fue ridículo, irrisorio, a fin de cuentas el que estaba engañado acerca del valor de aquel collar de mi madre era yo, un collar antiguo que yo había guardado tantos años, que había sido de mi madre y no sé ni cómo llegué a cegarme tanto que se lo regalé, nunca lo hubiera hecho, nunca debí hacerlo y Herminia hubiera seguido siendo mía, sin exigir nada, pero el collar tenía para mí un gran valor y además creía que era realmente valioso, y se lo dije, todos en la familia habíamos creído siempre que tenía valor, y yo se lo regalé con la mejor intención del mundo, se puede creer que llegué a estar loco por Herminia, quizás sólo encoñado, el caso es que se lo regalé, pero ella lo mostró a algún joyero o no sé qué y le dijeron que el collar no valía nada, y que la habían engañado, y para qué quiso saber más, un desastre, porque creyó que me había querido burlar diciéndole que el collar era valioso, y me lo devolvió con todo desprecio, «toma tu joya y vamos a dejar lo nuestro...», estaba rabiosa y yo opté por retirarme, porque las explicaciones no venían a cuento, pero esperé que se le pasara, y nada, nada de nada, que así quedó todo, hace falta ser bruta; sin embargo, Herminia no era una bruta, y todavía no comprendo lo que pasó pero una cosa está clara, que Herminia no llegó a conocerme bien, aunque lo parecía, de otra forma hubiera sabido al menos lo que representaba para mí aquel collar, valiera o no valiera, pero me estuvo bien hecho, y a veces pienso si no fue un castigo por haberme desprendido del collar de mi madre, cuando nada hacía falta entre Herminia y yo, claro que yo pagaba todo, y nada le debo, esa es la verdad, y yo bien sabía que ella había tenido que ver y acaso aún tenía con otros antes que yo, pero era lógico, y nunca hubo reproches entre nosotros, y si me apuran estoy contento de haber recuperado el collar de mi madre, pero a veces se me enciende la sangre y me vuelvo loco con las ansias del cuerpo de Herminia, de su mansa entrega como las dulces olas sobre la playa, y hasta tal punto es así que quizás acabe por abandonar este país adonde un día llegué huyendo del secano, del secano del alma quiero decir, y he encontrado paz y olvido en las umbrías y hasta me aficioné a las grúas, a los tubos y a las cadenas, a las enormes ruedas y a las nubes de vapor y las ascuas encendidas, si bien yo trabajo en un edificio viejo que mira al monte, por donde a veces pasan pastores y rebaños entre las brumas y los helechos, que no sé cómo me he adaptado a estas lloviznas perpetuas; claro que fue la ocasión de aquel puesto de dibujante, y desde entonces no puedo quejarme, ni me quejo, aunque últimamente esto anda un poco jodido con la política y nadie sabe a dónde vamos a parar, porque hay días en que ni las chimeneas se encienden, se puede decir que nadie aquí da golpe y parece como si estuviéramos, efectivamente, en vísperas de esa guerra de la que ellos hablan, o que ellos quieren o no sé qué diablos pasa con esta gente, que son más raros y herméticos que la puñeta, que ya no les basta con los explosivos, las ejecuciones y las cuotas a la causa, sino que parece que quieren la ruptura total, al menos unos cuantos locos, y yo los dejaría solos, a ver qué hacían, que ya pedirían árnica, vaya si la pedirían, y eso que yo mismo en algunas cosas estoy con ellos, pero ellos no están con nadie más que con ellos mismos, con su locura, porque ya más que otra cosa parece una locura, por más que hayan sido muchos años de humillación y de esclavitud; pero estos vascos ya son la repera, no hay quien los entienda, que parecen de otra raza los puñeteros, sólo pensando en la metralleta, la hoguera, la goma dos, bullanga montaraz y multisecular frustración, fetiche de la historia convertida en insolidaridad, permanente burrería, pero, ¿por qué estoy escribiendo esto, y a mí qué me va ni me viene?, que muchas veces he decidido mantenerme al margen de todo y no voy ahora a impresionarme por la situación de Euskadi; y vuelvo al origen porque de lo que estaba hablando era de Herminia, y me pregunto también, ¿por qué de Herminia?, ¿no estaba hablando y recordando mis años fulgentinos?, ¿no será que has topado con algo que no quieres recordar?, porque es cierto que Herminia te ha traído al retortero los últimos meses y que esto te tiene obsesionado, pero no es para tanto, reconócelo y vete al toro por los cuernos, deja la transparencia de Herminia, su fragilidad en el lecho, sus venillas azules, sus profundas ojeras, sus ojos que lo mismo podían revelar una inocencia de niña desmayada que una incansable y asombrosa facilidad para el orgasmo, mezcla de candor y voluptuosidad, ilusión degradada de romanticismo tardío y prostitución temprana, una mujer en fin que parece y puede parecer angelical si la miras desde cierta distancia y que arrastra una tristeza insondable cuando te acercas, una tristeza contagiosa que no conduce sino a la llama siempre renovada del sexo; y quizás por eso, porque habíamos unido dos soledades, nadie la había entendido ni tratado como yo en su vida rota y perdida, y todo para salirme con esto del collar, cuando tú te habías gastado con ella más de una docena de collares, pero de los caros, y nunca sabrá ella lo que te había costado desprenderte de aquel collar, que lo guardaba con tanto cuidado, aun cuando me tocó venderlo todo y a toda prisa, deseando terminar con todo, menos el collar, que cuando algún vecino se quedaba mirando alguna silla, o el cantarano de nogal, o el piano de Rosa, yo acudía a resolverlo diciéndole: «llévatelo», «y que no lo vea yo más, llévatelo ya», y así hice con todo, almoneda cruel y despiadada, porque estaba deseando que todo desapareciera, desde la casa al baúl lleno de ropas bordadas, desde la consola a las opalinas pompeyanas que ella tanto estimaba, pero quise mandarlo todo al diablo, necesitaba destruir toda atadura, todo remanso sentimental, y sólo cuando me quedé sin nada, sin techo ni lecho, me sentí libre, vacío pero libre, y se terminaron las lamentaciones por los muertos y las muertes, las lejanas y la última, y en cierto modo sabías que estabas huyendo, porque hay muchas maneras de huir, hay una huida que consiste en destruir cuanto te rodea, es una huida sin riesgos y sin jadeo, y tú pensabas que era en cierto modo un triunfo, era como matar la muerte, la muerte que te había puesto cerco, que estaba en todas aquellas cosas, aprisionándote, enredándote como uno más, el único que quedabas, y que terminarías cayendo si no hubieras tenido la decisión de cortar por lo sano y salir pitando para este norte de verdes praderas y musgos sedantes, donde montan guardia el roble antiguo y el viejo mirto, tierra donde resuenan acolchadas unas voces y unas palabras que no nacieron conmigo, cumbres y valles que con toda su armonía está visto que no serán mi cementerio, porque esto de Herminia está siendo un reactivo para mí, y me pregunto si no he de tener nunca un sosiego, algo que me sujete a algo, que ya es tarde para suplicar amor, y es tardísimo para pedir perdón, y perdón por qué, de qué, que quizás lo que tengo que hacer es volver al camino, «desnudo como los hijos de la mar», que dijo el poeta, barca sin rumbo otra vez, pero ahora no me desprenderé jamás del collar, aunque los peritos lo tasen como simple objeto sentimental y sin valor, que es lo que es y nunca tiene que ser otra cosa, que me parece ahora mismo que la estoy viendo cuando ella lo llevaba al cuello, uno de los primeros recuerdos de mi vida, siendo muy pequeño, porque después, ya viuda, creo que nunca se lo puso, y no sé cómo pude caer en la tentación de ponerlo en manos de Herminia, pero esto mismo me demuestra hasta qué punto llegué a estar encoñado, y no lo puedo consentir, mejor lo que ha pasado, todo al diablo, qué te habías creído, te lo he dicho muchas veces, me lo he repetido hasta la saciedad, que esas cosas no son para ti, y si en el coito esperabas encontrar una especie de suicidio, ni eso, ahí lo tienes, buscabas la autodestrucción, un furor más que placer contra el propio cuerpo, odio disimulado, reconócelo, odio romántico, si quieres, pero morboso, ese impulso hacia la aniquilación del único superviviente, no hay supervivientes, no hay vencedores ni vencidos, creíste incluso que la querías, te aferraste como un náufrago que eres a algo ilusorio, y ya no queda nada, ¿no queda nada?, y qué puede quedar después de su estupidez, que si el oro no era de dieciocho quilates, pues ¿sabes qué te digo?, que le den por culo –que también le he dado–, y no espere que la llame o que haga guardia en su portal, que bastantes papelones he hecho ya por ella, y lo que tengo que hacer es volver con estos medio amigotes, volver a las merendolas, a las borracheras, aunque no me gusta, pero hay que beber para cantar, y a estos vascos les gusta cantar, y yo creo que por eso me han acogido bien desde el principio, que si hay que beber, resisto como el que más, y si hay que cantar lo hago bastante mejor que muchos de ellos, y si hay que cerrar la casa de la Lupi pues se cierra y tampoco me echo para atrás, aunque pienso que ya nada será igual, que lo de Herminia algo me ha dejado por dentro, que si me ha dejado, no lo puedes negar, y no quisiera encontrármela por ahí, que hasta pienso que algo raro le iba pasando a ella, que lo del collar fue sólo la puntilla, quién sabe, nunca debiste despojarte de lo único que conservabas del pasado, lo único que te podía atar a los recuerdos, y ahora, ya ves, vuelta a recordar, algo que tu madre había llevado al cuello, a la altura del corazón, un puro disparate, no se te ocurra volver a sacarlo de su escondrijo, mejor no verlo, ¿por qué se te habría ocurrido guardarlo, cuando no quisiste quedarte nada, cuando todo lo malvendiste y lo maltiraste?, y ahora ya ves, la tiranía de las cosas, este collar, sin valor, sin brillo, sin nada, pero ahí está mientras ella es una pura ausencia pegada al costado, y seguirá ahí cuando tú te vayas, pero eso ya lo veremos, de momento no quiero ni verlo, ni quiero ver a Herminia, al diablo con Herminia, maldición de Herminia, maldición del collar, maldición de esta lluvia que me pone a morir de aburrimiento.

Porque lo que tú querías contar era otra cosa, estabas en otra cosa, si no me equivoco, aquel curso que había comenzado bajo la amenaza de tener que salir corriendo, quién sabe hacia dónde, en caso de peligro, porque todo andaba revuelto, todo eran amenazas y provocaciones, y en el seminario, aunque parezca mentira, en lugar de hablar de santo Tomás, o de santa Teresa, o del Cura de Ars, pongo por caso, de lo que se hablaba era de las Cortes Constituyentes, de las huelgas, de la falange o del ejército, mientras tú, huérfano enlutado, fantasmilla de un mundo de sombras vacilantes entre las quiméricas ansias de martirio, sólo tenías miedo, un miedo animal, pero no a la revolución ni a la guardia civil, ni a los rojos, sino miedo a todo, miedo a los hombres, miedo a la misma vida, qué era la vida para ti, más terco en confesar que en pecar, más preparado para fabricarte una realidad falsa que para enfrentarte a la realidad auténtica, llena de cobardía y de desvergüenza, que por lo visto el oficio de cura consiste principalmente en tragar, no sólo hostias, sino otras cosas más gordas y que suponen anchas tragaderas; pero tú, recuerda, vivías en realidad en la higuera, de transposiciones e idealizaciones que no te permitían ni siquiera contrastar la sordidez cotidiana: la cama, el baúl en un rincón, una silla, un perchero, la mesilla con el *perico*,[2] el palanganero vacilante, el Cristo de la pared, igual al de los ataúdes, los tabiques mediados que permitían tirar trozos de pan duro o alpargatas de unas celdas a otras, una luz tristona en medio de la sala, eso era todo, y allí, junto a los ventanales enrejados y carcelarios, pasábamos todo el tiempo que no estábamos en la capilla o en clase, días y horas en que todo era reglamentado por la campana, una campana que tenía algo, o mucho, de toque de corneta, filas que se empalma-

2. Orinal.

ban como el plomo de las cañerías, ojos con gafas que te vigilaban constantemente, que aparecían de improviso en los andenes, por los pasillos, detrás de la cortina de la celda, entre los pupitres del salón, detrás mismo del banco de la capilla, a través de las mamparas de la enfermería, a los pies de la cama, en la puerta de los retretes, entre las butacas de la sala de visitas, ojos, ojos siempre clavados en ti, calvas relucientes y ojos escrutadores que uno seguía viendo cuando las luces se apagaban y sólo quedaba latiendo la bombilla roja del purgatorio, silencio lleno de ojos, lleno de calvas, lleno de gafas, silencio que a veces era interrumpido por los gritos de delirio de algún exaltado que del rectorado o de la habitación del padre espiritual pasaba rápidamente al médico o a la clínica mental, y yo me pasmo de pensar lo uncidos que vivíamos a las cuatro naderías de cada día, admiraciones elementales, envidia elemental, pura elementalidad, castradora y estéril elementalidad, convertida en rutina, si no fuera por los pavores del más allá que de vez en cuando eran sabiamente estimulados para efectos de purificación, rechinar de dientes en la soledad de la celda, que a veces hasta un dolor de barriga podía ser el aviso implacable, y la obsesión del remordimiento que te impulsaba a obrar entre la represión y la mentira, una mentira que había que dejar rodar para bien de uno mismo y del conjunto, moral que se iba fraguando entre el husmeo de los superiores y el baboso rastrear de los chivatos, y ahora mismo, pasados tantos años y tantas cosas, desde este país donde subsisto a base de tiralíneas, compás y tinta china, me pregunto si soy el mismo que pasó por tales arrechuchos místicos, y es que tú, reconócelo, de todo te has enterado tarde, y todo aquello no acabo de estar seguro de que te haya pasado a ti, ni que nada de todo aquello te pertenezca lo más mínimo, si no es por las mataduras internas y ese poso de desencanto que no puedes sacudirte de encima, por más que disimules, y a veces pienso si no será cosa de la memoria, porque tampoco aquel callado y loco amor que tanto has recordado parece que te pertenezca, que la memoria quizás nos juega estas pasadas, espejismos o sueños, lo que se quiera, y lo mismo todo lo de la guerra, que parecen existencias de otro, de alguien que has conocido, que lo has conocido muy bien, pero que de ninguna manera eres tú mismo, ni es tu destino, como si te hubiera tocado cumplir los sueños de otros, nunca los tuyos, y habrá que ver si los sueños no han ido por un lado y el destino por otro, que yo me armo un lío en llegando a este punto, que no me imagino resistiendo aquello, latines, rosarios y novenas, y por eso aquel caserón destartalado de Murcia lo veo ahora entre nieblas, lo mismo que cuando salgo de la fábrica y me meto en este paisaje tembloroso de finísima bruma o de llovizna menuda, que tampoco sé cómo he podido habituarme a esto, ni comprendo a ratos qué es lo que hago aquí, soy otro, eres otro, y cuando me pongo a escribir en este cuaderno de tapas de hule, de cara a los prados borrosos y húmedos, no tengo necesidad de entornar ni de cerrar los ojos para verme, verte, un crío medio dormido y enfermizo, atolondrado y sin voluntad, esperando ser el salvador de la familia, porque así te lo habían hecho creer, para luego no ser nada, que ni siquiera a tu madre has podido darle la muerte digna que ella hubiera merecido, y para qué seguir, que ni has sido consuelo ni apoyo a tanto desvalimiento, porque acaso tú eras el más desvalido, si puedes recordar, que ni eras tú ni eras el que eres, aunque ahora no tengas más remedio que aceptar o adoptar una identidad –¿un nombre, un carné, una fotografía?–, cuando lo que eres y siempre has sido es un prófugo de ti mismo, un fantasma de otro al que persigues y sigues inútilmente, un ser dividido y roto, como la serpiente que deja su piel en primavera, ahí queda eso, como si fuera fácil, que por más que lo intentes no podrás nunca llegar a borrar, como si el pasado fuera una pizarra de la escuela, todo lo que de verdad te hace daño dentro y que una vez y otra vez rehuyes, como quien se muda de casa o de camisa, ahí queda eso, pero no, no podrás evitarlo ya nunca, porque hay cosas que se han quedado dentro, clavadas en la carne como los negros, duros perdigones en la carne de la pieza, y cada vez que te propones contarlo, reconócelo, das marcha atrás y divagas con astucia, creyendo que te engañas a ti mismo, como si no fuera contigo, y vaya si va contigo, no seas cobarde y enfréntate ya a ello, que si no lo cuentas ahora no lo contarás nunca, porque hay que tener mucha fe para haber guardado secretos asfixiantes y seguir como si nada hubiera pasado, y así es cómo se va formando esa segunda naturaleza, que ya no sabes si aquello te ha pasado a ti o a otro, pero mira, mírate bien a ver si no eras tú aquel brote de junco pálido y febril, en aquella semana santa, sintiéndote más efímero que nunca, que tuviste que pasar varios días en la enfermería mientras todo el seminario era como una gran caja de corcho rebosante de lamentaciones, letanías y misereres, y al menos desde la enfermería se veían árboles grandes, allá enfrente a la vera del río, donde había grandísimos chopos y altísimos eucaliptos, espesos cañaverales y adelfas encendidas, mientras tú languidecías como un cirio ardiente pero sin llama, y el rumor del agua espumosa bajo el puente te llegaba en remolinos de imaginación, como una cintura apretada en torno a la ciudad, y a veces la niebla bajaba hasta la corriente misma como si el agua fuera la explosión pacífica de unas termas milenarias; Murcia ardiendo en la temperatura de mis sienes, cerca de treinta y ocho, y ya el termómetro se había adaptado a mis pulsos, quiero decir a mis exigencias, mientras fuera de la enfermería pululaban los fajines verdes, morados y rojos, orgullo del seminario, donde algunos predilectos, se decía, estaban obrando maravillas, pero lo que más abundaba era el basamento de futuros curas de misa y olla, los que vivirían a la par del maestro de escuela, y también los que irían poniendo algún dinero a rédito, probablemente con cierta usura, otros tenían capellanías y herencias, pero tú me dirás a qué viene todo eso, si acaso lo que no quieres es contar lisa y llanamente lo que pasó en la enfermería, en aquella hora desalentada de la siesta, cuando tu cuerpo evanescía entre las sábanas y tu imaginación crepitaba con el agua del río y el vuelo de las palomas, y fue entonces cuando apareció una vez más, y ojalá hubiera sido la última, el padre espiritual, don Crisanto, gordito y fofo, y según decían había sido superior prepotente y tenía influencias en el obispado, pero eso qué importa ahora, el caso es que aparecía de vez en cuando, pasito a pasito, por la enfermería, casi siempre cuando menos se le esperaba, y un cachetito en la mejilla, a veces te llevaba un libro o una estampa, y el labio inferior le colgaba húmedo y tembloroso, y también las manos le temblaban, y la voz: «un poco de gandulitis, eso es, eso es, gandulitis», y repetía: «un poco mimadito», «un poco mimadito», y esto me molestaba, aunque yo había sido de los elegidos para ir a leerle hasta que se dormía, y luego nos mandaba un pastelito, o cualquier golosina, y en la mesa se reían, y éramos «los lectores», y había que ver qué cosas nos hacía leerle, que no todo era el beato Juan de Ávila, ni el padre Alonso Rodríguez, que otras veces eran unas cartas extrañas de monjas que tenían visiones o experimentaban estigmas milagrosos, y él escuchaba con los ojos semicerrados, hasta que se dormía, y otras veces interrumpía la lectura y se ponía a hablar sobre extraños prodigios, o nos contaba chistes, así, como lo oyes, chistes de monjas, y hasta un poco picantes, pero con todo yo nunca me hubiera esperado lo de aquel día, cuando apareció en la enfermería, y empezó a dar vueltas alrededor de la cama como un leoncito obsequioso –me había llevado una estampa–, y cada vez le colgaba más el belfo amoratado, greñas de zorro plateado, me estaba mareando, y él seguramente convencido de que estábamos solos y bien solos, cuando menos se podía esperar, cuando menos tú lo esperabas, por supuesto, se abalanzó dulcemente a la cama, metió sus manos entre las sábanas, llegando a mis prendas interiores y buscando como un loco mi temprana y asustada virilidad, pero todo fue tan rápido, certero él y ajustado como un limaco, mientras echaba su cuerpo sobre mí para inmovilizarme, y, confiesa, no hubiera sido necesario, porque tú te dejaste hacer, muerto de vergüenza, eso sí, pero con cierta curiosidad, y él farfullaba algo que no podías entender del todo, algo entendí, «por lo que más quieras», «por lo que más quieras», y un vaho de su aliento inmundo me hizo volver la cabeza, y su respiración se hizo tan agitada que creí que se iba a morir allí mismo, y esta idea recuerda que te dominó por entero en un momento, y casi no te diste cuenta de nada, hasta que un olor a semen te envolvió, antes mismo de que tu erección se hubiera completado, y don Crisanto ya corría con pasitos cortos hacia la puerta, y casi gritaba ahora «perdón», «perdón», «confesión», «confesión», tu cabeza ardía y recuerda que estuviste mucho tiempo intentado establecer un hueco, un vacío total en tu memoria y casi lo lograste, por más que –no te engañes a ti mismo– jamás pudiste evitar que de repente, en cualquier circunstancia, a veces cuando estabas con tu madre, a veces cuando estabas incluso a punto de recibir la comunión, porque la imagen de don Crisanto, los olores, sus manoseos de aquella tarde quedaron grabados como un punzón en tu memoria, algo que aflora en los momentos más inesperados, barrena perforadora del alma, que jamás te abandonó, y luego vendría la tortura, que si lo confiesas, si no lo confiesas, sin duda tú no habías sido el único, y cómo no habías salido corriendo de la cama, y cómo no habías reaccionado, luego tú tenías también culpa, confiésalo, tú habías cedido incluso a la espera del placer, entre el asco y el miedo, y recordaste también lo que habías oído decir a otro «lector», Camilín, aquello de «el viejo se corre con nada» y lo decían alegremente, y precisamente por eso sentiste más asco y ya todo fue querer olvidar, que es una forma de huir, pero ahí comenzó la huida, la verdadera huida, cuando la oscuridad dominó la habitación y tú saltaste de la cama y te fuiste a la ventana como un loco para sorber la noche con todas sus estrellas; al día siguiente te había subido la fiebre y delirabas, tuvo que venir el médico y llamaron a tu madre, aquello fue el fin, aunque disimulaste por algún tiempo, y recuerda también que alguna vez pensaste en contárselo a tu madre, pero nunca tuviste valor, y ahora, por fin, lo has contado, no digas que no te costó, y tampoco estás satisfecho, confiésalo, porque hasta qué punto nos pertenece el recuerdo y mucho menos le pertenece a los demás, si lo único que pasa es que has caído en tu propia trampa, la trampa que te tiende el pasado una y otra vez, queriendo hacerse tuyo, hacerse tú mismo, y ahora te das cuenta de que el rechazo es imposible, aunque yo no diría tanto, porque nadie me obliga a asumir mi pasado, y de hecho no me siento hijo de todo aquello, si así fuera no estaría yo en este mar de dudas, que qué soy que quién soy, que de dónde vengo, y otras zarandajas, que siempre has ido buscando anularte y anularlo todo, pero siempre revive y mira si revive que has tenido que contarlo, como si no pudieras vivir sin hacerlo, cuando habías creído haberlo superado, haberlo olvidado, ser otro, ser lo que quieres ser –¿y qué quieres ser, si se puede saber?–, ¿eras tú otro o eras tú mismo en la enfermería, cuando apareció el padre Crisanto?, ¿y cómo puedo saberlo?, lo único que sé es que no estoy dispuesto a asumir nada, a reconocer nada, por algo me vine aquí, donde la esponja húmeda de este ambiente podría darme una nueva personalidad, pero ya ves que no es fácil, y vuelves, vuelves siempre a todo aquello, vuelves sobre todo a tu pueblo, y tendrás que volver a la muerte de tu madre, que tampoco quieres asumir ni recordar, pero reconoce que a veces te vengas inventando algo, porque hay un pasado que no sucedió pero que pudo suceder, y para mí como si hubiera sucedido, que a veces no estoy seguro de nada y no me es fácil deslindar lo que sucedió de verdad de lo que fue sueño acariciado y hasta alucinación necesaria, tergiversación no buscada, sino transfiguración producida en el inevitable delirio de la búsqueda incesante de la identidad total, y en aquellos días mi fiebre fue como el fuego purificador, piadoso bálsamo de inconsciencia de la que saliste como el caracol después de la lluvia, esperando una nueva vitalidad que, por supuesto, no llegó nunca, pero también eso forma parte de tu pasado, no sólo la realidad cruda y desnuda porque somos también el resultado de los sueños y de las pesadillas, y no tenías por qué haber regresado a esa podrida fuente de tantas cosas, pero ahora ya está, y en el fondo todo se comprende mejor, todo se comienza a comprender, porque acaso hay escollos, recuerdos, recovecos de la memoria que pueden enfermar toda una existencia. Sin embargo, creo que no tenía por qué haber adelantado cosas que estaban en la sima de mi conciencia, bien escondidas, como un magma de putrefacción; y quién sabe si estas cosas no tuvieron la culpa de todo, pero la culpa de qué, porque ya estamos otra vez con culpas y recriminaciones, al diablo con todo, que yo bastante hice con salir a flote, con liberarme personalmente, aunque habría mucho que decir acerca de esto y vamos a dejarlo por ahora. ¿Alguien se libera de algo? ¿Alguien se libera de sí mismo?

Vivíamos secuestrados, como presos, dentro de aquellas paredes de espesor inquisitorial, y todo lo de fuera era pecado para nosotros, aunque también había pecado y pecados dentro, vaya si los había, pero no queríamos o no sabíamos verlos, y en aquellos días, recuerda, con el triunfo del Frente Popular, todo eran novenarios sobre la Gran Promesa y la Gran Confianza, la gente estaba asustada y en nuestros paseos todo eran recomendaciones, que no debíamos internarnos por los caminejos de la huerta, que no debíamos acercarnos a la orilla del río, que a algunos les habían llovido piedras y cantonazos, que los huertanos eran más bien «rojos» y «abajo el clero», y «mueran los curas», y teníamos que escuchar estas cosas y unas veces echar a correr y otras contestar «viva Cristo Rey», «viva Dios», y otros gritos estúpidos, cada vez que lo pienso me tengo que reír, porque gritar «viva Dios» es el colmo de la estupidez, y las beatas que venían los sábados y los domingos a las funciones litúrgicas, venían alarmadas y con lágrimas en los ojos, «hasta cuándo, Dios mío, hasta cuándo»..., y ponían los ojos en blanco, y también comenzaron a movilizarse grupitos de muchachos seglares que se hacían los gallitos y que aseguraban que no había nada que temer, que en la hora suprema del peligro tendríamos defensores; pero los superiores eran como bueyes, como bueyes cansinos y amodorrados, y el latín escolástico y rancio seguía siendo el soporte de una apologética de improperios y anatemas, se hablaba de mártires y de catacumbas, como si los siglos no hubieran pasado, y aun todo eso nada tenía que ver con el tufo contenido de los afectos equívocos y las vergonzosas confesiones que se habían ido al aire dejando manchas hasta en las paredes, si pudieran hablar los techos de aquellos dormitorios y hasta los retretes, cuando hasta echarse un poco de colonia era pecado, pero había que llevar los zapatos muy brillantes y muy blanca y reluciente la tira del alzacuello, y por supuesto no era fácil distinguir entre tanta simulación si había algún sincero aspirante a santo, que eso se vería luego, como se vio en la guerra que alguno llegó a capitán de milicias, sin apenas tiempo para la transición, y mientras tanto tú te consumías de soledad y en soledad y sólo las cartas de tu madre eran un acontecimiento, que tampoco llegaba a hacer vibrar demasiado el fondo aterido de tu oscura alienación, y ella tampoco había recibido por entonces el gran zarpazo de su vida, herida heridora que tú fuiste incapaz de curar, porque nada sirvió para nada, ni tu sacrificio, ni tus sueños desgastados, ni tu resistencia en cumplir el destino de los demás, que no el tuyo propio, el tuyo propio es que no existía, quizás no existió nunca, porque no se puede llamar destino a aquella mecánica de días y horas transcurridas en rutina enajenadora, embotamiento del alma, existencia amorfa, servil, claudicante.

En todo había niveles, hasta en la comida, hasta en los estudios, aunque lo que dominaba era la pereza, por no decir la inconsciencia, por no decir la ignorancia, y no había ninguna posibilidad de crítica o de análisis, que esto estaba más perseguido que el onanismo, más vigiladas y reprimidas las mentes que los cuerpos, y uno no sabía qué camino tomar: unos te alentaban como protectores, pero otros te recriminaban la espontaneidad, la originalidad, los brotes de ideal o de poesía, y terminabas acostumbrándote a todo, renunciando a ti mismo, dejándote llevar, y así cada día iban siendo menores y más escasos los efluvios de mística arrobadora, y hasta disminuyeron las noches de crispación tirante y animal, para acabar imperando la mansueta y opaca grisura del conformismo, y menos mal que la amenaza de la revolución pendiente que aquellos días tenía en vilo a todo el seminario daba cierta dimensión oferente y liberadora a la perspectiva sacerdotal, al menos para los idealistas, los apasionados, los que conservaban un mínimo de espiritualidad capaz de enardecerse con posibilidades de martirio, allá cada cual con su duelo y su cisma interior, allá cada cual con su falsa sublimidad, pero todo ayudaba al enmascaramiento y al disimulo, y hasta la piedad se hacía falsa, y la vaga ansiedad, la retórica, el aislamiento forzado, la docilidad obligada, te iban haciendo cauteloso, culpable, desconocido para ti mismo, cuando pasabas por un zagal entre angélico y travieso, inquieto y peligroso, pero que tenía arrepentimientos emocionados y todavía sinceros, un zagal asustado que sonríe, sonríe siempre, y quizás por eso eras el elogio de las monjitas cuando salías a ayudar en los oficios, y de los orondos canónigos cuando te tocaba acudir a las solemnidades de la catedral con el cirial o el incensario, procesiones y ceremonias en que el pudor se mezclaba con una extraña vanidad o altanería, sobre todo si tenías una familia con posibles o bien relacionada, como era tu caso, y comenzaste a ver el mundo como a través de una celosía transfiguradora de todo, y el desprecio quería significar miedo, y la condena envolvía una irresistible atracción, la debilidad se convertía en arrogancia, las dudas creaban seguridad y credulidad total, por instinto de defensa; todo era desafío al que había que responder con altivez interior y afectación externa, y todo iba creando el lecho de la deserción, el fingimiento, la alienación total.

La vida se fue haciendo triste, monótona y aburrida para mí. Paría la campana grande, la campana madre, por las mañanas, todavía de noche, y enseguida brincaban y rebrincaban las filiales y menudas campanas de los dormitorios en un somnoliento y arrastrado despertar, y el campaneo, que podía ser alegre, se convertía en algo odiado, ponía en movimiento las salas-dormitorio y rápidamente penduleaba una sensación de rebaño cansino y alborotado, algún conductor del rebaño entonaba el *Magnificat* y se mezclaba con la voz del bedel que pasaba lista, y tiraba de las demás voces como si todos fueran balidos arrastrados quedamente hacia el canalillo sanguinolento, y casi siempre eran voces dormidas que seguían desde otro mundo el canto sonámbulo del salmo y poco a poco comenzaba a escucharse el leve chapoteo en las palanganas y se podía decir que la comunidad ya estaba en marcha, ya el rostro huevudo del prefecto iba descorriendo cortinillas y las sábanas de los más rezagados caían al suelo horrorizadas y culpables, y enseguida las losas del pavimento recibían el susto de nuestros pies todavía agarrotados que rápidamente se pondrían tiesos y duros como chuscos de cuartel, y todo era sórdido, el chapoteo del agua, la procesión de los orinales, la débil luz que entraba del patio sombrío, las bombillas baratas y mortecinas que nos ponían a todos cara de enfermos, la fila de almas en pena que bajábamos hacia la capilla, durmiéndonos de pie, y no digamos de rodillas, qué bien se dormía de rodillas con la cabeza entre las manos, apoyada en el banco, una actitud tan devota, pero enseguida llegaba el pellizco en el colodrillo, y uno saltaba como un muñeco mecánico, y tampoco te dejaban sentarte en el banco, oh sueños descabezados de mi niñez, sueños imposibles, truncados, refugiados finalmente en la astucia de dormirme moviendo un pie, para que no se dieran cuenta, o dormirme pasándome la mano por la cabeza, repetida y mecánicamente, y hasta acudir a toser de vez en cuando, sueño perpetuo que te hacía dormirte en la misa, andando por los pasillos, sobre la mesa de estudio, jugando a la pelota, dormirse en cualquier sitio, en cualquier postura, dormir, dormir, era mi tormento y también mi gran placer cuando conseguía dormir, obsesión del sueño siempre interrumpido, «póngase de pie y diga de qué está tratando la lectura espiritual», «póngase de rodillas y diga de qué versa el primer punto de la meditación», ya me habían sorprendido, sueño retrasado siempre, sobresaltado, invencible, y había aprendido a moverme dormido, siempre semidormido, fluctuante entre el sueño y la vigilia, colgado del sueño como de la rama de un árbol, calorcillo de la almohada que llevaba pegado a las orejas, cosquilleo de los dedos, hormigueo de las rodillas, pesadez insoportable de los pulsos, necesidad de apoyatura, de un banco, de un muro, de un mueble, oscilación amodorrante de la luz y las luces en la punta de los párpados, voces que sonaban como muy lejos y a lo mejor estaban pronunciadas a mi lado, y me resonaban en los oídos remotas, sedantes, adormecedoras, y es que quizás nada da tanto sueño como oír hablar interminablemente del alma, música sin fondo que late bajo la sangre, porque el alma también estaba dormida, el alma se dormía a pedazos, aleteando dulcemente como una mariposa posada en la superficie de un estanque, como la plumilla de ave que no acaba de posarse y se balancea suavemente antes de caer al suelo, nubecilla fugaz y algodonosa que envuelve los picachos de la sierra, leve chorro de agua en el corazón del monte, y así siempre, entre dos luces, entre dos sueños, entre el día y la noche, entre destellos ofuscadores y tinieblas opresoras, oh tormento de una adolescencia hecha de felicidad quebrada y de soledad incomprendida, tiempo silencioso en el que yo hablaba con tres almas dentro de mí, mi madre, mi confesor y yo mismo partido en coloquios diversos según los diversos estados de mi conciencia, horrenda confesión de confesiones a medias que unas veces se quedaban cortas y otras se pasaban más allá de los escrúpulos extorsionados, Dios invisible, invisibles pensamientos, espíritu en carne viva, deseos indescifrables, media hora de oración mental con la luz apagada, sólo oscilando la lamparilla del sagrario, como la agonía de un espíritu en lucha de supervivencia, y había que tener un oído muy fino para captar los levísimos murmullos del vecino, pero a veces se captaban, y también por la calle comenzaban a pasar la hilera de los lecheros en bicicleta, con el sonido entre cómico y alegre de sus timbres, y todo te distraía, los gritos de los regadores, «agua va», y los vendedores de la prensa matutina, «se descubren esqueletos de niños en un convento de monjas», «dos guardias civiles rociados de gasolina y quemados vivos en Asturias», «el papa bendice a la Acción Católica española», «una monja que hace milagros en Orihuela», y estas voces rebotaban y cobraban resonancia en los cantones de piedra de la plaza de Belluga, aleteo y zureo de las palomas mañaneras sobre la testa de los santos de piedra, ruido de los carros y los cascos de los viejos caballos que iban esparciendo por las calles los aromas de los serones de la huerta, y las campanitas alegres de los conventos cercanos, dentro de los cuales unos rostros de pena insoportable miraban el mundo como animalillos acorralados, adolescentes del Instituto colindante que se silbaban de ventana a ventana para establecer citas, a menudo cómplices, pero ellos eran otra cosa, ellos eran distintos, pertenecían a otro mundo, podían pronunciar y escribir la palabra amor para una muchacha, pero nosotros éramos otra cosa, y si volvías la cabeza seguro que te encontrabas con la calavera afilada del padre prefecto fija en ti, fija en todos a la vez, cómo era posible, cuencas profundas de unos ojos que eran como chispas de fuego detrás de los lentes, chispas que te adivinaban el pensamiento, traspasaban tu cráneo y se enteraban de la mínima vacilación, parecía enfermo y seguramente estaba enfermo de este oficio de escrutar las vidas, los pensamientos, las dudas de quienes como yo naufragábamos con las manos juntas entre ardores místicos y ardores del sexo, y a lo mejor, en un achuchón sentimental, te acercabas a comulgar con lágrimas en los ojos, mientras allá en los bancos de atrás estaban las beatas de siempre, algunas familiares de los seminaristas, y por allá comenzaba a moverse la cresta del mundo, triste conexión, colores, bultos, olores que eran como el portillo para fugarse al exterior, pero que también podían ser un verdadero muro para cualquier posibilidad de redención, y por entonces, qué cosas, el mundo era para nosotros la mayor apelación al terror, porque todo lo que se oía en las calles y en los pueblos, por lo visto era que nos iban a capar a todos, a los curas y a los que íbamos para curas, y sin querer tú te echabas mano a tus titubeantes órganos, y fue uno de aquellos días cuando estaba leyendo el *En ego*, o el *Anima Christi* cuando sentí, como si me clavaran una espada, la tosecita inconfundible, penetradora, de mi madre, aquel desgarrado terciopelo de su garganta, que se repetía inquietadora, como un velo oscurecedor, laringe que llevaba pegada la muerte como el plumón de un pajarillo, y cuando escuché su tos, no podía ser otra, casi di un salto y las carnes se me abrieron, algo pasaba para que ella estuviera allí tan temprano, y cuando volví la cabeza, efectivamente, la vi en el último banco, más enlutada que nunca, más arrebujada que nunca en su capa de ganchillo que ella misma había tejido, y los rosetones rojos de sus mejillas me hicieron daño en los ojos, y todavía su pelo era negro, y recogí con todo el amor la sonrisa que me enviaba, pero seguí preguntándome qué hacía allí sola tan temprano, y esta soledad me produjo escalofrío, y no me equivocaba, porque siempre venía a verme acompañada de la calva de tío Cayetano, o de la pequeña cabeza hirsuta de tío Cirilo, o de los ojos dramáticos de Rosa, dónde estaba Rosa, no podía verla, no estaba con tu madre, y cuando pasaste en la fila, al salir de la capilla, miraste intensamente a tu madre, pero sin poder hablarle ni abrazarla, y mientras desayunábamos seguías queriendo desentrañar la profunda congoja que me pareció adivinar en el rostro de mi madre, algo como un llanto interior, como un dolor irreparable, acaso estaba dolida de cómo yo interpretaba y resolvía su vocación sacerdotal, porque mi vocación era la suya, obviamente, irremediablemente, y estaba claro también que yo no interpretaba bien su deseo, su ilusión, sus exigencias místicas, y como estaban leyendo en ese momento el Kempis desde el púlpito del refectorio, tuve un rapto de conmovedora piedad y comencé a hacer promesas de toda clase de sacrificios y de martirios, con tal de no defraudarla, a ella que estaba esperando al otro lado de la puerta, un rebujo insignificante de toquillas y de fiebre, y por ella estaba yo dispuesto a soportar el seminario y llegar hasta el altar para que ella recibiera su premio con mi ordenación, un premio bien merecido, y mira por dónde la defraudaste, no cumpliste con tu compromiso de hijo, no fuiste capaz de llegar hasta el final, no te responsabilizaste con su felicidad, no pudo ser, era demasiado pedir, quién puede hipotecar su propio destino por otra persona, aun siendo una madre como la tuya, una madre ciertamente merecedora de todo, y cuánto tiempo tardó en curar tu herida, su herida, que todos, por turno fuisteis clavando puñales en aquel pecho consumido, y difícilmente encuentras algo que ofrecer a su memoria si no son aquellos días que pasaste con ella junto al mar, solos los dos, juntos los dos, y yo la llevaba de la mano por la playa, como si fuera una niña, cuando el niño era yo, y ella se reía infantilmente, inocentemente, cuando las olas rompían en sus pies desnudos, y ahora yo deseaba ardientemente volver a la playa con ella, y allí, ante las olas, le diría la verdad, que no podía ser, que mi vocación estaba rota, y ella allí, frente al mar inmenso, el mar que iba y venía con el ritmo de un corazón eterno, incansable, ella allí lo entendería, y seguías pensando volver al mar con ella, para darle los minutos de felicidad que no podrías darle con ninguna ordenación, pero nada se cumplió porque nada se cumple del todo, y mal sabías tú en aquel momento lo que te esperaba, lo que había sucedido, lo que iba a suceder tan pronto que no te daría tiempo ni a pensarlo, y entretanto, el prefecto te miraba, seguía mirándote, sabía sin duda que estabas muy lejos de allí, yo sabía lo que significaban aquellas miradas, y procuraba atender a cada palabra, al mismo tiempo que veía a mi madre en la playa, menuda, oscura, tan niña, tan bien hecha, ¿y si ahora me levantase para pedir al padre prefecto ir a la sala de visitas?; pero sería inútil, no te dejaría, te señalaría tu sitio simplemente con el dedo, y seguiría haciendo un ruido leve con los zapatos mientras se balanceaba entre las mesas, y de repente, «no engulla como un pavo, señor Muñoz», dio unas palmadas y se dirigió al lector: «repita el último párrafo, por favor», «¿desde dónde, señor?», estallaron risas y el prefecto tuvo que gritar «silencio», y enseguida mandó al lector que se bajara y a partir de ese momento no se oyó más que el roce de las cucharas en todo el refectorio, y ya los rayos del sol refulgían en las cristaleras, qué pesado todo, qué lento, un monótono zumbar de abejorros amodorrados no sería más pesado, y mi madre entretanto esperaría en la sala de visitas, o en la misma escalinata, y a ver cuándo el portero recibía la orden de descorrer el cerrojo, todo parecía confabulado para que yo no viera a mi madre, y estaba visto que ella sufría intensamente, lo había notado, pero el padre prefecto probablemente no tenía ni había tenido madre, era como una estatua de escayola de altar barato, y no me daba permiso para ir al encuentro de mi madre, y salimos del refectorio y fuimos al salón de estudio, y todos los compañeros estaban pendientes de mí, pero el padre prefecto leía indiferente su breviario, y entonces yo pedí permiso para ir «a lugares», y él me dijo que no, que había tenido oportunidad de pedirlo antes y no lo había hecho, y que por qué no había ido antes, y si era que el pupitre me quemaba, seguramente pensaba que las visitas de las madres nos echaban a perder, y quería controlar nuestras emociones, nuestros sentimientos, obligarnos a la renuncia, hacernos tan fríos como su gélida mirada, yo me fiaba poco de él, y hasta lo huía como podía, pero varias veces había tenido que doblegarme, y ese día comprendí lo falso que era, a pesar de su untuosidad, de sus sonrisas, y yo tenía un grave resentimiento contra él, que varias veces me había llamado «mimado», y un día vino hasta mi cuarto y descorrió la cortina de repente, y dijo «¿todavía te meas en la cama?, porque tú no has salido todavía de las faldas de tu madre», y comprendí que me odiaba, me perseguía, y hasta mis solos de tiple en la capilla, que tanto entusiasmaban a todos, a él le daban como dolor de estómago, y ahora me tenía allí, bajo su mirada, mientras mi madre estaba esperando, y yo allí masticando latines, esos latines que saben a higo podrido más que a maceta de albahaca, y la escolástica, estopa de la mente, y las telarañas de la teología, zuros del sentido los cánones, y las pastorales de mierda, en ese momento comencé a odiarlo todo, me estaba enloqueciendo y, sin pensarlo más, me levanté como un rayo del pupitre y salí corriendo del estudio ante la estupefacción del prefecto y de todos mis compañeros, pero yo seguí corriendo hacia las escaleras y allí me paró el pasante, pero yo seguí corriendo porque estaba claro que mi madre me necesitaba y nadie podría detenerme, y el pasante me seguía diciendo «espere a que el prefecto le dé permiso», pero yo pensaba «al diablo el permiso, al diablo todo», y casi me reía, me sentía gozoso, libre, orgulloso por haber sido capaz de salir corriendo, me saltaba las escaleras melladas de cuatro en cuatro, pero al final, cuando iba a enfrentarme con la puerta de cristales que daba al vestíbulo, vi al rector que subía, seguramente había estado con mi madre, y como lo vi venir a través de la barandilla, me metí como un loco por el pasillo que iba hacia los retretes, la suela de los zapatos me chirriaba sobre la losas, pero logré burlar al rector y cuando vi que él se metía hacia su despacho, di la vuelta en redondo y me dirigí ya despacio hacia las escaleras principales, pero con tan mala suerte que allí estaba esperándome, al pie de la imagen de la Señora, el padre prefecto quien me dijo con voz teatral, «gusto a la madre de la tierra, pero gran disgusto a la madre del cielo»..., y yo me quedé petrificado, sin saber qué hacer ni qué decir, hasta que, en un arranque de magnanimidad seguramente muy estudiada, el padre prefecto me dijo: «ande, vaya a ver a su madre, aunque es una pena que no haya podido esperar al permiso de su superior», y cuando yo creí que me iba a tirar del flequillo, como otras veces, me dio un cachete cariñoso en la mejilla, pero yo ya estaba corriendo hacia la sala de visitas, donde mi madre, además de la ropa lavada, cosida y planchada para mí, y los paquetes de comida, embutido, huevos duros y hasta huevos crudos, «por Dios no los confundas, lo notarás por el peso», me decía, y también las tortas de manteca, las magdalenas y los sequillos, y hasta caramelos me traía siempre, y esta vez los traería en persona, sin necesidad de carta, aquellas cartas largas de varios cuadernillos, llenas de consejos, «no te hagas soberbio como otros y vayas a despreciar a tu madrecita, aunque yo con un rincón, con un rinconcito muy pequeño cerca de ti me conformo», ella esperaba que yo remontara la ordenación y además brillantemente, y hasta temía que llegara demasiado lejos para ella, y al abrir la puerta de la sala de visitas vi que con ella, su figurilla sofocada, llorosa, más enlutada que nunca, más menuda que nunca, estaba el padre espiritual, y de nuevo pensé que algo pasaba, y no me equivocaba, y el padre espiritual al verme dio su mano a besar a mi madre y salió balanceándose como un barrilico de miel, y entonces mi madre vino hacia mí por encima de sillones y mesas y me apretó contra su pecho hasta hacerme daño y su llanto se hizo incontenible, y sólo decía «hijo mío», «hijo mío», y yo no podía suponer lo que ocurría porque ni me soltaba ni podía hablar otra cosa, hasta que por fin soltó la gran confesión, «lo que ha hecho tu hermana Rosa, lo que ha hecho tu hermana Rosa», y parecía que lo que había hecho Rosa no se podía decir ni contar, sólo continuaba, «quiero morirme de vergüenza», «mala hija, mala hija», y yo no podía oír esto, no podía oírlo de Rosa, aunque tuve una especie de iluminación y comprendí lo que pasaba, «no diga eso», «no diga eso», repetía yo, y ella «la infamia y el escándalo se han cebado en nuestra casa, en nuestra carne», «para mí ha muerto», y «no diga eso», «no diga eso», y por fin, roto el dique de su angustia, probablemente pensaba decírmelo poco a poco, se volcó en lamentos y acusaciones que venían en oleadas, sin poderse contener, «soy muy desgraciada, soy la madre más desgraciada del mundo», y «no diga eso», «no diga eso», «ha manchado de lodo las sotanas de tío Cayetano y las tuyas», y yo me miraba las sotanas y pareció que me las veía por primera vez y me molestaron, me dolieron, me quemaron, no por lo que había hecho Rosa sino porque me sentí incómodo dentro de ellas, no comprendía nada, Rosa era una muchacha temperamental, inteligente, apasionada, hermosísima, ella no podía haber manchado mis sotanas, yo las manchaba todos los días con ponérmelas, simplemente con ponérmelas, pero cómo le decía estas cosas a mi madre, de pronto me sentí más culpable que nadie, me sentí avergonzado, incapaz de hacer nada en aquella situación ridícula, incapaz de consolar a mi madre, porque yo necesitaba acaso más consuelo, sólo una inmensa piedad, un dolor agudo, agudísimo, me hacía compadecer a aquella criatura consumida de cuerpo y desesperada de espíritu que se agarraba a mi cuello con sufrimiento indescriptible, el luto de siempre se hacía ahora más negro, más insufrible para mí, un negror que achicaba su figura hasta convertirla en pavesa de dolor, sus manos tan blancas, sus pómulos rojos por la fiebre, tremenda situación que hacía tan pronto lacerantes como ridículas palabras y palabras que ella pronunciaba: honra, alma, escándalo, pecado, locura, vergüenza, culpa, castigo, mancha, infamia..., y yo sin saber decir nada, sin poder decir nada y sólo me dolía Rosa, me dolía su falta pero quería defenderla a toda costa, aunque era difícil, y yo sabía que Rosa acabaría así, no podía ser de otra manera, teniendo a tío Cirilo todo el día sermoneando, y ella que tenía un espíritu rebelde y un fuerte sentimiento de libertad, una gran cordura que no podía avenirse con la represión que se respiraba en la familia, y más con aquel novio, o pretendiente, que nadie quiso saber nada de él, porque no era de nuestra educación, ni de nuestra clase, ni de nuestra religión, un mequetrefe pendenciero, aspirante a señorito, según decían tío Cayetano y tío Cirilo, que buscaba en la sobrina del cura una manera de vivir sin trabajar, aquel gandul, descreído y fanfarrón, que cuando tenía algo lo gastaba en vino y en juego, un botarate y encima anticlerical, que le había sorbido el seso a Rosa, y es que Rosa, yo lo sabía muy bien, era demasiado independiente, demasiado altiva, demasiado crítica, para aguantar a los tíos, y la verdad es que la pobre no tuvo suerte, ni podía tenerla, con la vida que llevaba, que «no andes con esa, que en su casa no van a misa», y «no hagas caso a ese, que es ateo», y ella tenía que reventar por algún lado, yo sabía que lo haría y por eso ahora, con la miajita de madre que tenía entre mis brazos, sólo toquilla negra y sollozos profundos, que no se podía comprender cómo de un cuerpo tan consumido podían brotar aquellos llantos tan desgarradores, yo no podía apartar mi recuerdo de Rosa, qué habría hecho Rosa para que mi madre repitiera una y otra vez «ya no tengo hija», «tenía una hija, pero la he perdido para siempre», y «qué desgraciada soy», «qué desgracia tan grande», y yo me sentía casi ajeno, miraba los techos tan altos de la sala y costaba comprender qué hacíamos allí mi madre y yo abrazados y llorando, y sentí que todo me era ajeno en aquella casa y que ni la mirada gélida del padre prefecto, ni la sonrisa meliflua del rector, ni la babosa santidad supuesta del padre espiritual tenían nada que ver con nuestro conflicto, con nuestro dolor ni con nada, lo vi de pronto todo como una funcional y domesticadora organización en la que no podíamos entrar ni mi madre ni yo, ni nuestro dolor, ni mucho menos el dolor de Rosa, pobre Rosa, nadie pensaba en ella y estoy seguro de que ella era la que más sufría con su fuga, que al fin mi madre me fue diciendo entre sollozos que se había ido con aquel hombre, pero no había sido una fuga repentina e improvisada sino que Rosa había estado sacando bultos de casa durante toda la semana, toda su ropa, su ajuar, dos arcas llenas de sábanas y mantelerías bordadas, juegos de toallas y hasta el mantón de manila se había llevado, y el juego de abanicos y el traje bordado de heculana, y sus joyas, el reloj de oro, que pocas lo tenían en el barrio, pero ella tenía de todo, un ajuar que se le iba haciendo como a una princesa, «para que no le falte nada el día de mañana», pues ese día de mañana parecía haber llegado ya, pero no había llegado precisamente por el camino que mi madre hubiera esperado y deseado, pobre Rosa, yo no hacía más que pensar dónde estaría Rosa en aquel momento, por lo visto la habían depositado en casa de la peluquera Pilarica, nada menos, «qué vergüenza», «qué vergüenza», repetía mi madre, porque al parecer las modistas de la placeta y la peluquera tenían la culpa de todo, que ellas habían sido las encubridoras y a casa de las modistas, que esto se supo después, había estado llevando ella los bultos, toda su ropa, todo su ajuar, un ajuar que mi madre le había estado preparando con tanto amor y tanto sacrificio, «un ajuar digno de una princesa», y hasta había ido a cobrar lo que nos debían en el camino de la Estación por el alquiler de la casita, y se había llevado todos sus ahorros, la Cartilla de la Caja, seguramente aconsejada por las modistas, dos hermanas locas, sin religión y sin pudor, y los vecinos dijeron que la habían visto entrar en la casa de las modistas todos los días llevando paquetes, y la misma tarde en que sucedió la fuga los vecinos la vieron entrar en aquella casa, y cuando se hizo de noche y pasaron las horas y Rosa no volvía, mi madre, como loca, salió acompañada de la hija de los Pascuales al jardín de la plaza, a la Alameda, a los cines, a los bares, incluso al camino del cementerio, y gritando «Rosa, Rosa, Rosaaa», y nada, y ya con la voz ronca mi madre salió a las afueras de Hécula, a la carretera de Trinquete, y luego a la de Pinilla, y siempre gritando «Rosa, Rosa, Rosaaa», pobre madre, y yo estaba allí sin poder hacer nada, sin saber siquiera qué decir ni qué pensar, sólo sintiendo sobre mi pecho los tremendos sollozos, y añadía «lo que más temo es el castigo que tiene que venir», y «la ruina que ha caído sobre nuestra casa», «quisiera verla muerta», «no diga eso, no diga eso», y el castigo tendría que venir también sobre aquellas modistillas que habían convertido su taller en lugar de cotilleo y de escándalo, avispero de murmuraciones y ahora ellas seguramente eran también las que alentaban y hasta serían ellas las que cantaban las canciones que ya se habían improvisado sobre la sobrina del cura y su fuga con el novio, y a mi madre parecía que le habían echado encima un montón de años, su pelo siempre tan negro estaba entreverado de canas, y su voz era afanosa, cavernosa y divagatoria, como si fuera a perder la razón, y a ratos tenía que sostenerla materialmente con mis brazos porque parecía que iba a caerse al suelo en cualquier momento, pobre madre, ella tan entera siempre y hasta tan comprensiva y alegre, y ahora estaba desconocida, y tenía a ratos una fijeza en los ojos que me producía inmensa pena, y yo sin poder hacer nada...

Me levanté y cerré del todo la puerta de la sala de visitas, no quería que nos vieran en tan suma aflicción los canónigos que estaban entrando puntualmente y sobre todo los seminaristas del Colegio San José que estaban a punto de llegar para las clases, con su fajín morado que distinguía a los de Mosén Sol, mientras el nuestro era verde como las lechugas del huerto de la Coronela, y de ninguna manera querías que se enteraran ni los de San José ni los de San Fulgencio de que tu hermana se había ido con el novio, la nefasta costumbre de la huerta, y hasta del Campo de Cartagena, que eso de «llevarse a la novia» era frecuente, pero no en nuestra familia, «qué vergüenza», «qué vergüenza», seguía repitiendo tu madre, que en los tiempos antiguos se la llevaban en la burra, después ya en la bicicleta o en moto, y ahora se la llevaban en coche o se iban los dos en tren, y las familias a esperar la decisión de la joven pareja, que casi siempre acababa casándose y todo se perdonaba, pero no en nuestra familia, no podía hacer eso la sobrina del cura, convertir las albas nupcias sagradas en acto de fuerza y de oprobio, era la mayor desgracia que podía haber caído sobre todos nosotros, y no quería saber lo que estaría diciendo tío Cirilo, mejor no saberlo, mejor no verlo nunca más, y hubo un momento en que deseé hacer lo mismo que Rosa, irme, desaparecer, y sólo lo impedía mi madre, con los lacrimales enrojecidos y ya secos como si las lágrimas de toda su vida se le hubieran quedado hechas piedrecilla mineralizada, un dolor que no cicatrizaría nunca, como los otros, el dolor definitivo y último de su vida tan menguada, su vida de víctima permanente, primero de un marido enfermo, después de los dos tíos mandones e intransigentes, y yo sabía que su única esperanza era yo, y era también mi sacerdocio, y esto me privaba de toda iniciativa, de toda resolución propia, yo era una víctima más, aprisionado en aquel engranaje desalmado de aquella casa de muros espesos, techos altísimos y rejas en las ventanas, como un pájaro triste encerrado en una jaula, como aquel pajarillo que un día me había enseñado mi padre en su mano húmeda ya del sudor de la muerte, y era el único recuerdo que tenía de él, ¿cómo era mi padre? ¿cómo había sido mi padre?, y sólo cerrando los ojos acertaba a inventármelo, a imaginármelo, con barba cerrada y ojos muy grandes y somnolientos, con una anchura de hombros que hacía más hundido y flaco su pecho de tísico sin remedio, y entre todos los recuerdos desvaídos y vagos que me quedaban de su persona, lo único que permanecía vívido para mí era el recuerdo de aquellas pelotas de algodón en rama que le habían puesto en la boca y en la nariz cuando lo amortajaron, un agosto reventador de podre y ventisca, de gusanera y fuego, pero entonces recuerda que todavía la belleza de tu madre se imponía sobre su dolor y la hacía distinguirse sobre vecinas y familiares, y yo creo que no era tanto belleza como serenidad, dominio y dignidad lo que hacía de tu madre una mujer tan hermosa, pero el luto había ido ahondando sus ojeras y luego se cebaron en ella los picotazos de aquellos dos cuervos, tío Cirilo y tío Cayetano, que ahora se habían atrevido a maldecir a Rosa, «¿qué me dice, cómo se han atrevido a maldecirla»?, «con razón, tienen razón», repetía mi madre, «no tienen razón», «no lo consentiré», «nadie puede maldecir a Rosa», y cuando decía todo esto pensaba que todo era falso, la maldición de los tíos y mi defensa, todo falso, todo inútil y ridículo, no había más que la vida arrollándolo todo, y nosotros allí, intentando detenerla, poner diques al temperamento de Rosa que había decidido echar por la calle del medio y reírse de todo lo humano y lo divino, lo sagrado y lo familiar, y yo no podía condenarla, y lo único que me inspiraba su acción era lástima, una inmensa lástima, quizás porque siempre había habido un entendimiento tácito entre Rosa y yo, quizás porque yo estaba orgulloso de su belleza, de su altivez y de su inteligencia, y ella había sido mi mejor compañera cuando mis hermanos me ignoraban completamente, porque Rosa había puesto sus manos frescas y bellas sobre mi frente cuando estaba enfermo de febriles delirios, porque a Rosa le gustaba jugar conmigo y leerme cuentos y me vestía con disfraces, y tío Cirilo bramaba de indignación, y yo creo que Rosa se divertía haciendo rabiar a tío Cirilo, y no tanto a tío Cayetano, porque a tío Cayetano lo respetaba más, pero dónde estaban ahora tío Cirilo y tío Cayetano, que habían dejado sola a mi madre con el dolor y ella se había tenido que venir a verme, sola, y esto en cierto modo me llenaba de orgullo, me hacía sentirme alguien, porque ella había venido a buscarme y cuando yo escuché su tosecita entre toda la gente que asistía a misa la reconocí enseguida y volví la cabeza y era ella, la reconocería entre miles, una tos que todavía tengo grabada en el oído, como que fue durante años mi gran preocupación, aquella tos, aquella tos..., quién me iba a decir que aquella tos acabaría con ella definitivamente, y justamente cuando la tenía entre mis brazos llorando le dio un ataque de tos y parecía que todo el pecho se le hubiera roto en pedazos, y entonces yo salí corriendo hacia el refectorio para traerle un vaso de agua y agarré una jarra y me fui a la cocina y la llené de agua del grifo y volví al refectorio, cogí mi vaso y lo llené de agua, y allí estaba mi servilletero, el que se me había perdido pero que había aparecido y por eso lo veía siempre con cierta ternura, y regresaba abrumado con el vaso de agua pero en cierto modo contento porque pensaba que aquella visita no era una visita rápida de mi madre como otras veces sino que seguramente, dadas las circunstancias, me dejarían seguramente salir a comer con ella, quizás ella ya se lo había pedido al rector, pero cuando volví a la sala de visitas, vaya susto, mi madre, toda crispada y tensa, estaba subida encima de un gran sofá dando gritos y con las manos cruzadas sobre el vientre: «un ataque», «un ataque le ha dado», me dije, pero no era eso sino que, cuando la agarré entre mis brazos, lívida y estremecida, gritó «un ratón», «un ratón, me ha corrido por el halda», y yo me quedé perplejo sin saber si mi pobre madre había perdido la razón y veía visiones o si sería verdad lo del ratón, pero ella no quería bajar del sofá y seguía gritando «un ratón, un ratón», hasta que los dos esclafamos en risa clamorosa y liberadora, una risa saludable que nos devolvió a los dos a momentos pasados, a tiempos de la casita del algarrobo, cuando jugábamos con la manga a echarnos agua, o cuando yo la levantaba en alto como si fuera una pluma y a ella le daba mucha risa, y gritaba «déjame, Pepico, déjame», y reía, reía como una locuela, bendito ratón, y ella se llevaba la mano al estómago como si le doliera de tanto reír o de tanto llorar, bendito ratón, porque yo ahora estaba alegre y quería que ella volviera a sentarse, pero no quería y entonces paseábamos cogidos de la mano entre los butacones y parecía que nos habíamos olvidado de Rosa y hasta de tío Cirilo y de tío Cayetano, que se habían ido a ver a la hija monja de tío Cirilo, a compartir con ella sus iras y sus lamentaciones, dos candelabros para el mismo altar de las inefables condenaciones, dos patas para el mismo banco de las perpetuas iracundias, y fue entonces cuando entró en la sala aquella viejecita loca, con un sombrerito de flores de trapo en la cabeza y toda reluciente de lentejuelas ajadas y de collares, muy pintadita y susurrante, una mujercita aleteante y frágil que andaba a pasitos menudos como una pajarita de las nieves y que se fue derecha a mi madre y dándole un beso, le dijo, «qué bendición, tener un hijo a punto de cantar misa», y yo sé que me ruboricé intensamente porque sentí un gran calor en las mejillas, pero el portero, que la había visto entrar, se vino hacia ella y cogiéndola por el brazo, con una melosidad afectada empezó a empujarla hacia la puerta mientras le decía «ande, doña Plácida, que nadie le ha dado a usted vela en este entierro», y ella muy sonriente, «ah, pero esto es un entierro», y el portero seguía llevándola amablemente, «déjelos, doña Plácida, que están en sus cosas», y ella se dejaba arrastrar como una niña pero no sin acercárseme antes de salir y susurrarme en el mismo oído «no haga sufrir a su madre, pobrecita» y esto me dejó anonadado porque aquella vieja vestida con trapos de prendería me parecía a mí como un ser mágico y estrafalario y estaba dispuesto a conceder gran importancia a todo lo que dijera, y ella parecía querer seguir con sus encargos y consejos o no sé qué, pero el portero la sacó por fin a la puerta de la calle y desapareció como si hubiera sido una visión o una alucinación dejándome a mí bastante preocupado, y en cuanto nos quedamos solos, además, mi madre volvió a sus llantos y al recuerdo de aquella noche horrorosa en la que había perdido la voz gritando por las salidas de Hécula, y de repente se detuvo, se limpió las lágrimas y me recomendó «tú no hagas caso, digan lo que digan, los seminaristas del pueblo», «tú no tienes la culpa ni tienes nada que ver con lo que haga tu hermana, que la gente es muy mala, que están con la sobrina del cura, y hay que ver la sobrina de tío Cayetano, y la sobrina de tío Cirilo, y todos se hacen lenguas, que yo no sé si voy a tener que salir del pueblo», y otra vez la voz se le rompió en sollozos profundos, pobre madre, y yo intenté consolarla pero no tenía palabras y entonces le acariciaba las manos y el pelo entreverado de canas, pobre madre, ella tan liberal siempre y tan despreocupada de habladurías, estaba ahora angustiada por el qué dirán, y sobre todo por los seminaristas del pueblo, a los que le habría llegado ya el chisme y bien adornado de escandalosos comadreos, pero yo no temía tanto a los compañeros del pueblo como a las sonrisitas falsamente compasivas de los superiores, y por supuesto al cotilleo general, los susurros envenenados, las envidias en acción, la piedad falseada, la despreciable zalamería, pero nada de esto podía decírselo a mi madre, pobre madre, que no podía figurarse siquiera lo que era un ambiente de seminario, donde para ella todos eran santos, cómo suponer la falta de caridad, la mezquindad y la superchería que imperaban cuando ella los veía desfilar, pálidos, tiesos o torcidos, pero siempre cabizbajos y humildes, por delante de su banco en la iglesia, cómo suponer todo lo que ocurre en un seminario, y así, una vez más, te quedarías sin decir a tu madre que estabas de más en el seminario, la verdad era que estabas de más y de menos, pero cualquiera se atrevía a hablar en aquel momento de una posible retirada, hubiera sido una puñalada más en el pecho escuálido y deteriorado de aquella madre, peor que lo de Rosa, sería ya la puntilla, y ella parecía necesitar tan poco para apagarse, consumirse del todo, un soplo de aire parecía que se la iba a llevar por delante, como así sería y muy pronto, pobre madre, y tú aun en aquel momento seguías en la luna, precavido pero confiado, sin sospechar siquiera hasta qué punto lo que tenías delante no era ya más que un despojo de madre, pero recuerda cómo eras tan infantil que no pensabas en nada más que en salir de allí, de entre aquellas cuatro paredes, y por eso cuando vino el portero frotándose las manos y diciendo que el rector te permitía salir a comer con tu madre y que podrías pasar el día con ella siempre que estuvieras de vuelta antes de la puesta del sol, te olvidaste de todo y saliste corriendo hacia tu celda, y por el pasillo ibas quitándote la sotana, oh, cómo te pesaban las sotanas, recuerda, y qué alegría poder quitarse el sudado alzacuello, y el ridículo fagín, y los zapatos de reglamento, fúnebres, horribles, y los calcetines negros, y estabas deseando mudarte de ropa, y recibir el aire de la calle sobre el cuerpo, sobre el cuello abierto de la camisa, y respirar el aroma mojado del río y de la huerta en la baranda del puente, allí con tu madre, como dos pueblerinos, como si hubieras venido al médico a que te viera las amígdalas, y pasearte con ella por las calles estrechas y asfaltadas, con aquel frescor que se colaba por las perneras del pantalón escaso, sombras de los toldos, rincones sombríos de los porches, mármol de los gastados y fregoteados portales, balcones por donde siempre asomaba alguna muchacha o se espesaban los visillos, y empecé a sacar las prendas del baúl y hasta me las ponía al revés, tal era mi prisa por saltar los escalones y cruzar con mi madre la plaza de la Catedral y el Palacio del Obispo y llegar hasta la Trapería y la Platería, acaso nos sentaríamos un rato en el jardín de Santa Isabel o en el de Santo Domingo hasta hacer boca, y hasta me sorprendía hablando solo en mi celda mientras me vestía, y los demás estarían todavía en el estudio a punto de bajar y meterse en clase, y por eso habría que salir antes de que me vieran, y si me veían peor para ellos que se quedaban allí, y ya descendía yo corriendo cuando al llegar a la escalera principal me salió al paso el padre prefecto y entonces me paró, con muy mala cara, y me dijo que antes de salir me fuera al coro de la iglesia a rezar tres avemarías a la madre del cielo, que ella me estaba esperando una vez más, que siempre me esperaba y me esperaría, y que muchas impaciencias para la madre de la tierra, pero para la madre del cielo qué, «¿corres alguna vez así para acudir a la madre del cielo?», y el padre prefecto fruncía el ceño al decirme todo esto y yo reconocí que tenía algo de razón y que era una cabronada lo que me hacía, pero una cabronada muy educativa, que allí no se toleraban impaciencias ni entusiasmos, que todo tenía que pasar por el tamiz de la contención, del sosiego, y yo diría de la hipocresía y la falsedad, y entonces me dirigí ya muy despacio hacia la iglesia, pensando, eso sí, en la impaciencia de mi madre y qué diría porque yo tardaba tanto, y recé las avemarías a trompicones aunque con mucha devoción y pi-

diendo perdón a la Virgen por mis prisas, y era verdad que ella siempre nos esperaba, incluso a los que salían de allí corriendo para no volver más, como yo, sin saber a dónde ni para qué, y hay siempre algo que nos sostiene y nos ayuda, y yo creo que es la Virgen, esa madre del cielo, porque quién me iba a decir a mí, dadas las circunstancias en que salí, que iba a estar aquí, y que iba a acostumbrarme, casi a los treinta años, a estas brumas y a estos humos del norte, y a estas lluvias que han sido tan sedantes para mis nervios, que acaso yo he escrito todas estas historias de mi Hécula por liberarme y no enloquecer o acabar tirándome a un tren, y sólo milagrosamente yo creo que he podido sobrevivir, porque hay pocas tierras tan aburridas y grises y embotadoras como esta orgullosa geografía del desparramado verdor y del beaterío montaraz, la Euskadi del hierro y de la sangre, y cuando veo aquí seminaristas con sus jerséis de punto grueso y curas con boina capada, me veo a mí mismo con la carne pálida, la tristeza en los ojos –otros dirán a lo mejor que es picardía–, y recuerdo aquel día en que la gente se quedaba mirándonos a mi madre y a mí, y yo no sé si dirían «pobre madre» o dirían «pobre chiquillo», el caso es que éramos reconocidos y era patente el aire clerical que emanaba de ti, que rebotaba en las esquinas y te daba en el rostro, y el gesto era ciertamente o inciertamente heroico, y tú ya sobrepasabas a tu madre en estatura, ella tan menuda y con los ojos tan vivos, aunque aquel día los llevara enrojecidos de tanto llorar, y la alegría que siempre bailaba en su rostro moreno, una alegría que ahora la fuga de Rosa le había arrebatado, y se arrebujaba en su chal, aquel chal tan conocido, tan cotidiano, y qué daría yo por tener ahora mismo aquel chal entre mis manos, aquel chal que ella misma había tejido, mientras el gato jugaba con el ovillo, una lana que conservaría seguro sabor de mi saliva y también de mis lágrimas, y mientras caminábamos Murcia nos saltaba al paso en gritos como un choto desmadrado, ternura de los diminutivos, de las soeces palabrotas cortadas por los eructos, y de vez en cuando teníamos que saltar sobre los charquitos que se habían formado entre los adoquines, mientras en otras partes el calzado se deslizaba fácilmente sobre el asfalto, pero siempre a cada paso el agua verdosilla de los hierbajos aplastados de la huerta, que a ratos parecían restos de orines, y ella, aunque la llevabas del brazo a ratos se enajenaba y hablaba sola entre suspiros, «Señor, Señor, qué he hecho yo para que me tenga que pasar una cosa así», y seguía diciendo que Rosa no era mala pero tenía un genio raro, «ya se lo había dicho su padre, tu padre, varias veces, más de una vez», pero la culpa de todo la tenían las peluqueras, las malas compañías, «nunca me hacía caso», «las malas pécoras», gente que no iba a misa siquiera, ¿qué se podía esperar?, y luego la fatalidad de tropezar con aquel Rosendo, que ni carrera ni oficio ni beneficio, además un hombre sin principios ni educación, que se estaba comiendo los cuartos de su pobre madre, y cuando se acabaran, ¿qué?, este no era un hombre para tu hermana, ni para nuestra familia, los «Sarmenteros», que así les llamaban en el pueblo, una gente descreída, gastadora, y sin tener de qué, que Rufino el «Sarmentero», su padre, ya había sido jugador y borrachín, una desgracia para la pobre Feliciana, con lo guapa que había sido de joven y ya para ella había sido una desgracia casarse con aquel hombre, y ahora nuestra Rosa, la joya de la casa, la flor de la familia, y es que no puede ser, porque no es la misma educación y sin la misma educación no hay matrimonio posible ni que dure, que el matrimonio exige buena levadura, y aun así muchos son desgraciados, que no puede ser, «y ¿qué va a ser de nuestra Rosita?», «no tengo hija, no tengo hija», y entonces lloraba intensamente, y yo trataba de distraerla y le hablaba de las tartanas que pasaban, y los caballos que casi todos cagaban a la vez y al pasar por los mismos sitios y dejaban la calle sembrada y pestilente, y yo la hacía pararse en los escaparates, para que olvidase, y en los puestos de flores, que en Hécula apenas si había flores, y a ella le gustaba verlas en Murcia por las calles, y luego pasábamos por la puerta del Mercado y nos atronaba el vocerío de los pregones y el jaleo de los animales que se resistían, y un policía municipal llevaba detenido a un muchacho gitano que había intentado robar algo, y desde la pilastra de enfrente se veía correr el agua del río, cubierta de ramas y trapos en revoltijo, y veíamos también entrar a los huertanos en la Audiencia, porque los pleitos en la huerta son perpetuos, y enfrente había una posada que tenía las mesitas con sus manteles puestas en el mismo portón, y en cada mesita estaban ya su porrón y sus platos de aceitunas y de rabanitos colorados, y como pasaban muchos soldados mi madre se acordaba de Manolo y de Pascual, que si ellos hubieran estado en Hécula otra cosa hubiera sido, porque Rosendo hubiera tenido un poco más de respeto, o digamos de miedo, pero ellos estaban haciendo el servicio militar, que después de haberse salido del seminario no tuvieron más remedio que incorporarse a filas, que si no, con lo fuertes y valientes que ellos eran –y para convencerme mi madre sacó de su faltriquera las últimas fotos–, el Rosendo no se hubiera atrevido, él, que era un cobarde, porque sólo un cobarde hace lo que él hizo, vaya bravucón, sabiendo que en casa sólo estaba una pobre viuda y dos ancianos, por muy sacerdote que sea uno de ellos, y mi madre todo se lo decía, sin parar de hablar, hasta tal punto que yo temía que se hubiera vuelto un poco loca, y me daba miedo que perdiera la razón, y trataba de mostrarle cosas pintorescas y hacerla sonreír, y recuerdo que, en éstas, pasaba un canónigo que me conocía y se acercó, severo y solemne, a darme un cachetito en la mejilla, y esto puso muy contenta y muy orgullosa a mi madre, pero al muy tonto no se le ocurrió más que decir «seguro que vais de médicos», y lo dijo mirando la cara desencajada y triste de mi madre, pero yo me enfadé porque quien debería ir al médico era él, con su barriga inmensa, bamboleante, que parecía que se le iba a caer al suelo de un momento a otro, y menos mal que a mi madre no le dio por contarle nuestra desventura, que temblando estuve de que lo hiciera, cuando los canónigos, ya se sabe, sólo viven para sus pastas, sus caricias de crema, sus fervorines y luego sus cotilleos, y por eso respiré cuando vi que nos dejaba en paz sin enhebrar conversación, y seguíamos atravesando la Murcia de las esquinas con lisiados perennes, úlceras de siglos en las piernas y llagas de sangre licuante en las cuencas de los ojos, y todos siempre en la puerta de las iglesias, madres con harapos colgando y entre los harapos el último hijo hinchado como un barrilito, y mi madre se daba cuenta de que aquello a mí me soliviantaba, y ella me miraba piadosa y al mismo tiempo tranquilizadora, como si adivinara el foco de rebeldía que se iba formando dentro de mí y que había de estallar un día, y el sello de la santa resignación se dormía en los semblantes de los que entraban y salían de las iglesias ante estas miserias, y yo también un cordero más, un manso cordero resignado ante la voluntad del Altísimo, un cordero impotente y sumiso como los que van al degolladero, y mi madre que no perdía fácilmente su agudo sentido de la intuición, comenzaba a hablarme de la vida, que son cuatro días, que lo importante, el único consuelo, está arriba, y que claro que era una pena que este mundo no fuera un reino de amor, pero justamente yo había elegido el destino de las bienaventuranzas, y se apresuraba, con pasitos cortos, a acercarse a aquellos desgraciados para dejarles unas monedas, y yo casi enrojecía porque veía la distancia entre lo ofrecido y la necesidad, pero yo no decía nada porque sabía que mi madre tenía aquella seguridad que dan la fe y el Evangelio de que nada en esta tierra tiene remedio, como no sea la santidad heroica, y eso lo consiguen muy pocos, y lo demás es tan transitorio como injusto, sin remedio, y sólo queda sonreír, sólo debe importar sonreír, aunque aquella tarde mi pobre madre no sonreía, porque volvía siempre a su tema, a la fuga de Rosa, y hasta me parecía que mi madre me llevaba sin sentido y sin rumbo fijo, como si estuviera loca, de un lado a otro, de una calle a otra, pero no era así, que de pronto nos encontramos a la puerta de aquella capilla donde el Santísimo estaba expuesto a perpetuidad y donde se decía que estaba enterrado un sacerdote que había sido santo de verdad, y mi madre ya me había llevado otras veces allí, y entramos y los suspiros de mi madre durante el rezo parecía que levantaban las losas del suelo, y a mí me abandonó toda devoción y recuerdo que allí dentro, quizás la oscuridad, el silencio, las luces temblorosas de las lamparillas, lo único que se me vino a la memoria fue el seminario, pero el seminario como espacio cerrado por muros insalvables, muros para el alma más que para el cuerpo, muros para la vista, para los sentidos, y entre aquellos muros florecían toda clase de sonrojos y disimulos, no sólo personales sino repartidos, colectivos y compartidos, las cartitas que se escribían unos a otros en el estudio, a veces filósofos y hasta teólogos y latinos, jóvenes a los que ya les brotaba el vello en los lugares correspondientes, y cuando se perseguían unos a otros buscando el toqueteo, el asidero contra la soledad, por los pasillos y hasta en la capilla, y sobre todo en el coro mientras se ensayaba el *Te Deum* o el *Dies irae,* o mientras el predicador enzarzaba salmo con salmo, y todo está a oscuras, la oscuridad de la noche, la oscuridad de aquella capilla, con mi madre suspirando, la oscuridad de la cama, la oscuridad del retrete, la oscuridad del alma, cuando la carne brilla como los peces sobre el mármol, la oscuridad del cielo cuando la luna se hace muslo o seno de mujer, espalda de diosa o rostro de misterio, la oscuridad, aquella oscuridad me estaba dando hasta miedo y sentí un alivio cuando mi madre se levantó para salir, salir, salir de allí, y yo sin haber rezado nada, sin haber sentido siquiera la presencia del Señor, y ahora, ya en la calle me sentía deprimido, vacío, culpable, y de nuevo parecía que a mi madre le habían dado cuerda porque seguíamos recorriendo calles sin sentido, hasta que ella misma dijo «nunca he andado tanto sin darme cuenta», «¿cuánto habremos andado?», y yo entonces me aproveché para decirle que tenía los zapatos rotos y con tanto andar hasta notaba las arenillas del suelo, y entonces mi madre me dijo, «pero, hijo, ¿por qué no lo has dicho antes?», y enseguida entramos en una zapatería y me compró los zapatos más bonitos y mejores que había, y por no cargar con la caja de los viejos nos acercamos al hotel donde ella se hospedaba, que se llamaba Residencia Azahar –mala palabra, pensaba yo, si a mi madre le podía recordar el traje de novia de Rosa, un traje siempre soñado y que ya no sería necesario ni oportuno–, y luego volvimos a la calle y nos tomamos un helado porque era pronto para almorzar, y con todo empezamos a buscar un restaurante porque ella quería que fuéramos viendo el menú y que me gustara a mí, y nos parábamos en los escaparates y leíamos la carta, y esto nos hacía reír a los dos y nos iba abriendo el apetito, y era una suerte poder elegir los platos, y por un día librarme de las legumbres del seminario, de los potajes y los purés ambiguos, de las sopas aguachonas y los arroces teñidos de azafrán, y yo estaba contento sobre todo porque veía que mi madre comenzaba a estar sencillamente feliz, pero en cuanto estuvimos dentro de aquel comedor soleado, con manteles limpios, al lado de una ventana que daba al puente, ella volvió a lo de Rosa, al expolio que hasta le había hecho en la casa, «no es mi hija», «no es mi hija», «ya no la conozco», que hasta se había llevado la mantilla de blonda de mi madre, su mantón de manila, algunas joyas, «yo pensaba dárselas, todo iba a ser para ella, ¿por qué me habrá hecho esto?», y yo la consolaba, «eso no lo ha hecho ella, madre, eso se lo han hecho hacer», pero yo mismo no estaba convencido y todo me parecía un sueño raro, porque Rosa era rebelde, era arisca, pero no podía ser mezquina, ladrona, insensible, yo me resistía a creerlo y me empeñaba en olvidar todo lo que mi madre decía por conservar la imagen de Rosa como yo la conocía, como yo la quería, como era realmente mi hermana, y le decía, «madre, ella volverá», «no quiero saber nada de ella», «¿y si vuelve?...», «para mí ha muerto», «no, madre», «no diga eso» y cogiéndole una mano me sentí inspirado en el Evangelio y comencé a hablar de perdón y de amor filial y me sentía un futuro salvador de conciencias, con lo lejos que había estado hacía sólo unos momentos de toda piedad y de toda devoción, y entonces mi madre me escuchaba como a un predicador desconocido, y los dos estábamos ajenos a los demás clientes y el camarero nos estaba mirando y esperando con total delicadeza, y es que aquel camarero tenía algo como de hermano lego, y al poner los platos y tenedores parecía que estaba encendiendo o apagando velas y pasaba como en volandas entre las mesas, y poco a poco la comida y un poco de vino nos fueron poniendo de buen humor y hasta tuvimos un recuerdo para los días pasados en la finca de El Algarrobo, cuántas ilusiones y sudores nos habíamos dejado allí, que parece que en la vida todo es acarrear para luego desparramar, y cada vez todo está más esparcido, más aventado, más perdido, perdido es poco, que todo se lo llevó el diablo, o las brujas del diablo, sus servidoras, que aunque parezca mentira tú te has gastado una fortuna y no se sabe en qué, porque algo ya se sabe que sería en putas y en juergas, pero no para tanto, que sólo el diablo puede fundir así sin ton ni son una herencia regular, y no quiero ni echar cuentas, porque me importa todo un rábano y ahí se queda, tanto si fue con Herminia como si fue en tonterías. Al diablo todo.

Pero no mezclemos la ceniza del presente con el ascua viva del pasado, que se enciende y revive como el brasero cuando se remueve con la badila, aunque tenga también momentos apacibles, como aquel día en que comimos mi madre y yo en aquel pequeño restaurante frente al puente, y allí estábamos los dos como dos pueblerinos que vienen a la capital a ver al médico o al notario, y recuerda que los minutos fueron como eternidades, y ahora mismo no sabrías decir cuánto tiempo estuvisteis allí, bromeando sobre la carta y sobre las gentes que pasaban por la calle, el caso es que en un momento dado estábamos ya de nuevo paseando y nos dirigimos al parque, aunque lo abandonamos enseguida porque se iba llenando de parejas que se colaban entre las estatuas y la floresta, incluso algunos muchachos solitarios que se perdían por los recodos arenosos que bajaban hasta el río enlimonado y seguramente mi madre juzgó que el espectáculo que se preparaba hacia el atardecer no era muy adecuado para mí y, sin decirnos palabra, como de acuerdo tácito, salimos del parque y nos metimos por el Palacio Episcopal hacia la catedral y, sin decirnos tampoco nada, nos encaminamos hacia la puerta y entramos en el interior fresco de la penumbra olorosa a cera, y nos sentamos frente a las rejas del altar mayor y allí casi nos quedamos dormidos, mientras el perrero iba con las llaves de un lado para otro, y entraban los canónigos y beneficiarios y cansinamente se dirigían a la sacristía, y en los bancos, junto a nosotros, había viejos profundamente dormidos, y los rayos del sol al atravesar las vidrieras ponían oros y aguas azules y verdosas de huerto sobre las losas, y cuando salimos de allí pude comprobar que mi madre estaba muy recobrada y ya sólo un sello de melancolía marcaba nuestros pasos hacia el seminario, inevitable horror que yo disimulaba y tenía que afrontar, y al llegar ante su mole miré hacia las ventanas enrejadas con sumisión inexplicable, allí donde me habían puesto como se pone a una planta en un tiesto seco, pero estaba la presencia de mi madre, el tacto suave de su toquilla en mi brazo para impedir toda rebeldía, y sólo a veces en lo íntimo había la esperanza de la revolución inminente como detonante de escapada posible, igual que los locos de una cárcel pueden pensar en un incendio que los librara de las rejas, lejos del propio terror, de la propia atonía, del propio desprecio, y mi madre me creía feliz allí dentro y yo callaba, y en cierto modo callaría siempre, la vida ha sido tan sólo un silencio continuado repleto de palabras mudas, de palabras muertas sin nacer, mientras un río de sinceridad vital se pudría por dentro, como las aguas estancadas y podridas, como las aguas ciegas y subterráneas, escuela de silencios, de simulaciones, de contenciones, escuela de morir poco a poco, de apagarse poco a poco, como una vela sin oxígeno, rostro cada día más pálido y demacrado, y seguramente por eso la gente se me quedaba mirando, y había miradas que se me clavaban y que me hacían daño, y no sé por qué yo recordaba a mi padre, cuya ausencia notaba sobre todo cuando tenía que escuchar las voces de tío Cirilo y tío Cayetano, dos padres a falta de uno, pero yo no podía recordar en cambio la voz de mi padre, por más que me esforzaba, sólo recordaba su entierro, y yo entre tío Cirilo y tío Cayetano, y la gente: «es el más pequeño», «es el pequeño», «pobre criatura», «¿cuántos años tendrá?», «no tendrá más de cuatro o cinco años», y menos mal que nunca me había faltado la alegría de mi madre, su iluminado semblante cuando me miraba y me sonreía como si entre ella y yo hubiera un secreto, y esto había sido lo único bueno de la vida, pero ahora me miraba con pena, y eso que ella no podía saber ni intuir siquiera dónde se escondía mi debilidad, mi miedo a mí mismo, cada vez más intolerable, mi cobardía interior, algo que crecía dentro de mí mucho más aprisa de lo que crecían mis grotescas piernas, aunque los trajes se me fueran quedando escasos por días, pero ella estaba ajena y confiada, ella confiaba plenamente en mí, y esto me hacía más cobarde, más culpable cada día que pasaba, ella no podía ni imaginar siquiera toda la tormenta que se iba fraguando sobre mí, ella no podía esperar mi respuesta al ciclón de la guerra, tempestad de tempestades sobre mi pobre espíritu asustado, y ahora mismo yo me asusto del abismo que hay entre aquella quimera soñada de salvar almas, convertido en un san Francisco Javier, y la vida estúpida de bacanal y vacío, de abandono y olvido de todo, pero me era necesario –sí, sí, no te disculpes–, había vivido entre el terror de la muerte, el miedo supersticioso, el fanatismo de la religión heculana, una religión *sui generis,* incluso bajo el odio político, hasta llegar a esta tierra de nadie, porque tierra de nadie fue para mí, y durante mucho tiempo no me reconocí a mí mismo, ah, pareces creer que ahora te reconoces, al menos estás escribiendo de todo aquello, pero quién sabe si no estás inventando, si todo aquello no te sucedió a ti, si todo aquello no es una invención tuya, o un sueño tuyo, ¿de qué puedes estar seguro?, vas indeciso de un lado para otro buscando la justicia, buscando el amor, buscando un sentido a la vida, ¿y qué hallas?, cuando crees que has encontrado aquel amor, un amor grande y hermoso, capaz de llenar toda una vida, ¿qué haces?, te asustas una vez más, te asustas de tanta dicha y huyes, sí, reconócelo, huyes, con el pretexto de sublimar tu propio fracaso huyes de nuevo al convento, esta vez al convento, necesitabas una experiencia más mística, más entregada, necesitabas una huida total, romper todos los lazos con el mundo, creías que así escaparías a los miedos, a las cobardías, pero todo estaba dentro de ti, no hubo huida posible, allí menos que en ninguna parte, allí todo fue peor, allí comenzó el verdadero fraude, y menos mal que no lo consumaste, que huiste de nuevo y a tiempo, tu madre ya no estaba contigo, tu madre ni te hubiera reconocido entonces –¿es que te reconocería ahora?–, cuando salí del convento igual que había entrado, pero quién sabe si ella no sería la única precisamente que me hubiera reconocido, que hasta me hubiera entendido, aunque no me entienda yo mismo, pero ella..., quién sabe si ella no lo temía ya entonces todo de mí, del mismo modo que lo esperaba todo, quién sabe si aquella misma tarde mientras caminábamos hacia el seminario ella no lo sabía ya todo, lo que yo había de hacer y lo que no había de hacer, y por eso me llevaba cogido del brazo mientras cruzábamos aquellas callecitas abarrotadas de gente, que se saludaba, discutía, se despedía, pandillas de muchachos que daban gritos y echaban a correr, huertanos indiferentes que portaban talegos o cestas y que seguían su camino como bestias cansadas y aburridas, empleados y ociosos que tomaban su cerveza o su café en las terrazas de los bares, guardias de asalto que se dedicaban a borrar los letreros recién pintados en paredes y vallas, todo era bullicio, vida, vida ruda, natural y espontánea, pero que a mí me mareaba, mientras mi madre se apretaba cada vez más fuerte a mi brazo, y casi deseaba ya llegar al seminario y descansar, pero no podía figurarme la que nos esperaba, que cuando llegamos supimos enseguida que tío Cirilo y tío Cayetano habían estado allí, buscándonos, y al no encontrarnos, dejaron recado para mi madre de que estaban en casa de don Enrique, el marqués, un señor que yo conocía, con bigote y barba muy lucidos y cuidados, que vivía en una casa con escalinata de mármol y columnas a la entrada, y tenía un perro precioso, y él era como el protector de la familia, pagaba mi beca en el seminario y era reverenciado por mi tío Cayetano, al que le gustaba tanto relacionarse con marqueses y marquesas, creo que don Enrique había sido general cuando Alfonso XIII era todavía rey de España y entonces había vivido hasta en el Palacio Real de Madrid; ahora vivía retirado, y yo siempre iba a verlo en los finales de curso antes de volver a casa, era como un rito, porque tenía que llevarle las notas metidas en un sobre a su nombre y el sobre bien cerrado y él siempre me decía más o menos lo mismo: «vamos a ver qué tal va este aspirante a canónigo», «creo que estás un poco distraidillo», y acababa dándome unas palmaditas cariñosas en la mejilla, mientras el perro, que me gustaba mucho más que el marqués, me ponía las patas encima y se estiraba como si quisiera llegarme hasta los hombros, era un perro precioso color canela, con el pelo sedoso y brillante, y yo me hubiera quedado allí jugando con el perro, pero enseguida él se levantaba y me daba recuerdos para tío Cayetano –a los demás que los partiera un rayo–, y me despedía en la puerta, muy amable, pues aquella tarde mi madre se tuvo que ir para allá, y quién sabe lo que iba a sufrir la pobre entre aquellos tres inquisidores, tío Cirilo, tío Cayetano y el marqués, y yo me enfundé rápidamente en las sotanas y bajé a la portería a recoger los zapatos viejos, y cuando subía las escaleras hacia el salón de estudio, subía yo despacio, enormemente cansado, como si me hubieran puesto un saco de plomo en cada pie, escalón tras escalón, despacio, y tuve que hacer grandes esfuerzos para no llorar, que todo el tiempo las lágrimas se me venían a los ojos, y enseguida me encontré sobre la mesa con el viejo texto de Zigliara, y mis lágrimas volvieron a brotar, y mis compañeros se estaban dando cuenta y me miraban de reojo, y unos a otros se decían algo por lo bajo, pero estaban muy equivocados si creían que yo lloraba por lo de Rosa, que casi lo había olvidado, porque yo lloraba por mí mismo, y lo peor sería si tenía que explicarlo, porque no sabría decir nada y por eso, cuando vi que se acercaba la figura ondulante del padre prefecto, procuré borrar toda huella de lágrimas ni de nada, volver a la careta de indiferencia, qué difícil, volver a la inexpresividad, a la alienación, a la asepsia total, mientras la procesión iba por dentro; pero el padre prefecto por esta vez no se acercó y al rato yo estaba como traspuesto, casi dormido pero en realidad pensando en mi pueblo, soñando con mi pueblo, donde Rosa, la sobrina del cura de San Cayetano, era el chisme y el escándalo, y era el mismo pueblo de las procesiones severas con el Cristo yacente, con las velas encendidas, era el pueblo de las grandes tronadas de pólvora a la Virgen, el pueblo de los rosarios de la aurora y de las salves penitentes de madrugada, y era también el pueblo de los caciques usureros y de los aparceros en calendario de hambre, un pueblo que gozaba con los escándalos y los adulterios, con las riñas públicas y las muchachas que se escapaban con sus novios, un pueblo que apedreaba a los anormales y coreaba a los borrachos, y yo creo que llegué a quedarme dormido porque de pronto tenía encima al padre prefecto, su mirada clavada en mí como una alcayata, me había despertado, y enseguida su voz de soplido sibilino, «¿en qué piensas?», «estás siempre en las ramas», y enseguida pasaba al usted, lo cual era mala señal,«no sé qué vamos a hacer con usted», y menos mal que todo era rutina y resbalaba sobre mi ensimismamiento como las gotas de lluvia por el cristal de la ventana y yo seguía pensando ahora en mi madre, que ya estaría en la casa del marqués, en su despacho de madera y cuero, bajo la gran lámpara de bronce, y don Enrique estaría ya harto de oír a mis tíos, y contestaría vagamente a sus palabras, «pero, ¿cómo se le ha podido ocurrir tal cosa a esa jovencita, y siendo sobrina de un hombre como usted?», y se dirigiría siempre a tío Cayetano, los demás como si no existieran, y mi madre allí estaría como la esclava, como la mártir, casi como la culpable, y el marqués seguiría: «buena la ha hecho Rosita, ¡y con tan bonito nombre!», «pero ustedes, ¿no se dieron cuenta de nada antes de que la chica llegara a esto?», «¿no sabían ustedes ya que el tal Rosendo era un fresco?», y efectivamente yo desde mi mesa de estudio trataba de imaginarme la figura de Rosendo y no lograba siquiera concretarla bien, se me escapaba, sólo recordaba unos ojos brillantes, algo achinados, una barba muy espesa, pero no sabría decir si lo que estaba recordando no eran los rasgos de otro cualquiera, creo que tenía los dientes muy blancos, muy fuertes, pero tampoco sabría decirlo, me esforzaba en vano por componerle un rostro, ¿cómo era posible, si yo lo había conocido muy bien, y hasta alguna vez le había llevado recados de Rosa, ingenuamente, inocentemente?, y ahora no lograba recordarlo, sólo sé que se pasaba horas parado en la esquina de la placeta, en la puerta de la taberna, desde donde se podían ver perfectamente mi casa, las ventanas de mi casa, desde donde seguramente Rosa le veía a él y es posible que se hicieran señas, que tuvieran un código para comunicarse así, porque a Rosa rara vez la dejaban salir sola, la pobre Rosa tuvo muy mala suerte con los novios, que todos le parecían poco para ella a mi familia, y hasta a mi madre, y así la pobre Rosa se iba quedando ya «para vestir santos», como se decía de las que se iban quedando solteras, y quién sabe si Rosendo no era ya un recurso para mi hermana, el clavo ardiendo al que se agarraba en su soledad, y sin amor siquiera, pobre Rosa, ella tan guapa, con unos ojos profundos, insondables, ¿qué había detrás de aquellos ojos, además de la rebeldía?, y sus relaciones con mi madre ya llegaron a hacerse chirriantes, medias palabras, monosílabos, frases inacabadas, ironías, y ella se refugiaba en las canciones, cantaba encerrada en su cuarto y a veces sus canciones eran trágicas, veladas de tristeza, y con tan bonita voz, que dejaba absortos a todos cuando cantaba las saetas de semana santa desde el balcón de nuestra casa, pero todos contra ella, los tíos y hasta mi madre, con buena voluntad, pero formaban una muralla en torno a ella, una muralla insalvable, sólo dando este salto que al fin había dado, y ¿hasta qué punto era culpable?, ¿quién podía disponer así de su destino, de su libertad, de sus ansias de amor?, que yo lo sabía, y ahora mismo estarían en casa del marqués disponiendo de su vida, castigos, improperios, maldiciones, ni una palabra de comprensión, ni de perdón, y si estaba también la hija soltera del marqués, que era implacable, de lengua desenvuelta, mandona y disponedora, tiesa y altiva, metida en la política, una cincuentona segura de sí misma, beata y despótica, estaría llamándoles tontos a todos, a mis tíos y hasta a mi madre, y eso sí que no estaba yo dispuesto a admitirlo, pero aquella virago solterona de doña Margarita era capaz de meterse con mi madre, a pesar de sus canas, que yo recordaba ahora cuando íbamos por la calle y su pelo parecía rociado de ceniza de la noche a la mañana, y sus ojos hundidos y brillantes, que cuando al pasar por el puente un fotógrafo ambulante quiso hacernos una foto, ella le hizo señas con la mano de que no, horrorizada, diciendo «otro día», «otro día», y qué pocos días le habían de quedar ya, y estaba yo tan impresionado que por ella quise reconciliarme con el seminario y concentrarme en la Lógica escolástica que tenía delante, pero me fue imposible, aunque sentía que por mi madre yo haría milagros, si había que hacerlos, sobre todo, y el primero el milagro de hacerme sacerdote, que sería un milagro si llegaba a cantar misa, y tanto, como que nunca llegó ese día, y menos mal que ella no pudo ver mi deserción, mi salto sobre la muralla también, que yo había de saltar más alto que Rosa, más bajo que Rosa, sí, más bajo, más miserable, más aturdido, por eso yo no quería juzgar a Rosa, no podía juzgarla, ¿quién podía juzgarla?, no sería yo quien la juzgara, vestido de roquete almidonado pero nada impoluto, levantándote las sotanas en cuanto podías para no tropezarlas al andar, inventándote cancioncillas que canturreabas por lo bajo en las que siempre se hablaba de amor, de sueños y también de muerte, y las estatuas, como aquella de Santa Cecilia, tirada en el suelo por la mano del verdugo, con el cuello segado pero latiendo todavía la flor de sus senos en el mármol, y el recato del pubis secretísimo en Miguel Ángel, o en Goya, dibujos, estatuas, estampas, que se veían y se escondían apresuradamente, o se rompían guardando en el arcano del puño cerrado el misterio de los misterios, y luego el circunloquio en la reiterativa, constante, insoportable, masoquista confesión, «era soñando», «¿soñando?», «sí, porque cuando desperté...», y luego las dudas, el tártago de las dudas, si la comunión sería sacrílega, si no había habido intención..., si moriría instantáneamente, terror de los terrores, y el rabo pestilente del demonio que tantas veces se había colado por debajo de la puerta hasta meterse debajo de mi cama, y el coágulo de sangre en la comisura de los labios de mi padre, y el algodón hecho una pelota sanguinolenta en los agujeros de la nariz y los oídos, y los sábados sin mancha tocando el cielo con los párpados, y el luto constante, un niño que no había tenido ojos para el color, o los colores, negras las botas de tío Cirilo, negra su capa, negra la sotana de tío Cayetano, y la carne de Rosa tan blanca en el cuello y en las manos y en las piernas, bajo las medias negras, y el pescuezo de Teodoro, que lo tenía delante de mi mesa en el estudio, medio roncando, y Soriano, el de mi pueblo, siempre con el dedo metido en la nariz que parecía querer llegar hasta los sesos, y las pataditas que por detrás me daba disimuladamente Gumersindo, coloradote y gordinflón, al que le daban aquellos soponcios tan raros, y el prefecto que se acercaba inesperadamente, con sus suelas de goma se deslizaba entre las mesas sin el menor ruido, y de vez en cuando alguno que se había quedado dormido recibía el susto y daba un respingo y hasta a veces un grito que nos hacía volver la cabeza a todos, y más allá de los muros la calle, con sus luces, con su jolgorio, otro mundo, la fortaleza del pecado, decía el padre prefecto, y yo desde luego no deseaba aquel día saber nada de la calle, sólo quería irme a la cama pronto y sin cenar, para poder pensar en mi madre y en Rosa, y el latín que tenía delante se me hacía una plasta, y como otras veces que me invadía la terrible melancolía, pura tristeza animal, empezaba a dibujar en un papel cualquiera –yo llevaba dentro esta condición para el dibujo, seguramente, de la que ahora vivo– y siempre me salía, aun sin quererlo ni pensarlo, una carita de niña, o una cara de agonizante o de loco, ojos y boca de terror, o pintaba un payaso y entonces me reía yo solo, y también pintaba el Cristo, con sus gotas de sangre corriendo de su costado herido, y estos papeles luego los rompía en mil pedacitos, los hacía una bola en el puño, entonces pedía permiso para ir a los servicios y allí los orinaba encima, y si el prefecto desde su silla decía tranquilamente «aguántese un poquito y quédese ahí», entonces me entraba el pavor, era peligroso tener aquello en la mano cerrada y se imponía tragárselo, tragárselo sudando, sudando de aprensión y de miedo, igual que cuando me tragaba la blanca hostia considerándome en pecado, y aquella tarde se hizo interminable, el reloj parecía haberse parado sobre la torre de la catedral y entonces comenzó a dolerme la cabeza, desde la nuca hasta la coronilla, como si me estuvieran metiendo un hierro frío por el cogote, y recuerdo también que aquella noche lloré en la cama y de madrugada hasta me meé en las sábanas, cosa que esforzadamente no me había sucedido desde hacía mucho tiempo...

Al día siguiente, sí, al día siguiente, después de la misa, se presentaron como la i y el punto, tío Cirilo y tío Cayetano, afilado como un gitanillo señorito el primero y rechoncho como un botijo el segundo, y como si se llevaran la lección muy aprendida, que se la tenían sabida de siempre –qué poca variación en sus odiados sermones–, comenzaron a soltar guita, que mi madre había pasado muy mala noche y que la culpa era nuestra, de Rosa y mía, que todo eran nervios y que estaban muy descontentos de mí, y lo mismo el marqués, porque los profesores habían dicho que yo podía rendir mucho más de lo que rendía, y que me faltaba fijeza, y que era demasiado impresionable, como un niño mimado, «sí, mimado, mimado, mi-ma-do», recalcó tío Cirilo, que interrumpía constantemente a tío Cayetano, quizás porque consideraba que sus palabras eran demasiado blandas o no eran bastante fuertes, y siguieron en su retahíla, hablando de sacrificios, de culpas, de la Providencia, de la Virgen, madre del cielo, de San Cayetano, y de pronto tío Cirilo se echó materialmente sobre mí como un perro sobre un hueso y me espetó, como si yo fuera el culpable de todo: «y tu hermana, la desgraciada de tu hermana, lo que ha hecho tu hermana, ha caído en las manos de Satanás, y es que ya no tiene el freno de la religión, se ha juntado con ese hombre, y ya verás, se verá más sola que si tuviera la lepra, porque ha caído sobre ella la maldición», y yo quería salir corriendo, huir, huir, pero él me tenía sujeto por un brazo, me apretaba con su mano sarmentosa, me hacía daño, y no se daba cuenta siquiera de que estaba la puerta abierta y que una procesión de canónigos, criados y padres estaba pasando incesantemente, y volvían la cabeza ante los gritos de tío Cirilo, y yo me moría de vergüenza, y también de miedo y sólo esperaba un descuido suyo para echar a correr, si al menos estuviera allí mi madre, aunque sólo fuera para recibir insultos, pero yo saldría corriendo, saldría del seminario para no volver más, me iría hacia la orilla del río, carretera adelante, y en esto pensaba cuando entre los sacos de la ropa lavada y los bultos del mercado vi que se acercaba despacio, disminuida, insignificante pero entrañable, la figurilla de mi madre, y no sabía si era sueño o realidad, pero cada vez se acercaba más y era ella, y se vino derecha a mí, sin decir palabra, sin hacer caso de mis tíos, y la sentí temblorosa y febril, y se agarró a mí como si fuera a caerse desplomada, y yo la abracé y vi que era real, que era ella, y tenía todo su cuerpo sacudido por temblores extraños, y yo tampoco hice caso de los tíos, y tanto es así que sin decir palabra los dos se fueron sin atreverse a interrumpir nuestro abrazo, y contra lo que yo esperaba mi madre esta vez ni pronunció siquiera el nombre de Rosa, y casi no hablaba, sólo me acariciaba y me palpaba como si tuviera miedo de que yo no fuera real, y me pasaba suavemente la mano por la cara como para convencerse de que era yo y de que estaba allí con ella, y verdaderamente yo tampoco estaba seguro de nada, que todo me parecía una pesadilla, y aun ahora que lo recuerdo todo nítidamente, pienso si aquella escena sucedió alguna vez o sólo fue soñada por mí, éramos allí en aquella sala de visitas inmensa y destartalada dos seres irreales, todo era como una pesadilla feliz, pero también tenía el aire de una despedida, ahora me doy perfecta cuenta, pero entonces no pensaba en ello, y lo raro era que mi madre no hablaba, no lloraba, sólo se achicaba entre mis brazos y era evidente que se trataba ya de un ser en ruina total, quién me lo iba a decir, que yo sólo estaba temblando de que comenzara de nuevo a hablarme de Rosa, oh, si aquellos minutos de silencio, aquel abrazo hubiera podido durar toda la vida, pero sólo después de un gran rato que para mí pudo ser una eternidad, apartó un poco su cabeza de mi pecho y me dijo con voz apagada, apenas audible, pobre madre, no supe ver entonces lo agotada que estaba, cómo se desvanecía lentamente, cómo se consumía por días y por horas su figura que había sido tan vivaracha y activa, ahora apenas tenía fuerza para decirme lo que me dijo, algo que me dejó perplejo, por venir de ella, me dijo: «ahora parece que lo del ejército va en serio, según ha dicho el marqués, ¿sabes?», y seguramente me lo decía para que yo pudiera ver mi futuro más puro y más auténtico, para que me diera cuenta de la gran dificultad que se avecinaba, pobre madre, quién le iba a decir que justamente la guerra civil sería el punto de contradicción para mí, el gran dilema en que iba a verme metido, la gran ruptura también, la gran majadería, el gran bochorno nacional, y para mí, personalmente, tal como estaba colocado en la frontera de dos idealismos en pugna, había de ser la puñeta total, porque en resumidas cuentas, ¿quién soy yo y a qué pertenezco en estos momentos, desde aquí mismo, donde la vida sigue siendo lucha y duelo de sangre, desde el río a la playa? ¿Qué hago yo aquí, entre estos vascos tan duros de mollera y tozudos de corazón? Que nunca me había planteado esto con tanta crudeza como ahora, porque es verdad que aquí sigue la lucha pero yo no me siento combatiente en absoluto, hace muchos años que dejé de sentirme eso, si es que alguna vez pude sentirme combatiendo por nada ni por nadie, que esa es la verdad, y en aquel momento mismo, cuando mi madre me decía, exhausta pero iluminada, que el ejército se iba a echar a la calle yo lo único que quería decirle era, «madre, ¿y a ti y a mí qué nos puede importar el ejército ni ningún ejército?», pero no me atreví a decirle nada, la verdad es que no dije nada, porque yo estaba en otra cosa, estaba y estoy, y los ejércitos y la guerra civil y todos los horrores pasados y presentes, ahora me doy cuenta de que me han resbalado, me han jodido como a todo el mundo, pero no han logrado resolver mi problema ni dilucidar mis dudas ni borrar mis desengaños, que yo diría que estoy aquí, ante este cuaderno de tapas negras, tan confuso, indeciso y desorientado como el primer día, y no quiero que el recuerdo de Herminia, ni ningún otro, se interponga ahora entre este cuaderno y el adiós a mi madre...

Tengo que seguir, debo seguir, aunque me cueste, porque cuanto más me acerco a ese nudo crucial donde seguramente está la clave de todo, más me entran ganas de dejarlo, pero sería imposible porque me quedaría más ajeno y más perdido que nunca lo he estado, porque nadie piense que lo hago por masoquista perversión de recrearme en un pasado doloroso, sino que lo hago consciente y premeditadamente en busca de un resquicio al desaliento, en busca de alguna luz esclarecedora de mí mismo, porque con esto de escribir y escribir del pasado, de todo lo que pasó o no pasó o pudo pasar hace tantos años, que ni siquiera sé cuántos, y tener que estar aquí en esta tierra pencando con un destino absurdo y con esta gente y esta tierra, extraños para mí, y cada vez más –ellos llaman a esta tierra país y se llenan la boca de país y de orgullo–, me voy sintiendo cada vez más extraño yo mismo, y si un día me sentí aquí acogido y relajado, después del *desperfollo*[3] de la guerra, ahora resulta que no lo puedo entender, ni por qué estoy aquí ni qué tiene que ver todo esto con ese pasado que revive y renace cada día en las hojas de mi cuaderno, y me parece que todo lo que voy contando fue otra existencia, y que no pertenece a mi verdadera vida, pero tampoco esto me pertenece, y entonces soy un mar de dudas, y piso la hierba fresca que rodea el caserío y entro a veces en los bares y soy como un viajero que estuviera de paso, que es muy difícil, y ahora lo

3. Palabra huertana que significa desbarajuste, desarreglo, follón.

comprendo bien, sentirse dentro y formando parte de esta tierra, no porque uno no quiera, sino porque no le dejan, que ellos siempre tienen un momento para hacer rancho aparte, y si lo de Herminia me tuvo un poco adormecido, ya está visto que todo se fue al carajo, nunca mejor dicho, pero un carajo flácido y colgante, un carajo sin oficio y sin coitos amorosos, como la porra de esos guardias jubilados que la tienen colgada y a secar junto al paraguas en el perchero de la entrada, y pensar que cuando llegué aquí todo pudo tener cierto aire de tibia voluptuosidad, incluso la niebla y la lluvia machacona, y llegué a sentirme tranquilo por algún tiempo, y hasta embaucado con resonancias de concha marina, pero el descubrimiento de la crispación y la agresividad sin sentido de estas gentes, el tono secreto y conspiratorio que se nota por todas partes, incluso en la propia fábrica, es como si me hubieran despertado a una nueva realidad que me desconcierta más que mi propio pasado, que hoy mismo, al agarrar la bicicleta para irme al trabajo, vi un grupo de gente parada en la esquina del convento, junto a ese viejo árbol que echa unas bellotas tan raras, y al acercarme pude ver en el suelo el cuerpo del muchacho, que así parecía, con tres o cuatro tiros en la cabeza, un ojo volado y los sesos desparramados por encima de la oreja, y nadie decía una palabra, ni tampoco era conocido por lo visto, que seguramente lo habían traído aquí después de haberle pegado los tiros en otro lugar, Dios sabe dónde, y los vascos a esto no le llaman «paseo», como se decía durante la guerra, ni tampoco «asesinato», ellos lo llaman «ejecución» y se quedan tan anchos, ejecución que se repite día tras día, y aunque sea cosa entre ellos, cada día que pasa a mí me hace pensar que en esta tierra del tiro en la nuca a mí no se me ha perdido nada, y esto me trae una nueva confusión, y pienso que mi destino es ir de un lado a otro sin saber nunca a qué carta quedarme ni si estoy o no estoy en mi verdadero sitio, si es que todos tenemos un lugar en esta vida, cosa que dudo también, aunque estos vascos crean que su tierra es de ellos y nada más, y los que no tengan muchas erres en su apellido, fuera, y yo ya sé que todo les viene desde la guerra civil, acaso complejo de culpa, además de resentimiento y odio, porque, si vamos a ver, ellos no fueron derrotados, lo que pasó es que no lucharon, que cogieron rápidamente las de Villadiego, y habría que preguntarse qué vascos hubo en la defensa de Madrid, o en la de Valencia, o qué mierda de vascos lucharon en el Ebro, que lo que hicieron muy bien fue irse a poner frontones y garitos por todo el mundo, que eso lo hacen muy bien, y creo que me estoy pasando, porque a mí, ya lo dije cien veces, no me va ni me viene, ni con los vascos ni con los partidos ni con la política, pero me jode ya esta brutalidad ambiente, estúpido ganado de fortachos sin sentido de la justicia ni de la solidaridad entre los hombres, que a ellos les importamos todos los demás un rábano, ellos son máquinas de matar, acaso por el fantasma de la propia cobardía que llevan en la espalda, y el deshonor que les cuelga de cuando fueron mansos corderos ante el dictador de los dictadores, pero vamos a dejarlo, ya digo que allá ellos con sus complejos y su ancestral brutalidad, que yo me canso ya de tanta sangre innecesaria y me despiojo de vascos, pero que no me esperen para depositar mis huesos en esta tierra de tercas brumas y de lloviznas mansuetas, que cualquier día los dejo con sus manías y servidumbres, y que les den morcilla a estos ferrateros de mente y yunque, sochantres de corazón vengativo y voz de madera hueca, que se zurzan ellos mismos los remiendos de las derrotas pasadas, presentes y futuras con tiros en la nuca como los mafiosos de Chicago o de Marsella o de Sicilia, y aun peores que todos ellos, y no sé por qué me estoy metiendo en esto, lo repito una y mil veces, que ya se ve que no es cosa mía y tan no es cosa mía que pienso verlo desde lejos y leerlo en los periódicos, pero a mí que no me vengan con muertes diarias, que si les gusta el aquelarre que se frían entre las brujas y los cuernos de macho cabrío, que lo mismo cantan en las romerías muy sentimentales, que ponen kilos de goma dos, que van a confesarse con la metralleta bajo el brazo, que aquí lo que hay es mucho carca, mucho beaterío, pero sin pizca de Evangelio, mucho Ignacio de Loyola sólo que al revés, violentado en sangre y odio, y por eso a mí nadie me va a meter en este entierro, que yo estoy aquí ganándome la vida y prefiero ya ganármela en otro lado donde haya más paz y menos odio, más alegría y menos sangre derramada, que ya estoy harto de estos narizotas con boina sobre la calva, y vamos a dejarlo que tengo otras cosas más clavadas, más hondas, que solventar, que yo debo volver a lo mío, y acaso lo que más me subleva también es la actitud de Herminia, que no se comprende, y vasca tenía que ser, y eso que yo tuve siempre un gran respeto por los vascos, como se sabe, pero había de llegar este momento para que confiese que no los entiendo, ni a Herminia siquiera, que hay que ver cómo se ha puesto, que ni rogándola ni esperándola a la puerta, que no y que no, que todo había terminado, y esto me da muy mala espina, que no sé si ella no andará metida también en política clandestina, que ha cambiado como la noche al día, y hay como un nimbo sobre su frente, esa frente que descansaba dormida sobre mi hombro, ese cabello que yo enrollaba en mis dedos, esa nuca que me descubrió el camino escondido de sus hermosuras, sus ojos lentos, transparentes, húmedos como piedras sidéreas chispeando en el légamo verdoso de la corriente, sienes y lóbulos para el beso profundo, labios que se aniñaban con la voz de fanal herido, manos y pies que pasaban del frío al calor como el mármol de su caprichosa chimenea francesa, y su ropa, y su bolso, y su cinturón, que olían a bosquecillo pegado a la playa, y sus pasos y su quietud, y su risa de cascabelillo loco, esa Herminia tan poseída y tan distante, mujer hecha para el silencio crepitador de la hoguera o la agonía, ceremonia de un orgasmo siempre irrepetible, noches sin voz y amaneceres oferentes, obstinación mía en no querer dormirme antes de escuchar con los ojos cerrados el suave oleaje de su respiración, deseo y miedo de que se despertara otra vez, y esta Herminia voluptuosa, lánguida, terca también como una mula, se planta ahora en sus trece y echa el candado, y la causa del collar no es más que un pretexto, que yo lo sé, y se me ha quedado a veces pensativa, cuando yo le rogaba, como si vacilara y fuera a caer, pero hay algo que se lo impide, estoy seguro de que hay algo que no depende de ella, y es lo que faltaba, que sea de esas que guardan la goma dos o las metralletas, y esto me subleva más todavía y cada vez que lo pienso ganas me dan de salir corriendo de esta tierra, sin esperar a más, que la propia Herminia ya se encontrará, si no lo ha encontrdo ya, algún vascorro de esos de frontón semanal, ejercicios espirituales una vez al año, chalé en Zarauz para la familia respetable y chalecito en las afueras de Logroño para la querindonga, hembra al estilo de Herminia, con ejercicios de artesanía amorosa suficientemente probados en alguna mancebía de San Sebastián, o algún ferretero vizcoitarra, especialista en echar los polvos de pie por la prisa que imponen los negocios, algo así ya encontrará Herminia, estos que pagan bien, no un romántico loco y desastrado como yo, que seguramente he sido tan sólo uno más en su colección, aunque yo me haya creído otra cosa, que esta vez me he dejado llevar no sé de qué estúpida ilusión, cuando tantas veces me había propuesto la renuncia al amor, algo que no está hecho para mí, ahora lo ves, una vez más lo compruebas, esta vez has caído en la trampa y todo porque la cosa empezó por la cama, sin esperanza de otra cosa, que estos comienzos son los peores, y ahora sálvate como puedas; pero a mí, en el fondo, qué se me da de Herminia, si lo que ha pasado es lo menos que tenía que pasar, porque yo soy un fugitivo de mí mismo, un viajero de mi propia existencia, sin raíces y sin ataduras, que si cuando eran tan fuertes me las sacudí, qué iba a hacer ahora yo sedimentado al lado de Herminia, un imposible, desengáñate, que lo que tú buscas no te lo puede dar Herminia ni nadie, que tu indagación es de otro tipo y ahora caminas hacia atrás como dicen que camina el cangrejo, que más bien yo creo que el cangrejo va de lado, y quién sabe si tú no vas de lado también, mejor diría yo que vas de cráneo, como dicen ahora, que lo tuyo es volver a aquella tarde en que te despediste de tu madre y lo que pasa es que estás esquivando llegar al meollo de la máxima desolación, y cada vez que te acercas acudes a divagaciones y circunloquios, que no es la primera vez que lo haces, confiésalo, y ahora no tienes más remedio que cortar por lo sano y volver a lo tuyo, que déjate ya de Herminias y de niños muertos, y recuerda que tu madre te dejó muy preocupado, que efectivamente las cosas empezaron a ponerse mal y hasta se hablaba de la llamada a filas de todos vosotros, tu reemplazo, concretamente, aunque nadie podía creerlo porque verdaderamente éramos unos críos, auténticos y verdaderos críos, imberbes e inmaduros, y acaso tú más crío que nadie, y parecía una barbaridad llevarnos así al frente, y fue verdad que la llamada a filas se produjo pero tú, recuerda, te hiciste el loco porque esperabas que la guerra se terminaría de un momento a otro, que eso era lo que se decía todos los días, y tú te pusiste a trabajar en unos laboratorios, porque del seminario hubo que salir, que aquello fue la desbandada, y yo me pasaba los días con mi bata blanca metido entre orines y esputos y mierdas, y tratando de conseguir un certificado para pasar por servicios auxiliares de segundo grupo, y efectivamente fui pasando de miedos y de peligros, porque estaba visto que a partir de los diecisiete años te declaran apto para morir y para matar, pero yo seguía en mi condición de camuflado, yo no me sentía preparado para morir, pero mucho menos para matar, porque morir es fácil y eso estaba a la orden del día también en la retaguardia, pero matar era algo que no entraba en mi esquema ni podía entrar, y así iba pasando los días, que ni era mi nombre el de mi carné ni yo era yo, que ahí comenzó mi mayor confusión, y en cierto modo esto se había hecho carne en mi persona, sensación de no ser yo mismo, de no saber quién era, pero cosa curiosa, mientras duró aquello tuve y sentí la mayor ansia de vivir que había sentido nunca, sin duda no era yo mismo, pero era un hombre, un hombre como los demás, un hombre que quiere vivir, ¿había algo malo en eso?, y a veces me entraba un valor extraño, una especie de desafío loco frente a la vida y al destino, una osadía que nunca hubiera sentido siendo yo mismo, porque la inteligencia no me faltaba y no sólo me salvaba yo sino que ayudaba a salvar a otros, y puedo decir que he salvado a muchos, y es que las guerras son como una aventura, algo que te saca de ti mismo, si no fuera así, quién conscientemente, en su sano juicio, iría a una guerra, creo que nadie iría, no existirían las guerras, pero siempre hay quien desea la catarsis, quien cree que existe el heroísmo, quien sueña con ser un héroe, pobres engañados, al menos yo no creía en ningún heroísmo, nadie me podrá decir que busqué la heroicidad, en todo caso busqué el olvido, el olvido del pasado, que sucediera lo que tuviera que suceder, pero que fuera otra cosa, que yo fuera otro ya para siempre, una nueva vida, un nuevo ser, y sin embargo, ya ves, ¿lo has logrado?, seguro que no lo has logrado ni lo lograrás, ni la guerra puede cambiarnos, ni eso tan nefasto, tan horrendo como es una guerra, puede liberarnos de nosotros mismos, quizás sólo la muerte y yo hubiera buscado la muerte si no fuera por el horror que me producía el frente, disparar para que te disparen, eso nunca, que muchos tampoco lograban morir en el frente y hasta volvían con permiso y contaban hazañas, bravuconadas, entre vaso y vaso, pero otros habían preferido irse a las montañas, a los montes de Ricote y otras sierras, y vivían allí como alimañas, pero yo tenía suerte, yo vivía enfundado en una bata blanca, aunque nadie pudiera llamarme por mi nombre, ni yo mismo, mientras mis hermanos, ellos sí, ellos eran decididos, seguros de sí mismos y de sus ideales, no sé si alguna vez los envidié, pero creo que no, ellos estaban, cada uno en su lado, haciéndose los héroes, Pascual deshecho en una celda de castigo por lo del Cuartel de la Montaña, Manolo dando rodeos por los frentes y las fronteras hasta acabar eliminado bárbaramente en tierras de Burgos, en San Pedro de Cardeña por más señas, qué destino negro, no haber nacido dos años más tarde, y cuánta gente perseguida, emboscada, engañada, y yo los veía pasar a mi lado, y la guerra no llevaba camino de acabar, se acabarían los hombres antes que la guerra, se acabarían las vidas pero seguiría la guerra como una maldición, y tú ni con unos ni con otros, envuelto, revuelto y amasado con el pueblo, eso sí, con sus ansias y sus excesos, con sus miedos y sus brutalidades, en el cruce dramático de tus desilusiones y tus sueños, de tus miedos y tus torturas, y la mayor de todas la duda, las dudas, el asco, la vomitona, cuando morir y matar se había hecho costumbre, como beber un vaso de agua, tanto en el frente como en la retaguardia, que si las cosas se ponían mal, yo se lo había oído decir a muchos, lo que había que hacer era no dejar a ningún quintacolumnista detrás, que nadie quedara para contarlo, que muchos mostraban sus manos como herramientas bien engrasadas, herramientas de matar, y no todo estaba perdido –decían–, que ahora iban a venir extranjeros de todos los países y se iba a terminar la opresión y la explotación de la clase trabajadora, y de una vez desaparecerían los curas, los militares, los banqueros, los terratenientes, porque el triunfo de la revolución iba unido al triunfo de la guerra, pero yo estaba en otra cosa, yo estaba en la encrucijada de mi propia identidad, luchando fieramente con mi propio cuerpo en soledad total, sin una carta ni un nombre de mujer, sin nombre propio, como un ser vacío que flota entre gasas y algodones pestilentes, pálido, triste y con ojeras, pecoso y macilento, con el pelo tieso y tirando a rubio, triste como un ciprés de patio de monjas, desgarbado pero hecho y derecho, tan hecho creía yo como mis hermanos, ni un punto menos que mis hermanos, a los que yo había visto desnudos y me había quedado asustado de sus virilidades, pero yo no era menos, ¿por qué iba a ser menos?, y ahora podía ir al cine y seguir haciendo descubrimientos por mí mismo, me emborrachaba de cine, de cine y de lecturas, y todo me llevaba a la abstracción y a la deriva de mí mismo, no sólo prófugo del ejército sino prófugo de mi propia persona, prófugo también de Hécula y de su viento, prófugo de los míos, de todo lo mío, prófugo de prófugos, una situación absurda que se hizo permanente porque nunca he sabido salir de ella, y quizás a lo único que me asía como un clavo ardiendo, pura quimera, porque ella nunca supo nada de mí, era a una muchacha del barrio del Carmen que si alguna vez me había visto se había reído de mí, ella y sus amigas yo sabía que se reían de mí y que me llamaban loco y chiflado, mil veces comencé a escribirle una carta que nunca terminé ni nunca le envié, hubiera sido la gran irrisión, pero yo sabía dónde vivía y le paseaba la calle, ella siempre en el balcón, un juego estúpido por mi parte, un juego bobo y cobarde, pero le fui fiel durante muchos meses, sobre todo a media tarde, hasta que me metía en el cine, y pensaba que si me agarraban un día y me llevasen al frente entonces le escribiría la carta y soñaba también con volver vestido con el uniforme de los milicianos y pararme debajo de su balcón hasta que me hiciera caso, aquella muchacha que tenía un óvalo de cara como el de las virgenes góticas fue mi amor solitario e imposible de la deserción, de mis noches murcianas junto a un palomar donde muy de madrugada comenzaban los zureos de las palomas y yo lo mezclaba todo con cruentas escenas de lucha cuerpo a cuerpo, lucha también imposible con la nostalgia de la mujer, y me despertaba con la lengua como la estopa y los labios mordidos, y a veces también me parecía oír pasos en la escalera y voces que preguntaban por mí y entonces escuchaba claramente la palabra «desertor» y comenzaba a sudar frío en la inmovilidad de las sábanas, y menos mal que aquellos comerciantes vecinos y amigos se ocupaban de mí, ayudaban a mi manutención y me tenían medio escondido, porque lo que no comprendería nunca es que yo tuviera que empuñar un fusil, y también ellos eran los que me hacían llegar las cartas de la familia, para mí como si me llegaran de la luna, y sólo buscaba las noticias de mi madre, y qué poco me decían de ella, pero en cambio me hablaban de tío Cayetano, que se había quedado como alelado, con lágrimas constantes y la boca siempre abierta, y que lloraba por todo, y que habían tenido que meterlo en el asilo, los hospitales estaban para los heridos de campaña, y una vez fui a verlo y estaba como un animalillo, sólo instintos, que se tiró casi sobre mí porque le llevaba algo de comer y casi me lo arrebataba de las manos y se lo llevaba a la boca con el ansia de un niño hambriento, y a mí me dio mucha pena, ni siquiera me conoció, ya no conocía a nadie y hablaba cosas incoherentes y remotas, cosas de su niñez, y se hacía todo encima, pero las monjas lo cuidaban con enorme solicitud, y decían «es un santo», «un santo», y no quiero ni pensarlo, porque aquello era peor que la calle llena de soldados que empuñaban los fusiles con fuerza, peor que los «paseos», peor que las colas en la tahona con el frío de la madrugada, y me salí a la calle con bascas, deseando encontrar un sitio, si todavía podía ser encontrado, donde respirar aire puro, donde contemplar las estrellas, donde sentir algo de esperanza y de amor; pero todavía no había comenzado el gran trauma, todavía no se había consumado la muerte de las muertes, la muerte que las resumía todas, una muerte a la luz del día, sin duelo y sin llanto, en la camilla de una ambulancia encharcada de sangre...

Sería preciso retornar a lo que sucedió en la primavera de aquella primavera del año 1936, año aciago entre los aciagos, en el cual la ruptura de Rosa con la familia no sería más que una leve nubecilla en el horizonte, como las que se forman sobre el río al amanecer, sólo una especie de velo tenue y pasajero, que eso no fue nada con lo que vendría después, con el triunfo del Frente Popular, las desbandadas, los saqueos, la quema de iglesias, y mi madre ya no podía venir a verme, y en el seminario cundía el pavor, hasta que efectivamente el ejército salió a la calle y se extendió en Hécula la racha de persecuciones, expulsión de los escolapios, apaleamientos, asesinatos, los seminarios fueron abandonados pero a mí se me prohibió que fuera al pueblo ya que quizás mis propios tíos tendrían que salir de allí, por eso tuve que camuflarme en aquel laboratorio, pero por poco tiempo; si he de ser sincero, aquellos meses fueron para mí de cierta exaltación, pues aunque no me atreviera ni siquiera a aceptarlo como pensamiento tentador, era evidente que la revolución que invadía las calles ponía a mi alcance por primera vez una libertad personal inesperada, miedo y euforia combinados, terror sacro y al mismo tiempo un cierto vértigo ante la ruptura inevitable y forzosa de todas las ataduras pasadas y quién sabe si de las presentes y las futuras, es decir que, inesperadamente, yo estaba como estrenando un destino, no ciertamente por voluntad propia sino por imposición de las circunstancias, y así parecía que iba a ser si no se hubiera cruzado la pesadilla de la muerte de mi madre, recuerda que todo se vino al traste, que dejaste de soñar y de esperar nada, aquella actitud expectante, aquel aura de aventura paseando el balcón de Carmencita, que todo desapareció como se esfuma un espejismo, que quizás tú mismo, tu propio ser, se esfumó también, porque algo cambió tan radicalmente que no puedes decir que seas el mismo, ¿y quién puede decir que sea siempre el mismo, desde que nace hasta que muere?, estoy seguro de que cambiamos a lo largo de nuestra vida, que una cosa es lo que nos pasa, y que es a lo que llamamos «el pasado», pero otra cosa somos nosotros, uno mismo, tú mismo, yo mismo, que a veces no eres el mismo que se acostó por la noche cuando te despiertas por la mañana, que hay pesadillas que nos transforman, que nos embarullan hasta el extremo de no reconocernos, y eso te ha pasado a ti con la muerte de tu madre, quizás porque tú mismo no has salido vivo de aquello, más bien has sido ya desde entonces una sombra que vaga de acá para allá, sin fijeza y sin ilusión en nada, ¿lo de Herminia?, cosa de risa, un pretexto para sentirte un hombre como todos, algo que tampoco te interesa, un ir tirando, cuando no buscas el fin por medios disimulados, recuerda cuando te metiste en el río la primera noche del frente, y el caso es que quizás nunca habías podido asumir la posibilidad de su muerte, y ya no fue tanto que la viera morir sino cómo la vi morir, que hasta el fin creí que aquella era una escapada más, un viaje loco como tantos que la familia había emprendido, y yo creo que nunca acepté del todo aquel final, quizás también porque me sentí culpable, porque todos fuimos culpables, porque aquella tos que me hacía reconocerla en la iglesia, aquella tos que parecía romper su frágil pecho, aquella tos tuvo que ponernos a todos en guardia, y ahora pienso que cada vez que la había visto alejarse del seminario cuando venía a verme, en lugar de tirarle un beso desde la ventana como siempre hacía, debía haber bajado corriendo y juntarme a ella y no abandonarla jamás, y llevarla a buenos médicos, y llevarla a la montaña, y llevarla al mar, porque acaso los muertos se nos mueren porque los dejamos morir, y esa es mi gran pena, ¿he dejado yo morir a mi madre, o pude hacer algo que no hice?; esta es la cuestión que me tortura y que me ha impedido ya nunca más ser yo mismo, si algún día tuve alguna certeza, que tampoco estoy seguro, el caso es que mi madre se apagaba por momentos y yo seguía en mi laboratorio murciano, y hasta un día recibí una carta de Rosa, y esto pensé que sería una alegría para ella y pensé en acercarme al pueblo, aunque era peligroso para mí, dada mi edad, y leerle la carta, en la cual se expresaba mi hermana con gran tristeza, con gran nostalgia, y era hasta una manera de pedir perdón, dado su orgullo, y daba también a entender que esperaba un hijo, decía que se había casado y que su marido se iba a colocar en Valencia o en Alicante, y yo ya estaba pensando cómo hacer llegar esta carta a mi madre, pero no fue necesario porque recibí un recado de casa del marqués en el que se me pedía que acudiera a verle y allí me encontré con tío Cirilo y tía Teresa, que iban a reunirse con su hija monja en Orihuela, que mi madre se quedaba sola y que yo tendría que irme a cuidarla, pero que en el pueblo no podíamos estar sino que deberíamos refugiarnos en la casita de El Algarrobo, que el médico había dicho que el campo sería bueno para ella, y así fue cómo los dos volvisteis a la casita, en aquella larga agonía que es todo lo que te ha quedado de su vida, que hay muertes breves y muertes largas, y la tuya, madre, tenía que ser larguísima y en medio de una revolución, que quiero recordar ahora, madre, aquella tarde en que te avisaron de que se iba a quemar la ermita de San Cayetano, y entonces tú te presentaste en la Casa del Pueblo, y pediste las llaves y que te acompañaran, y te acompañaron dos mandamases, y ellos lo comprendieron muy bien, y entre dos escopeteros, silenciosos y respetuosos, entraste en la ermita y sacaste el copón con las hostias consagradas y ellos se descubrieron y casi se pusieron de rodillas, mientras tú, madre, abrías el sagrario, y yo había ido también y estaba asustado, pero nadie le hubiera tocado a ella un pelo de la ropa, porque ella se hacía querer por todos, de derechas y de izquierdas, y luego aquellos dos escopeteros la acompañaron hasta la casa, y allí, cuando nos quedamos solos nos hizo comulgar a todos, y a mí me hizo diácono de golpe, pero cuando ya quedaban pocas hostias ella tuvo una intuición, y dijo que no podíamos quedarnos sin ninguna, por lo que pudiera pasar, y empezó a buscar un sitio donde esconder las que quedaban y las escondió en la cocina, en una cajita que era para la levadura, y quién se lo había de decir que muy pronto servirían para su viático, y efectivamente cuando nos fuimos a la casita del campo nos llevamos con nosotros la cajita de la levadura, «el pan de los fuertes», como ella decía, y a mí me daba más devoción aquella cajita de estaño, copón de circunstancias terribles, que el aparatoso sagrario del seminario, siempre con la cara del prefecto vigilante, que ocurriera lo que ocurriera, hasta con los ojos cerrados, hasta durmiendo me parecía tener su cara de cadaverina delante, y aun ahora, cuando pienso en él me estremezco, porque sin género de dudas fue para mí lo más siniestro que me he topado en la vida, y eso que en la guerra me tocó encontrarme con tipos de los que ponen carne de gallina, pero eran otra cosa, mientras que el padre prefecto cuando te miraba parecía que te llegaba hasta dentro de la espina dorsal y te la recorría de arriba abajo y de abajo arriba como un calambrazo de electricidad, y ahora no comprendo cómo pudimos vivir con tal susto encima, una persona que sólo te da miedo, que jamás te comprenderá, que para él una madre era algo así como una silla, si era pobre, y acaso como un sofá si era rica, y su frialdad de hielo sabía trocarse en zalamería cuando tenía que sonreír, que nunca era a ninguno de nosotros, sino acaso cuando había alguna visita importante, como una marquesa o algún padre de ringorango, que este huertano de origen se había refinado hasta extremos increíbles para las ocasiones excepcionales, pero para nosotros sólo el frío cortante de su mirada escrutadora y penetrante, y siempre tenías que encontrártelo, echaras por donde echaras, que parecía tener el don de la ubicuidad, y siempre estaba en el cruce de la escalera, o en el pasillo, en la puerta de la enfermería, en el coro de la iglesia, incluso en la esquina de los retretes, que parecía poder estar en todas partes al mismo tiempo y no había escapatoria posible, y cuando comenzó la guerra yo temía darme de narices con él en cualquier sitio, en el laboratorio, en el frente, al borde de aquel río, en aquella primera guardia, que todavía es un misterio lo que allí pasó, que hay cosas en la vida que se quedarán sin explicación; pero el padre prefecto, como digo, era para mí como una obsesión y tardé tiempo en librarme del miedo de encontrármelo tanto si era en el frente, en el campo de concentración o en el hospital, pez de río que siempre salía por donde menos se esperaba, y quién sabe si un buen día no aparece por estas tierras como cura obrero o como cura señorito, que un día hasta creí haberlo escuchado por la radio, y quién sabe, que elementos así no desaparecen fácilmente del mapa, pero tengo que decir que allí, en El Algarrobo, casi se me quitó la obsesión, que allí era el sitio donde menos temía que apareciera, quizás porque el aire puro y la frescura de la balsa con su rumor de agua, no eran sitios muy propicios para la aparición de figuras siniestras, aunque, como contaré a su debido tiempo, tampoco nos faltaron apariciones de este tipo, como cuando apareció el padre Eladio; pero vayamos por partes, que a mi madre la encontré tan acabada que no sé cómo todavía pudo resistir lo que resistió, pero en cierto modo me sentía libre para poder cuidarla, libre de los dos tíos que habían sido siempre como dos losas sobre nuestras vidas, y ahora, mira cómo se salvan en salud, mira cómo ahora nos dejaron solos, sálvese quien pueda, pero ellos los primeros, que el pobre tío Cayetano ya era una piltrafa y nada se le podía reprochar, pero tío Cirilo y tía Teresa bien que se habían largado por lo que pudiera pasar, dejando sola a mi madre, pero aquí estaba yo y recuerdo que aquellos meses fueron de los más felices de mi vida, porque lo que menos pensaba yo era que el desenlace fuera inminente; yo sólo pensaba en cuidarla y creía que iba a vivir siempre, si no, no se comprendería el desgarrón que fue para mí cuando ella dejó de respirar, que puedo jurar ahora mismo que yo no lo esperaba, aunque estaba tan visible y era tan lógico, pero no sé a qué me aferraba ni cómo estaba de ciego que no pude resignarme a ello cuando llegó; yo recuerdo que me llevé a la casita libros, muchos libros que me devoraba ansiosamente, alternando la lectura febril con los ratos en que me pasaba asomado a la ventana, imaginando más que viendo a lo lejos todo el movimiento bélico de las milicias populares, y ello iba revuelto con un deseo desbocado y loco por la vida, por participar del alboroto de la vida, y qué poco me había de durar, pero yo no tenía sentido del tiempo y dudaba entre permanecer escondido y hecho enfermero de mi madre y salir hacia el espectáculo de la revolución que en Hécula se convertía día a día en un frenesí de sangre, un pueblo hecho desde siempre para que se rompieran lanzas de odio en las esquinas, gentes que se pasaban siglos adorando los misterios divinos y de repente reventaban en cólera de exterminio, y menos mal que allí donde nosotros estábamos, sin más contacto que la criada Rafaela, que iba y venía al pueblo, estábamos a salvo, y tampoco a mi madre la hubieran hecho nunca daño, que muchos vecinos sabían dónde estábamos y nos habían dicho que si necesitábamos algo, que no nos preocupáramos de nada, en fin, que yo creo que a mi madre todo el mundo la quería, pero el peligro era que yo estaba siendo prófugo y desertor y que si me veían algunos jefes de milicias rápidamente hubieran investigado mi situación, y por eso a Rafaela le habíamos dicho que no hablara nunca ni palabra de mí; con todo, vivíamos en puro sobresalto, y recuerdo ahora que una noche, cuando estábamos rezando el rosario debajo de la escalera y con muy poca luz, tan quedamente que más bien nos entendíamos por el movimiento de los labios, sonaron unos golpes muy suaves pero amedrentadores en la puerta del postigo, y era muy raro que fueran los mandaderos, porque en aquellos días se retiraban temprano, pero los golpecitos seguían sonando, y cada vez como más nerviosos, y sentimos verdadero miedo y mi madre apagó la luz del todo; ya en la oscuridad, se acercó mi madre al postigo y preguntó quién había, y entonces una voz lamentosa dijo «soy yo, soy yo», y luego, «por favor, abran», y como parecía alguien que necesitaba ayuda, mi madre se armó de valor y abrió el postigo, y nos quedamos estupefactos cuando vimos que allí estaba el padre Eladio, sudoroso, escuálido, con una barba azulosa como los santos de los altares, vestido con ropas extrañas, salpicadas de polvo y hierbajos y llevando en la mano una especie de garrote de pastor o de peregrino, con el cuello un poco doblado, como siempre, como cuando decía la misa en el convento o cuando me daba aquellas clases de latín y mi madre, haciéndose cruces, le dijo que pasara, y como parecía tener la garganta seca, porque se pasaba la lengua por los labios, y lo que pasaba era que estaba afiebrado de miedo, mi madre acudió presto con un vaso de agua bien fresca, pero él la rechazó diciendo: «no, ahora no, sería la muerte», y tenía la respiración tan fatigada que le salía una especie de pitido, como un globo cuando se desinfla, y estábamos todos pasmados de aquella aparición, y él miraba a todas partes, como asustado, y preguntó por tío Cayetano y tío Cirilo y esto excitó visiblemente a mi madre, y entonces él se puso aún más pálido, con aquella palidez que parecía que se le viera circular la sangre por las venas de la frente, y parecía que se iba a desmayar y entonces mi madre le arrimó una silla, y él como si quisiera justificar su llegada de aquella forma, como lleno de inocencia y también de atrevimiento, dijo: «yo pensé que había que visitar al discípulo predilecto», y me miró con enorme tristeza, y mi madre comprendió que el padre Eladio estaba muerto de hambre y se levantó de su sillita baja, la silla que ella siempre usaba, que no usaba otra, y se fue a buscar algo de comer y mientras tanto el padre Eladio se fue rápidamente hacia la ventana y quería abrirla, pero mi madre desde la cocina gritó: «no, padre Eladio, eso no», y él dijo «quería ver la lucecita del Castillo», y mi madre le replicó «ya no hay lucecita en el Castillo, que han quemado a la Virgen», y cuando mi madre regresó trayendo algo de comida, le dijo al padre Eladio «la lucecita, padre, ahora hay que llevarla dentro», y el padre decía que sí con la cabeza, con unos movimientos tan fuertes que yo creí que se le iba a descolgar el cuello, tan flaco, con aquellas sacudidas, y esto demostraba que estaba muy de acuerdo con mi madre, porque el padre Eladio apenas podía hablar, y se ve que todo era hambre porque en cuanto comió empezó con las prédicas de siempre, sobre todo dirigiéndose a mí, que se puso tan cargante que lamenté que mi madre lo hubiera alimentado, pero hasta mi madre demostró que no estaban los tiempos para consejos azorantes y sutilezas, y muy tajante le dijo: «este pueblo, padre, no tiene freno de Dios, y no tiene perdón, porque ha quemado a la Virgen del Castillo, qué le parece a usted, y dicen que la han quemado debajo del mismo pino donde antes se le daban vueltas después de la procesión, con todo el pueblo gritando entusiasmado, "viva la Virgen" y disparando pólvora, pues ahora qué gritarían, dígame usted, antes se comían la imagen a piropos y le tiraban besos y flores, y todo el mundo tenía en su casa una estampa de la Virgen en su mesilla de noche, y ahora, qué ha pasado, qué quieren, ahora se han quedado sin madre del cielo, y ya este pueblo no tendrá salvación, qué salvación va a tener después de esta salvajada, dígame usted, padre Eladio», y él seguía sacudiendo la cabeza arriba y abajo, arriba y abajo, pero no decía nada, que yo creo que todos nos quedamos mudos de la elocuencia de mi madre, que hacía muchos días que no había hablado tantas palabras seguidas, porque se cansaba o le daba la tos, pero lo que nos dejó más apesadumbrados aquella noche fue cuando el padre Eladio nos contó que él venía dando tumbos durante todo aquel día, porque don Venancio, que lo tenía escondido en un pajar, le había dicho que tenía que irse, que lo habían descubierto y que estaba en gran peligro, y que se fuera cuanto antes, y él mismo le susurró que nosotros estábamos en El Algarrobo y que este podía ser un buen sitio para esconderse, y entonces el padre Eladio se había venido, dando rodeos y escondiéndose detrás de las tapias y los árboles, hasta que llegó como hemos visto, que venía que daba pena, y ahora lo que hacía era frotarse las manos entumecidas, como si se sintiera feliz, aunque el miedo seguía agazapado en sus ojos, y a mí me daba inmensa lástima pero también me aterrorizaba cuando se acercaba, porque me asqueaban sus encías amarillentas cuando sonreía, el brillo de calavera de sus pómulos, y el olor nauseabundo que salía de su persona, sobre todo en cuanto se movía, un olor como de orines atrasados que a mí me producía náuseas, sin embargo, había que esconderlo y tenerlo con nosotros, no había otro remedio, «y que sea lo que Dios quiera», había dicho mi madre, y quedó decidido que de día, para que no lo vieran los mandaderos, estaría metido en el cuartito de la bodega, debajo de la escalera, porque había que evitar que lo vieran los mandaderos, y hasta Rafaela, que venían por la mañana para los recados, y allí estuvimos aquella noche bastante rato, de lamento en lamento, que parecíamos almas en pena, y cuando ya estábamos rendidos mi madre fue a prepararle una cama al padre Eladio, pero ahora a él le entraron como unas prisas extrañas, no se sabía de qué, como si tuviera ganas de hacer alguna necesidad, que se levantaba y se iba a las cámaras de arriba, o bajaba a la bodega, y yo estaba pasmado de aquellas idas y venidas, y todavía con la taza del ponche que le había hecho mi madre en la mano, parecía que se hubiera vuelto loco de repente, meneando su cabecita de pájaro desplumado, y gotas de sudor le brotaban en la frente y le resbalaban hasta el cuello, hasta que de repente se me acercó y con una voz enronquecida me preguntó, su pregunta de siempre, cuando me daba clases, «¿sigues puro?», «¿estás ahora mismo en estado de gracia?», y cada vez se me acercaba más, mareándome con su olor, y era capaz de querer confesarme allí mismo, y enseguida me preguntó también, «¿con quién te confiesas ahora?», y yo aterrado, estaba visto que trataba de confesarme y estuve tentado de darle un empujón y decirle que me dejara en paz, me estaba poniendo malo pero no quería hacer ninguna escena violenta, por mi madre, así que me limité a quedarme tieso como un palo y muy colorado, sentía el calor en mis mejillas, pero era un calor de indignación y de rabia, qué se había creído el padre Eladio, era capaz de haber salido de su escondite sólo para confesarme a mí, era su manía, y efectivamente, comenzó: ¿«cuándo te confesaste por última vez?», y yo espantado me aparté a un lado y grité «¡madre, qué estás haciendo?», y él sin darse por enterado se vino detrás de mí lleno de ansia y preguntándome «¿es que no quieres confesarte conmigo?», y me perseguía su olor entre dulzón y agrio, que yo tenía que agarrarme a las paredes para no caerme desmayado, y estaba deseando gritarle «¡no, NO!», «viejo asqueroso, viejo inmundo», y esto es lo que iba pensando por dentro mientras bajaba las escaleras al encuentro de mi madre, y cuando volvimos a subir el padre Eladio tenía gruesas lágrimas resbalándole por la cara y su cuerpo se sacudía en sollozos silenciosos, y los tres nos quedamos un rato callados, sin saber qué decir, y yo sólo pensaba en lo que iba a ser de mí en adelante con el padre Eladio persiguiéndome para confesarme o para ponerme sus manos encima, quién sabe lo que se podía esperar de aquel viejo fraile estrafalario y maníaco, y durante un rato sólo se podía escuchar el furor acompasado de los grillos en torno a la balsa, y yo me aproveché para salir a la azotea, y la noche de agosto era blanda y cálida como un regazo de madre, y sólo se oían cerca los grillos y a los lejos algún ladrido de perro de las casitas vecinas, y me hubiera quedado allí toda la noche, que era difícil imaginar desde allí, bajo el cielo límpido y estrellado, que abajo estuviera un ser tan lamentable y putrefacto como el padre Eladio, y el caso es que me invadía una profunda lástima al recordarlo, que seguramente no tenía familia ni otro refugio que ir de casa en casa, donde le quisieran acoger, y mal sabía yo en ese momento lo que iba a suceder tan sólo dentro de unas horas, que mi madre me llamó y bajé, y el padre Eladio seguía tan atribulado que no hacía más que retorcerse las manos y musitaba por lo bajo «¿por qué habré venido?», «¿por qué habré venido?», y de vez en cuando le castañeteaban los dientes, que cuando mi madre decía «vamos a acostarnos», él negaba con la cabeza y no parecía querer dormir ni nada, y mi madre se disculpaba de no poder ofrecerle una cama mejor, pero él no estaba en eso, estaba como inquieto, como nervioso, se movía incesantemente, y yo preocupado por mi madre, que debía descansar, dije con la voz más firme que pude: «hay que acostarse, mi madre está muy cansada, vamos, madre, a la cama», y mi madre efectivamente casi no se tenía en pie y tuve que llevármela casi en brazos y la acosté y yo me acosté en la cama de al lado, pero aún no habíamos prendido el sueño cuando apareció en la habitación el padre Eladio, y no sé cómo me contuve y no le grité, pero él temblaba como un junquillo a la vera del regato, y como si viniera a descubrirme un gran secreto se acercó a mi cama y me dijo «no me gusta nada la tos de tu madre», gran descubrimiento, tampoco a mí me gustaba, entonces le dije que estábamos pendientes de ir a un médico de Murcia, pero que mi madre quería esperar a ver si se aclaraba el ambiente de la guerra y también esperaba noticias de mis hermanos, que lo más raro de todo era no tener noticias de Manolo, que había sido siempre el más cariñoso con la familia, y sabíamos que estaba en el bando republicano, aunque mi madre siempre tenía la esperanza de que se pasase al lado de Jesús, como decía ella, creyendo que era el lado de la religión, del cristianismo, de «los buenos», qué engañada estaba, pero con todo Manolo era un bonachón, amante de la vida y muy sentimental, y él no estaba dispuesto a matarse ni por las ideas llamadas entonces de la santa tradición, ni por una revolución pendiente, aunque esto último yo sé que lo llevaba más cerca del corazón y de la sangre, como había de demostrarse, y menos mal que al padre Eladio no se le había ocurrido decir nada de Rosa, porque Rosa era la total presencia-ausencia siempre y en todo momento, aunque no se la nombrase, que Rosa estaba en todo, como el muro en la pupila del ciego, Rosa estaba en todo, en la nube que se posaba sobre el pueblo, en el coche que se paraba de repente en la carretera, en la bocina que había pitado a lo lejos, en aquel farol de bicicleta que había lucido un momento entre el alfar y los frutales, o quién sabe si habría sido una linterna en manos de alguien que se acercaba a nosotros, es posible que estuviéramos vigilados, es posible que hubieran seguido al padre Eladio, pero el escolapio estaba a los pies de mi cama, tembloroso y oscilante, y musitaba palabras que yo no entendía, porque todo era un susurro lánguido, y cada vez se movía acercándose más a mi cabecera, y noté su respiración jadeante, como excitada, y entonces me levanté de un salto con el pretexto del calor y abrí la ventana, porque tampoco podía resistir ya el olor del padre, y me volví a la cama, dije que tenía mucho sueño, pero él no se iba sino que en la medio oscuridad vi cómo se quitaba una prenda, y se acercaba más y más, y seguía hablando solo por lo bajo, primero creí que tenía miedo y no era raro que dijera «no, no, no», pero al rato vi que se acercaba a mi cabecera y que echaba mano al embozo, y entonces salté de la cama y le dije que se acostara él en mi cama, que yo me iría a su escondrijo, que tenía mucho sueño y que quería dormir, y que mi madre también estaba muy cansada y que podía despertarse, y que tuviera compasión, pero él estaba como loco y se puso ya intolerable, persiguiéndome alrededor de la cama, y entonces tuve la seguridad de que era un homosexual redomado, y lo había sido siempre, y ahora mismo me entraban unas bascas enormes, y recordé cuando alguna vez durante las clases me ponía una mano encima y la retiraba bruscamente como si le hubiera picado algún bicho, y ahora lo comprendía todo, y entonces yo, sin pensarlo más, acudí al refugio de mi madre y me metí en la cama con ella y le dije al padre que él podía usar mi cama, si quería, y mi madre creo que en sueños me sintió y se apretó contra mí, igual que había de hacerlo en su agonía, y recitaba en voz muy baja aquello tan infantil que a mí me parecía un chiste en aquel momento: «con Dios me acuesto, con Dios me levanto, con la Virgen María y el Espíritu Santo», y yo no sabía si reírme pero me sentí pequeño de nuevo por unos instantes, volver a la infancia, a la inocencia total, a la certidumbre de todo, y ya no me importó el padre Eladio ni lo que hiciera, pero al rato, ante un silencio tan total, me levanté y vi que él estaba de rodillas al pie de mi cama, con la cabeza entre las manos y metida en mis sábanas, y creo que rezaba, allá él, y me volví de puntillas a la cama, no fuera a ponerse pesado de nuevo, con aquellas avalanchas de animalidad o de vicio, no sé, aunque yo creo que no tenía ocasión de nada, pero la intención no le faltaba, pura represión, pura imaginación desviada, allá él, que hay más maricones consentidos y maricones agresivos de lo que parece, todos en la vida hemos tenido alguna experiencia, lo que pasa es que nadie quiere hablar de ello, existe la moral del silencio que la mayoría de las veces no es más que conciencia que acusa, pero a conciencia que acusa, tapón de corcho, y cuando no se pone en el culo, claro, hay que ponerlo en la boca, y todos somos buenos, todos somos débiles, y ¿qué hacer con estos débiles que resultan fuertes como robles en hacer la puñeta a los demás?, porque no hay nada más temible que estos seres débiles, coño con los débiles, que nos hacen víctimas a todos de sus debilidades, al diablo con ellos, al diablo con el padre Eladio y toda su ralea de culos oferentes o culos resignados, que el padre Eladio o era las dos cosas o no era nada, acaso un vicioso solitario e imaginativo, o acaso simplemente celoso de que a mí me tocara nadie, me quisiera nadie, me educara nadie más que él, que él no sabe ni sabrá nunca el daño que me ha hecho, pero siempre su recuerdo va mezclado al asco y la pena, porque aquella mañana me levanté confundido y abrumado por todo lo sucedido la noche anterior, y como no viera al padre en mi cama, siendo ya bastante avanzada la mañana, bajé al hueco de la escalera, donde había tenido su cama preparada, y nada, lo busqué por toda la casa y la finca y ni rastro de él, ni siquiera el olor quedaba, aunque yo creo que lo llevaba pegado a las narices, que el padre Eladio se había evaporado como un ángel de trapo y miseria, y entonces mi madre comenzó a preocuparse de veras y a decir que acaso lo habíamos atendido mal, y todo eran remordimientos, lo de siempre, pero yo no quise contarle la guerra que me había dado, prefería que mi madre siguiera pensando que el padre Eladio era un santo, como pensaba de todos los que vestían hábito, pobre madre, que estaba dispuesta a salir por los caminos en busca del padre Eladio, porque sin duda ninguna estaba en gran peligro, se había ido a la buena de Dios, seguramente carretera adelante y tanto podía encontrar con un alma caritativa como con una bestia sin alma, y mi madre lamentaba ahora que ni siquiera le hubiéramos dicho que teníamos la Eucaristía con nosotros, qué terrible olvido, que él mismo nos podía haber dado la comunión a todos, y entonces mi madre quiso que yo saliera con la bicicleta a buscarlo por las carreteras y los campos, y vaya predicador que estaba hecho yo para ir por los campos heculanos, donde se alternaban las parvas de las eras –era tiempo de trilla– con las parvas sangrientas de seres humanos en los recodos de las carreteras, sangre que se metía por los ojos, almas que seguramente se iban derechitas al cielo al amanecer, como los ruiseñores se iban a los cipreses, y cualquiera se presentaba a los milicianos que hacían guardia en las entradas de Hécula y les preguntaba si habían visto a un fraile vestido de albañil pero sin yeso pegado, y de todos modos, por complacer a mi madre, salí con la bicicleta y di unas cuantas vueltas por los alrededores, sin alejarme demasiado, y volví al rato sin haber encontrado nada, pero la que estaba malísima era mi madre, que se ahogaba, y había venido la mandadera, Rafaela, que aparecía y desaparecía como por encanto, siempre con bultos extraños, pero ella era buena y estaba dando aire a mi madre con una revista, y olía casi tan mal como el padre Eladio, porque la muy bruta se echaba aceite en el pelo, como si fuera una lámpara, y mi madre de vez en cuando, sobre todo en verano, la hacía meterse debajo de la ducha, en el hueco de la escalera, y era el castigo más grande que se le podía dar, y después de la ducha mi madre misma la tenía que envolver en mantas como si fuera una criatura, porque decía que se enfriaba, y ahora estaba atendiendo muy bien a mi madre, y yo comprendí que tenía que irme al pueblo a buscar al médico, y me fui a casa de don Ramiro, que así se llamaba nuestro médico y era de toda confianza, pero no estaba en casa, que estaba girando visitas a enfermos del pueblo y la espera fue interminable, y me fui entretanto a la centralita de teléfonos por si podía hablar con Murcia, a la casa del marqués para obtener noticias, pero ante las caras de las telefonistas desistí de llamar, porque me di cuenta de cómo me miraban, del miedo que había en todos los rostros, aunque cada uno parecía estar en lo suyo, todos estaban en lo mismo, y en corrillos la gente no hablaba de otra cosa que de victorias o de derrotas, según el bando, y por fin cuando apareció don Ramiro, por ser para mi madre estuvo dispuesto a salir inmediatamente hacia la casita, sin apenas comer, que sólo dijo que iba a tomar un bocado mientras yo buscaba un coche, y eran casi las tres de la tarde, y encontrar un coche no era fácil, sólo por fin un amigo de don Ramiro se avino a llevarlo, y cuando llegamos a la casita y nos íbamos acercando yo me temía lo peor y casi no me atrevía a entrar, por lo que pudiera encontrarme, pero mi madre hasta me dejó mal porque estaba sentada en la cama, sonriente, y hasta se había arreglado el pelo como para recibir una visita de copete, y el médico al verla así comenzó a contar chistes y a animarla, «Clara, que hay que animarse, hay que vivir para ver el final de todo esto», y ella contestaba «ya ve, don Ramiro, ya ve en lo que me estoy quedando yo», «si tú estás como una rosa, qué buenos colores te ha puesto el campo», pero mientras la auscultaba me miraba a mí y me guiñaba el ojo y ponía una cara de desolación total, luego le miró la garganta y quiso quedarse un rato a solas con ella y luego supe que la estuvo convenciendo de que tenía que ir a Murcia a ver al doctor Candela, que era el único que tenía en su sanatorio los mejores aparatos y el único procedimiento que la podía curar, «pero, don Ramiro, yo ya no puedo curarme, lo sé, lo único que quiero es vivir un poco más...», «tú te puedes curar y tienes que ir a Murcia, tienes este hijo que aún te necesita, y yo hablaré con él para que te lleve a Murcia», y esto lo pude oír yo cuando salió a lavarse las manos y luego quiso hablar conmigo y me dijo «tu madre vive sólo de voluntad, de voluntad de vivir, vive sólo por ti, estoy seguro», y luego «hay que llevarla a Murcia», y luego se puso a recetar, pero rompía las recetas, y hacía otra y otra, y rompió varias, y esto a mí me daba mala espina, y luego me dijo que me pasara a la tarde por su casa para que me diera él unas medicinas y que necesitaría también un practicante, y pensamos mi madre y yo en sor Josefa, o la ex sor Josefa, que ahora andaba vestida de mujer y medio escondida y había sido practicante en el Asilo, y no había hecho más que irse el médico cuando vimos a lo lejos en la carretera un gran jaleo, y por las voces y los modos presentimos algo fatal, y no nos equivocamos que al rato vino la mandadera, Rafaela, con la noticia de que al padre Eladio lo habían encontrado muerto en el camino de la Fuente del Caño, que todo el mundo llamaba «la fuente del coño», y yo «por Dios, Rafaela, que no se entere mi madre», pero buena era ella para callar algo, que al rato ya mi madre estaba llorando, y comenzó a rezar atropelladamente, y volvió a los lamentos porque no le habíamos dicho al padre Eladio que teníamos las hostias en la cajita de la levadura, pero yo, la verdad, no sentía remordimientos de nada, y tengo que reconocer que me alegré de la muerte del padre Eladio, que ¿qué hacía una figura tan estrambótica por el mundo?, un mundo además en guerra, un mundo inhóspito y cruel, un mundo desbocado en sangre y en violencia, pero mi madre me preocupaba porque mezclaba los rezos con la tos, una tos que la ahogaba, una tos que parecía brotar tan profunda que era imposible que su cuerpo no estuviera deshecho por dentro, y sudaba frío, y hasta habían desaparecido de sus mejillas aquellas rositas que ponía la fiebre, y entonces me llamó y ahogándose me dijo «ahora es cuando hacen falta buenos sacerdotes, hijo mío, y tú serás uno de ellos», y seguía «prométemelo», «prométemelo» y qué no le hubiera prometido yo en aquellos momentos, cuando la sentía acabarse, como se apaga una vela, pero yo eludía prometer nada, diciendo «lo más importante es que te cuides tú» y «nos iremos a Murcia enseguida, madre», «nos iremos a Murcia», y con esto evitaba toda promesa, todo compromiso, porque cómo decirle todo lo que fallaba en mi interior, cómo confesarle que mis sueños iniciales se habían venido abajo, que todo se hundía dentro de mí y no podía prometer nada que fuera santo, que fuera elevado, que fuera digno, porque de nada de esto me sentía capaz, tendría que someterme a mucho análisis interior antes de comprometerme a nada, y yo sabía lo que saldría de este análisis, yo sabía todo lo que había confusamente encrespado dentro de mí, porque me había pasado la vida hasta entonces desconociéndome, ignorándome, evitando toda introspección, porque sabía que allí encontraría, oscuro y vacío, el poso de la nada, y de momento había que ignorar, había que callar y sofocar toda experiencia, toda violencia interior, porque aquella revolución que estaba en las calles era también confundidora, que lo mismo se clamaba justicia que se pedía venganza, dos cosas para mí irreconciliables, y aquel caminar disimulando, aquella necesidad hasta de ocultar el propio nombre, todo podía en cierto modo sublimarte y al momento siguiente hacerte un canalla, destino incierto, estar siendo una cosa y querer quizás ser otra muy distinta, y qué remedio había para tanta desolación, cómo transformar casi de la noche a la mañana los anhelos románticos, o místicos, en un puro companage de subsistencia, en supervivencia ignominiosa, mentirse cada día, no sólo a los demás sino a ti mismo, por no llegar a ninguna afirmación convincente, estéril sabiduría de la componenda y el fracaso disimulado, y en medio de todo esto una madre moribunda, presidiendo entre la anarquía total los dictados de tu corazón, era para volverse loco, y menos mal que tu capacidad para olvidar y callar te iban permitiendo conservar un resto de voluntad, una voluntad polarizada en una sola dirección, la de salvar a tu madre, y cuando volviste al pueblo por las medicinas y por la monja practicante, recuerda que te encontraste con algunos vecinos que te decían, «y menos mal que has dejado lo de cura», «hacerte cura en estos tiempos, ni que estuvieras loco», y esto me molestaba más, y preguntaban por mi madre, y decían «pobrecilla», «con lo que tiene ya tiene bastante», y «a ella no le pasará nada», «ni tampoco a tío Cayetano, que siempre era bueno y considerado con los pobres, que muchas veces los casaba y los bautizaba de balde», pero otra cosa ya era cuando hablaban de tío Cirilo, que a tío Cirilo no le perdonaban que llevara una pistola en los últimos tiempos y que fuera tan fanático y tan cerril, y estaba visto que el pueblo ahora repartía salvación y condena, premios y castigos, y cuando yo volvía aquella tarde con las medicinas y con la monja practicante, pude ver que una muchedumbre se arremolinaba frente al edificio de la cárcel y pedía a gritos la cabeza de los presos, pero no de los presos en general, anónimamente, sino cada cabeza en particular, con su nombre y su mote, si era necesario, la de don Venancio, por cabrón consentido y dueño de la fábrica de anís; la de don Roque, propietario de una bodega de las más importantes y mayordomo de la Virgen; la de Basilio, el carnicero, porque era de falange y era el que pintaba los letreros en las esquinas, con la brocha gorda en una mano y la pistola en la otra; Faustino, el panadero, que era el jefe de los tradicionalistas del pueblo, pan y palo, que siempre iba con una garrota en la mano; don Telesforo, que era el gerente de la Compañía de la luz eléctrica, y por lo visto representaba el capitalismo heculano y había dado mucho dinero para las elecciones; los dos hijos del teniente de la guardia civil, Ricardo y Luisito, que durante el curso estaban en la Academia militar y habían sido detenidos por las milicias populares justamente en el momento en que cogían el tren para escapar; el cura ecónomo, don Bartolomé, acaso por gordinflón y vivalavirgen, y aún ahora en la cárcel, a pesar del miedo que había, decían que seguía recibiendo tartas y bandejas de pasteles y hasta puros habanos, y él lo repartía todo magnánimamente con los demás presos; y como única mujer, se pedía la cabeza de doña Catalina, una ricachona que siempre recibía en su casa a los diputados de derechas que aparecían para dar mítines en Hécula, y que también siempre presidía las procesiones con su mantilla y sus joyas, y más pintada que un payaso de circo, que también ella, por dárselas de caritativa y por ser la presidenta de la catequesis del barrio, iba a recibir la misma muerte que los facciosos enemigos del pueblo, y allí estaban los gritos airados y los puños amenazadores en alto, que decían que iban a asaltar la cárcel y hasta los guardias estaban asustados, y cuando volví al campo y mi madre me preguntó qué había por el pueblo tuve que decirle que estaba relativamente tranquilo, y es más, le dije que me habían contado que alguien había podido oír radio Sevilla y que la guerra iba a terminar enseguida, y esto pareció reanimarla, porque estaba semidormida, con los ojos cerrados y sin fuerzas ni para hablar, y yo le pasaba la mano por la frente y la peinaba hacia atrás con los dedos, pero si trataba de erguirla sobre las almohadas no quería que la moviera, hasta tal punto temía vaciarse en un golpe de tos, y es que ella en cierto modo trataba de tenerme a mí engañado, como si todo no fuera bastante evidente, pero ella disimulaba cuanto podía y siempre hablaba de ponerse bien, creyendo que eso era consolador para mí, pero no tardé en enterarme de que ella estaba perfectamente enterada de su gravedad, porque supe, y creo que es el momento de contarlo, que ella, en cuanto había regresado de Murcia, se había ido derecha al boticario, don Crisanto, y le había entregado un frasco con sus esputos, diciéndole que eran de una de sus pobres de la Conferencia de San Vicente, y el bueno de don Crisanto, sin sospechar nada, en cuanto hizo el análisis le dijo a mi madre que aquella enferma era caso perdido, que tenía que estar muy grave y que no había esperanzas, y así fue cómo ella adquirió la certeza de su mal y quería tenernos a todos engañados, como si eso fuera posible, y era espantoso para mí saber que no había ninguna posibilidad de curación, que años más tarde se descubrieron los antibióticos y los rimifones esos que curan este mal, pero entonces era muerte segura, consunción lenta, cuando no galopante, y ella ni siquiera a don Ramiro le había dicho nada del análisis de don Crisanto, que era el secreto terrible, tan mortal como la enfermedad misma, que ella guardaba entre pecho y espalda, y sabías que principalmente ella trataba de evitar tu desmoronamiento, mientras tú respondías con la falta de sinceridad y el encubrimiento de tu deserción, y es que la vida está montada, sin remedio, sobre la mentira, mentiras llamadas piadosas, pero mentiras cochinas, sucias mentiras, mentiras para medrar o para sobrevivir, mentiras para poder seguir mintiendo, que así he llegado a esta orilla harto de mentiras y proponiéndome no mentir más en la vida, pero el precio de no mentir es, ya lo sabes, vegetar en algún rincón escondido, como si fueras una planta todo lo más metida en una maceta, que aun renunciando a todo en la vida te sorprende a cada momento la necesidad de decir alguna mentira, aunque sea pequeña, porque a las grandes mentiras hace tiempo que he renunciado, como he renunciado a todo lo demás, que me he propuesto mostrarme tal como soy, pero, ¿qué digo?, ¿es alguien capaz de mostrarse tal como es?, en primer lugar había que saber cómo eres y luego podrías alardear de verdad y de sinceridad, que no te aclaras tú mismo, y tampoco te aclarabas entonces, cuando fingías delante de tu madre una devoción, una entereza, una seguridad que no tenías por dentro, que eras pura jalea blanda y cambiante, indecisa y cobarde, y ella sí que te daba lecciones de entereza y de resignación, y hasta de alegría, y ojalá tú hubieras sido más sincero con ella, más valiente, y hubieras afrontado la responsabilidad total, diciéndole a tu madre todo lo que sentías por dentro, todo lo que había dentro de ti, y es muy fácil decirlo, pero tú mismo no sabías nada en aquellos momentos, ¿sabías acaso lo que ibas a hacer?, ¿sabías lo que querías?, ¿sabías si serías bastante fuerte para marcarte un derrotero en la vida?, porque esta palabra, derrotero, podrá ser muy bonita, aunque a mí no me lo parece, pero yo nunca tuve un derrotero, si es eso lo que hay que tener, que tú ya intuías entonces que acabarías dejándote ir a la deriva, dejándote llevar por las cosas y los acontecimientos, como cuando te metieron en aquel camión que iba derecho al frente, y tú sin oponer resistencia, sin desear siquiera otra cosa, que siempre has preferido que te lo dieran todo hecho, y lo demás eran sólo sueños, sueños de sueños, humillo blanquecino como el que asciende de la chimenea en el campo y al rato se desvanece en el aire, mientras ella sí que era un ejemplo de tenacidad, de voluntad de vivir, con qué paz profunda vivía ella aquellas noches de terror, dentro de su postración, cuando sólo escuchábamos el ruido del chorro sobre la balsa donde bailaban las estrellas, cuando yo me asomaba horas enteras a la azotea para otear cualquier posible movimiento en la carretera, noches heculanas de insensato delirio, madrugadas en las que me arrastraba, sin encender la luz, para ir por un vaso de agua, o por la medicina que le tocaba a ella, o incluso por las cerillas cuando tenía que calentarle un poco de leche, o hacerle una tila para aplacar aquella tos extenuadora, porque pocas noches se quedaba la mandadera, que cuando se quedaba era más incordio que otra cosa, porque se acostaba en la cámara de arriba y había que despertarla, y encendía la luz y empezaba a hablar sin ton ni son, seguía soñando en voz alta y decía las cosas más peregrinas, que quién era el que llamaba a la puerta tan *abonico,*[4] que quién mandaba en aquella casa, que las cabras ya no daban leche o que el amasador tenía moho, y una vez me salió diciendo: «¿y por qué el señorito no se apunta a las milicias y se va al frente, y luego allí se pasa a los que están con Dios y los santos?», y parecía tonta, pero es que seguramente lo había oído decir en el pueblo, que era imposible que saliera de ella, porque ella lo repetía todo y cuando llegaba siempre nos traía un parte completo de todo lo que se decía y lo que pasaba en el pueblo, que si habían detenido a don Ángel, el coadjutor, que era primo de mi madre, que si en la toma de Albacete habían muerto más de veinte heculanos, que en Pinilla también habían quemado las iglesias, pero que los propios socialistas habían salvado la imagen del Cristo atado a la columna, y también a la Abuelica, santa Ana, y que ya eran más de doscientos

4. Palabra murciana que significa suavemente, dulcemente.

los heculanos que se habían ido a defender la sierra de Madrid, pero que casi todos mandaban fotos y postales de Murcia y de Valencia, que el alcalde estaba haciendo una lista de las casas de vecinos que tenían que ser incautadas, por «carcas», y que ya en algunas casas de ricachones estaban viviendo gente de las cuevas, y lo bueno de nuestra mandadera Rafaela era que, aunque llevaba escondidas entre los incontables refajos, no del todo limpios, medallas y estampas de la Virgen, luego llevaba también insignias de Pablo Iglesias, de Lenin, de las milicias del pueblo, con la hoz y el martillo, porque ella cogía y guardaba todo lo que le daban, y también nos contó que todos los demás seminaristas del pueblo andaban huidos y escondidos en casas de labor y quién sabe dónde, que en el pueblo no quedaba ni uno, pero a ella le habían dicho que ni mi madre ni yo teníamos nada que temer, que mi madre había sido de las pocas que se había acercado muchas veces a las cuevas a cuidar a la gente pobre y llevarles ropas y alimentos, y que el alcalde había dicho que nadie se metiera con mi madre, que además de estar enferma era una buena mujer, y para dar gracias a Dios por las buenas noticias, mi madre quiso que comulgáramos y salió la cajita de la levadura de su escondite y yo quedé hecho diácono sin estar preparado para nada, pero mucho menos para ser diácono, porque si yo sentía algo era una necesidad grande de vida nueva, de cambio desde la raíz, de huida incluso, huida imposible porque, a la vez, me sentía atado sin remedio a mi madre, a su enfermedad, a su destino, pero confieso que lo hacía todo de una manera mecánica, sin poner el alma en ello porque mi alma, si la tenía, estaba tan ajena a todo que era como un abuelico de esos que lleva el viento de verano, y los días pasaban y las semanas, y mi madre vivía solamente con la esperanza de ir a Murcia, vivía gracias a un esfuerzo supremo de su voluntad, vivía para saber cómo acabaría todo aquello, y sobre todo, estoy seguro, para saber cómo acabaría yo, y quizás intuía mi fracaso porque algunas veces lloraba, y lloraba cuando yo, con enorme cariño, trataba de hacerla comer algo, porque apenas tragaba bocado y nunca supe cómo podía seguir viviendo sin apenas alimentarse, que era una especie de milagro, otras veces nos pedía papel y pluma y tintero y, sentada en la cama, se ponía a escribir, y escribía interminablemente, y también a veces resbalaban lágrimas por sus mejillas mientras escribía, y yo sabía que aquello era su testamento, un testamento que era a la vez confesión de fe y voluntad de conducta para todos nosotros, quién le había de decir que sólo quedaría yo para cumplirlo y que no cumpliría nada de lo que ella me pedía, que quizás esto es lo que arrastro toda mi vida como una traición, como una cobardía, como el fallo más grande de mi existencia, el fallo radical, total, y por eso yo nunca he podido levantar cabeza ni ilusionarme con nada, pero cuando llego a este punto me pregunto también con toda responsabilidad, ¿puede alguien, aunque sea tu madre, la madre más querida, disponer de tu destino personal, de tu destino íntimo?, y esta pregunta tengo que reconocer que, por más que he rehuido siempre afrontar la verdad, me la he hecho muchas veces en la vida, y muchas veces me he quedado un poco tranquilo respondiéndome que no, que nadie tiene derecho a imponer un destino a los demás; pero sería necio que yo no reconociera ahora, como si me estuviera muriendo, ahora que estoy removiendo conscientemente mi pasado, ahora que intento llegar al poso más profundo de mi ser, a ese poso donde habita la nada del abismo, la nada de la nada, que tampoco ha sido solución elegir mi camino por mí mismo, ¿pero alguna vez has elegido tú por ti mismo? ¿alguna vez te has sentido libre para elegir? ¿alguna vez has sentido una voluntad definida de algo?, reconoce que no, y ahí es donde está el fallo, que su muerte te dejó vacío y anonadado, como si lo que tú podías ser, lo que tú eras, se lo hubiera llevado ella en su última mirada; y recuerdo que un día me pidió que le moviera la cama para que pudiera ver desde ella el Castillo y se pasaba las horas con la mirada fija en el lejano caserío, y un día me preguntó: «¿tú crees que serán felices con esa revolución?», y no supe qué contestarle, pero ella seguramente tenía respuestas interiores para casi todo, porque ella era un monumento de fe y confianza, oh, madre, y por qué yo no lo habré heredado de ti, todo eso; cuando llegaba el atardecer, acaso con ramalazos de viento que zumbaban en torno a la casita como duelos encontrados, el silencio de la casa se hacía respiración anhelosa en su pecho hundido, y venía la obligada consulta al termómetro, con el susto de las décimas diarias, y a veces fiebre alta, y así todos los días, en una rutina tensa y angustiosa, hasta que un día recuerdo que algo nos sacudió intensamente, y fue que un avión zumbador entró por los altos de Trinquete, dio varias vueltas sobre el pueblo, bastante bajo, y causó tal pánico en la población que la gente corría despavorida sin saber dónde meterse, dicen que parecía cosa de risa, porque la gente gritaba y se atropellaba sin sentido, y nosotros mismos escuchábamos el alboroto y el zumbido del motor, todo mezclado, desde la casita; no pasó nada, y el avión, después de dar unas vueltas, cada vez más bajo, que parecía mismamente que había venido a asustar a los heculanos, se volvió como había venido, pero aquel susto tuvo repercusiones graves en la cárcel y los presos, que aquel mismo día, a la caída de la tarde, se produjo una especie de levantamiento popular, pidiendo la muerte de los presos, y en vista de que las autoridades por lo visto no eran bastante expeditas, el mismo populacho organizó una cacería sangrienta, donde el vinazo se mezclaba con la sangre y las tripas de los fascistas liquidados, y las «ejecuciones» no se hacían con fusiles sino con hoces, leznas, y hasta tijeras, y si apareció la pólvora fue en escopetas de las que servían para la caza de la perdiz, el conejo o el jabalí, aunque también en el monte caían el palomo, la tórtola y el tordo, que todo caía bien en la sartén, y todo era o podía ser enemigo del pueblo, y alguna vez no se equivocaron, y lo peor fue que cuando vino la llamada «liberación», todo volvió a ser lo mismo, con la diferencia acaso de que ahora se usaban pistolas y fusiles, lo cual podía hacer un poco más limpio el procedimiento, pero quizás más frío, desapasionado y cruel, porque lo popular, ya se sabe, resulta siempre como macabro o anecdótico, y a veces da un poco de risa, porque aquellos milicianos improvisados, justicieros de la pura furia y la barbarie desatada, buscaban a sus presas con aire entre cinegético y macabro, en medio de alaridos y zumbas, por los tejados y los corrales, por los campanarios y dentro de los pozos, en las bodegas y dentro de los toneles, y lo peor de todo es que buscaban y hallaban, como dice el Evangelio, que en cualquier escondrijo y en el lugar más insospechado se encontraban «fascistas» escondidos, pero ya es hora de mandar al diablo también todo aquello de la guerra civil, que si bien es verdad que tuvo tanta culpa de todo lo mío, y de tantos otros, afortunadamente es sangre pasada, aunque a veces tengo mis temores de que pueda ser sangre futura, que aquí la sangre está en la pintura, está en los altares, está en la bandera, está en las aulas y los cuarteles, que para eso hemos inventado aquello de que «la letra con sangre entra», qué barbaridad, y la sangre está en las sábanas y los pañuelos, como las amapolas entre el trigo, sangre en todo, en las casas y en los pechos mordidos por la tuberculosis, como el de mi madre, redonda pesadilla de sangre que nos hace fetos del miedo y la tragedia, ¿por qué puerta aciaga y traidora había penetrado aquella serpiente negra, capaz de destruir la paz de todo un pueblo, capaz de morder con sus dientes de fuego aquí y allá, como a capricho, hasta dejar las casas desoladas y los recodos de los caminos llenos de cadáveres como cosecha macabra de un estío salvaje? ¿y cómo se había propagado el contagio de aquella oleada de destrucción y de ruina?, ¿cuándo mi madre había comenzado a padecer la devastadora tisis galopante que parecía la réplica familiar a tanta aniquilación?, y tú prácticamente en la inopia, porque todo había caído sobre ti como un mazazo perdido, y cada día se colaba en el entorno un nuevo pavor, y aun actuando vertiginosamente no daba tiempo a nada, o eso me lo parecía, que la sensación de impotencia era lo más enervante, y la mayoría de las veces me entraba una especie de inercia como de lampazo en el desagüe de la balsa, algo que me paralizaba totalmente, incluso el traslado a Murcia de mi madre era algo que se iba retrasando sin saber por qué, porque todo era absurdo, y lo único que se deslizaba en el vago compás de las horas era la rutina de los cuidados, las caricias sobre la frente, el termómetro, las sonrisas consoladoras, las pastillas y las tisanas, un sentir sin sentir que pasa el tiempo en la espera de algo que no llegará, un agarrarse a la soledad de dos en la imposible salvación del aislamiento, una tensión gravitadora hacia el interior en el silencio cómplice de dos seres que se necesitan, inmersos en la barca que se hunde sin remedio, y así la enfermedad de mi madre era a la vez esclavitud y evasión, pretexto y compromiso, salvación y desastre, y a veces la lamentaba y a veces la bendecía, y siempre preguntándome por qué, cómo y cuándo había entrado en nuestra familia aquella horrible enfermedad que secaba lentamente el pecho de mi madre, acaso aquella temporada maléfica en que los gatos de la vecindad y aun de más lejos venían a morir al corral de nuestra cuadra, que allí murieron en unos meses los nuestros y los ajenos, y todos reventados, como si hubieran sido envenenados, pero no lo creo, que aquello fue como una maldición, pero no tenía que ver con las personas, y más bien una desgracia así, que aparece a la vez, más o menos en varias familias relacionadas, tiene que tener otras causas que acaso la ciencia médica o de los médicos podría explicar, pero yo nunca me atreví a preguntarle sobre esto a don Ramiro, que pensaría que soy un ignorante, más aún de lo que soy, que ya sé que existe el contagio, y quién sabe si aquella muerte del primo Paco, que murió en pocos meses y de lo mismo, y mi madre y hasta nosotros, los chicos, pero sobre todo ella, estuvimos en su casa durante la agonía, quién sabe cómo comenzó aquella siembra de muerte, una muerte tan particular y que acabaría marcándonos a todos, uno tras otro, como se marcan las bestias para el mercado, quién sabe si la guerra no tendría mucha culpa, que las guerras producen estos contagios, estos exterminios, y don Ramiro seguía diciéndome que allí en la casita de campo estaba muy bien, pero que lo mejor era acudir al doctor Candela, en Murcia, y quién sabe incluso si no se podría operar, a veces estos enfermos habían alargado mucho la vida mediante una operación que consistía en paralizarle un pulmón, y a veces esto era casi milagroso porque podían vivir muchos años más, con un solo pulmón, parece mentira, pero el pecho de mi madre era ya un pecho hundido, exhausto, escuálido y enronquecido, como un fuelle rajado, ¿y qué se podría sacar de allí con una operación?, pero don Ramiro insistía, él no tenía siquiera rayos X, había que verla lo primero a través de los rayos, luego ya veríamos, pero mi madre encontraba siempre disculpas para aplazar el viaje a Murcia, yo creo que tenía miedo de resistirlo, y yo también lo tenía, la verdad es que la veía tan agotada, tan aniquilada que lo mejor y lo más inofensivo me parecía la rutina del descanso, los cuidados y la inmovilidad, y es que la rutina, en estos casos de tragedia, acaba por hacerte una especie de costra que evita el sufrimiento, y cualquier alteración, cualquier novedad, lo removía todo en mi interior, y volvían los innombrables terrores, la innombrable angustia, el silbo de la laringe hecha barro, la tabla del pecho carcomida por la implacable tarea de los bacilos, el deshielo del árbol pulmonar en goterones rojos, el corazón en la boca, el alma en el sudor de las sienes y un leve temblor en los labios resquebrajados y ardientes, todo ello trasluciéndose fatalmente en el brillo de las pupilas, ojos de ahogado que se agarra a una tabla, mostrando su gran ansia de seguir viviendo, que en sus ojos estaba toda la vida que se agotaba pero que al mismo tiempo se mantenía por el solo fuego de su brillo angustioso, y todo era tristísimo, con esa tristeza que es a la vez violencia interior, impotencia total ante un destino arbitrario y gratuito, intolerable, imprevisible e injustificado, algo contra lo que no había más remedio que rebelarse, pero cómo, de qué manera, por eso en aquellos días pudiste darte cuenta de lo irrisorio y desmoralizador de la existencia como fenómeno humano, la existencia como burla cruel, como faena imperdonable, el desvalimiento físico mientras el cerebro sigue debatiéndose en deseos, ilusiones y esperanzas, el despojo de una vida que se asoma ardiente y suplicante a los ojos, y tú sin poder hacer nada, y ahora mismo esta máquina infernal del recuerdo te está destrozando, como si levantaras de golpe la venda de una herida incurable, la venganza implacable del recuerdo, esa espita de la memoria concedida a los humanos para su tortura permanente, que no sabes lo que buscas ni lo que tienes, ni lo que te falta ni lo que te sobra, porque todo se te agolpa en torbellino indescifrable, en el cual ni un minuto se te olvida, ni un pensamiento se borra ni una emoción se esfuma, que todo ha de ser grabado a sangre para que tu paz no se consume jamás, y así recuerdo ahora que cuando yo le hablaba a ella de irnos a Murcia, ella me decía que había que esperar a saber algo de Manolo y de Pascual, que deberíamos tener carta pronto y que en seguida que tuviera noticias, ella estaría dispuesta a salir para Murcia, pero las noticias no llegaban, y los que llegaron un día fueron unos escopeteros que asustaron a la mandadera Rafaela, que entró como loca en casa diciendo que venían unos hombres armados, y mi madre lo primero que me dijo es que escondiera bien la cajita de la levadura, y luego se dispuso a recibirlos tan serena y tranquila que me causó admiración, y lo primero que les dijo cuando los tuvo delante fue que dónde estaban sus hijos, que tenía dos hijos en la guerra, «y aquí estoy, les dijo, con el más pequeño, que tiene que cuidarme, porque ya ven cómo estoy», «¿es que quieren llevarse a este también?», «¿es que quieren dejarme sola, para que muera como un perro abandonado?», «¿es que no es bastante que una madre tenga dos hijos en la guerra?», y ellos parecían bastante avergonzados y sólo dijeron que iban buscando una radio, y efectivamente, a pesar de las palabras de mi madre, buscaron por toda la casa sin encontrar nada, y se veía que casi lo hacían por cumplir y que estaban deseando irse, y, lo que son las cosas, que siempre hasta las más malas parece que traen algo bueno, y es que, cuando ya se iban, uno de ellos se volvió y le preguntó a mi madre si ella se llamaba doña Concha tal y tal, que él bien lo sabía, y entonces le dijo que había un giro en correos para ella, y que venía de un pueblecito de la sierra madrileña, y que debía de ser de su hijo Manolo, que estaba con el ejército republicano, y que el cartero no había sabido dar con nosotros, y mi madre allí mismo, delante del miliciano, empezó a llorar y a dar gracias a Dios, al mismo tiempo que se ahogaba con la tos, y ellos se marcharon bastante confusos y sin atreverse a levantar la cabeza siquiera, que parecían aturdidos como colegiales, y tan pronto se fueron mi madre me pidió la ropa, que quería vestirse para ir conmigo a correos, y yo le dije que si estaba loca, que iría yo solo con una autorización suya, si era menester, y efectivamente fui y allí teníamos mil pesetas y una postal que mandaba Manolo, que estaba en el frente de Madrid, pero apenas contaba nada, aunque en unas letras atravesadas, al final, nos daba a entender que Pascual estaba en la cárcel, y esto hizo llorar de nuevo a mi madre, aunque en el fondo se sintiera orgullosa de las ideas de Pascual, y enseguida pidió la pluma y quiso contestar a Manolo, y yo la dejé que escribiera todo lo que quisiera, aunque era ridículo, porque en unas claves pueriles y bastante peligrosas, le indicaba que tratara de pasarse «a donde estaba Jesús», que esto era para ella el ejército de los otros, los nacionales, pero yo la dejé que escribiera todo aquello y luego no eché la carta y la rompí, porque ya tenía a uno de mis hermanos en la cárcel y no quería tener a los dos, que Manolo además, como oficial del ejército rojo, ganaba un buen sueldo y nos decía en la postal que no sabía qué hacer con el dinero porque en el frente tenía muy pocas oportunidades de gastarlo, y que nos seguiría mandando más giros, que siempre Manolo había sido el más sentimental y familiar de todos nosotros, y nos anunciaba también que en cuanto pudiera bajar a Madrid se haría fotos para mandárnoslas, y era también claro que él estaba tratando de ayudar a Pascual en cuanto podía, pero algún día sabríamos que Pascual no se dejó ayudar por un hermano que vestía el uniforme de los enemigos y que terminaba sus cartas con un «viva la república», y esto también a mi madre la ponía triste, pero enseguida se consolaba pensando que vivía, que estaba bien y que podía escribir, y allí estaba su letra, que era la más bonita y pulcra también de todos los hermanos, que Manolo era tan cachazudo para todo que escribía como si dibujara cada letra y daba gusto ver su postal y mi madre la dejó en la mesilla y la miraba a cada momento y la leía y la volvía a leer, que yo creo que acabó sabiéndosela de memoria, y yo también estaba emocionado, que parecía mentira que hubiese llegado aquella postal, y mi imaginación saltaba llanos y montañas con tal de ver a mi hermano Manolo en la sierra de Madrid, y a veces no sabía si sentía envidia de él, que era como si Manolo hubiera alcanzado una cierta libertad en el viento, mientras yo seguía atado a mi cárcel de impotencia y de inercia, una cárcel quizás tan impenetrable como la de Pascual, pero una cierta alegría había entrado en la casita con las letras de Manolo y así mi madre mandó que guisáramos un conejo, y yo lo maté y la buena de Rafaela, que aunque no podía entrar en el secreto de muchas cosas nuestras, compartía nuestras penas y nuestras alegrías, se puso a pelar el conejo y a freírlo, y hasta cantaba mientras andaba trajinando aquel día, que daba risa oírla, porque ni tenía oído ni voz y parecía el cantar de una loca, y luego se puso a contarnos historias raras sobre las apariciones de un Cristo ensangrentado en la carretera de Pinilla, y mi madre le riñó porque decía que aquello eran supersticiones y cuentos de los pueblos, y yo llené la balsa de agua aquel día, me acuerdo muy bien, y así cuando llegara al día siguiente el hombre que venía a regar las hortalizas y los frutales, ya se la encontraría llena y rebosante, y el hombre del riego se llamaba «seis dedos», y le llamaban así porque los tenía, y los enseñaba tan contento a diestro y siniestro, y cuando aquella noche estábamos rezando el rosario, muy quedos de voz, apareció en la ventana aquella vieja medio ciega que no habíamos visto nunca y que se apoyaba en un garrote, y como llevaba la cabeza enmarcada en un gran pañolón negro, entre las matas de los girasoles, que parecían también cabezas dobladas hacia la tierra, la vieja blandía sus manos sarmentosas y mostraba sus dientes de calavera, de modo que no sabría decir si fue una visión que yo tuve, un zarpazo de mis delirios, o si fue realmente la vieja que llegó hasta nuestra ventana y gritó con voz ronca «agua, aguaaa», y mi madre rápidamente nos dijo que le diéramos agua, y Rafaela tomó una taza y la llenó del botijo y salió a darle agua a aquella alma en pena, pero al parecer no quería agua, porque en cuanto vio a Rafaela, echó a correr por entre las viñas, y se movía de modo estrafalario, como alma que lleva el diablo, pero seguía gritando «agua, aguaaa», y sus voces rebotaban en la fachada de nuestra casita como un eco siniestro que llenaba la noche, y habría bastante que meditar acerca de aquella aparición, porque tal como resultaron luego las cosas, parece como si hubiera sido o hubiera podido ser el engendro de alguna premonición maléfica, el caso es que mi madre repetía «pobre mujer», «pobre mujer», porque creía que efectivamente se trataba de una mujer desesperada o enferma, que con los calores pudiera estar a punto de rabiar, mientras Rafaela decía que era una bruja endemoniada que había surgido del caserío de al lado, y a mí se me había quedado fijo el destello turbio y agresivo de su mirada de tal modo que no podía apartarlo de la imaginación y que unas veces se me aparecía como suplicante y lacrimoso y otras se me antojaba reflejando odio, ojos como de animal apaleado que rezuma venganza, algo más quimérico que real, porque quizás mi mente siguió trabajando laboriosamente sobre aquella aparición clamante y fugitiva, y quería encontrarle un sentido, una explicación, pero no me atrevía a exponer mis teorías sobre el caso para no inquietar a mi madre, sino que dejé pasar todo como si fuera perfectamente lógico, y al día siguiente vino «seis dedos» a regar y yo esperaba que trajera alguna noticia de la vieja nocturnal, pero no dijo ni palabra, y es que a lo mejor sólo nosotros tres la habíamos visto, que ya eso resulta muy raro, y lo que vino contando «seis dedos» fue que en el pueblo el alcalde había dicho que se iban a incautar todas las casas que estuviesen vacías y mi madre entonces quería que nos fuésemos inmediatamente al pueblo, que ella hablaría con el alcalde socialista, si era menester, que ella había conocido mucho a sus padres y hasta le había hecho bastantes favores, y ahora él no iba a dejar de atenderla a ella, y es que mi madre no se daba cuenta del cambio tan enorme que se había producido en el pueblo, que se habían despertado las envidias y andaban sueltos los odios y las venganzas personales, y que un aire matón y revanchista recorría los callejones y las viviendas, se llegaba al asesinato por quítame allá esas pajas, y en el saco de las injusticias cabía todo, y nosotros, a pesar de tener un hermano en el frente de la revolución, también teníamos en contra muchas cosas, al ser la familia del cura don Cayetano, y sobre todo la familia de tío Cirilo, que era como el brazo armado de la derecha en el pueblo y se les había escapado, y esto les tenía rabiosos, y quién sabe si no buscarían revancha en nosotros, no en mi madre, acaso, porque ya era un guiñapo de vida, pero en mí, salido del seminario, camuflado y desertor, era claro que yo estaba en un peligro enorme, y aquella vieja que había asomado sus ojos sanguinolentos y su grotesco rostro a nuestra ventana quién sabe si no era una espía, y como si todo esto fuera poco, al día siguiente, mejor dicho, a la noche siguiente y casi a la misma hora, se repitió la aparición, pero esta vez en forma de un hombre demacrado y sin afeitar y que llevaba una hoz en la mano, y blandiendo la hoz volvió a gritar lo mismo, «agua, aguaaa», y este se acercó más a la puerta y hasta dio patadas en ella, y yo me subí para verlo desde el ventanillo de arriba y vi que era un hombre que se tambaleaba como si estuviera borracho, y al rato, después de dar varias patadas en la puerta, que temimos que la pudiera echar abajo, se alejó farfullando palabras, y pude entender que decía que no había derecho, que nuestro pozo se tenía que cegar, y vi cómo se acercaba a la balsa y metiendo la hoz en el agua, como si quisiera segar el cuello del agua, repetía «esta agua es mía», «esta agua es mía», y ya con esto acabé por comprender que todo consistía en el agua, que nosotros teníamos agua y ellos no la tenían, y esto les tenía furiosos, pero yo tuve miedo y sin embargo me atreví a abrir la ventana y le grité al hombre: «es nuestro pozo y es nuestra agua, y si usted cree que le debemos algo, vaya al juez», y en cuanto oyó la palabra juez, se puso más furioso y empezó a blandir la hoz y a gritar: «el juez, el juez, me cago en el juez y en todos los jueces...», y se iba pero gritando «este pozo lo cegaré yo», y a mi madre le dio una especie de ataque, que tuvimos que incorporarla y darle agua con unas gotas de limón, y repetía «cómo abusan de una pobre vieja», y esto a mí me encendía la sangre, y me parecía que era no hacerme hombre, y entonces quise salir detrás del hombre aquel, pero mi madre gritaba más y parecía que se iba a morir y me suplicaba que no saliera, que el hombre llevaba una hoz, y entonces yo buscaba alguna arma a mi alcance y cogí el azadón y ya salía con el azadón cuando llegaron los vecinos del molino, que habían escuchado los gritos, y acudían a tranquilizar a mi madre, y ellos nos dijeron que aquel hombre de las amenazas se llamaba Paco «el de las cabras», que era un gandul y un borracho que pegaba a su mujer, y el muchacho joven del molino, que vestía un mono azul, me dijo: «contra ese no hace falta que lleves azadón, ni nada, que con que le empujes ya se cae» y «que es un borracho que sólo tiene lengua, pero que luego es un cobarde y un mierda», y yo estaba ahogado por la rabia, apretaba los puños y los dientes, que por primera vez en mi vida me había sentido inútil, cobarde, débil y miserable, y el chico del molino, que era más joven que yo pero se veía que tenía la sabiduría de las gentes del campo, se dio cuenta del estado en que yo estaba y me dijo: «tú, ni caso, no vayas a hacer una barbaridad, que no merece la pena», y siempre me insistía, «tú, le das un empujón y listo, ya verás», y por un lado me molestaba que aquel niñato me diera lecciones, pero por otro estaba en cierto modo satisfecho de que me creyera capaz de «hacer una barbaridad», y los del molino se portaron muy bien porque prometieron traerle a mi madre unas hierbas que le sentarían muy bien, y fue al día siguiente cuando Rafaela vino diciendo que Agapito, el de doña Laura, había matado a dos milicianos en la estación del Chicharra, que Agapito, por lo visto, ese muchacho de pelo rizado, se iba a fugar del pueblo disfrazado, con una barba postiza y una gorra cubriéndole la cabeza, y cuando ya iba a subir al autovía, dos milicianos le pidieron la documentación, y entonces él sacó la pistola y los mató a los dos en el acto, y entonces echó a correr hacia las eras, que fue su error, porque lo siguieron y por fin, acorralado dentro de un granero, lo habían quemado vivo, y todas estas cosas excitaban de tal modo mi imaginación que por la noche no podía dormir, y como mi madre tampoco dormía mucho, resultaba que pasábamos las noches entre tribulación, terror y desconcierto, generalmente nos quedábamos hablando bajito casi toda la noche y sólo cuando ya iba a salir el sol, nos quedábamos rendidos y dormíamos un poco, y no recuerdo bien de qué podíamos hablar durante tantas horas, y hablábamos de cama a cama, hasta que algún ruido nos asustaba y nos juntaba a los dos en la misma cama, y yo me asomaba a la ventana para comprobar que no era nada, y a veces nos reíamos porque Rafaela, que algunas veces se quedaba a dormir, soñaba en voz alta, pero no podíamos entender lo que decía, porque más bien eran ruidos raros y onomatopéyicos, otras veces, dentro del silencio de la noche, se oían unos ruidos extraños y misteriosos, que podían ser almas en pena, como creía Rafaela, o podían ser ratas o conejos, y la mayoría de las noches se oían ladridos lejanos, primero unos, luego otros que contestaban, y aquella orquestación de ladridos y el viento en ventolera, chocando contra los hierros, las maderas y los cristales, los árboles azotándose unos contra otros, alguna ventana o puerta que no cerraba bien en las cámaras altas, y daba de vez en cuando unos portazos tremebundos, todo nos suspendía y nos mantenía despiertos como si fuéramos los guardianes penosos y doloridos del campo y sus mil ruidos, del viento y su inconstancia, y sólo el ruido manso del chorro de la balsa era para nosotros un ruido dulce y pacífico en todo el paisaje, y aquella noche teníamos en los oídos los gritos destemplados de aquel hombre que había dicho «agua, aguaaa», y durante mucho tiempo ni nos atrevíamos a hablar y nos hacíamos los dormidos, supongo, porque estuvimos mucho tiempo callados, hasta que mi madre dijo, y por eso supe que había estado despierta todo el tiempo: «tenemos que ir al pueblo y hablar con el primo José, el notario, que él siempre supo decirnos, en todas las ocasiones, lo que debíamos hacer», y mi madre tenía razón, que don José, como le llamaban todos, siempre había sido como un consejero de la familia, pero yo no estaba seguro de que un viaje al pueblo fuera aconsejable para mi madre, y le dije que tendríamos que esperar un poco, y fue cuando ella entonces me confesó que también tenía que ver a don José para otros asuntos, y al decírmelo se quedó pensativa y triste, y como si siguiera una línea del pensamiento, continuó: «es que yo quiero que me entierres en el pueblo», «pero, madre, claro que te enterraremos en el pueblo, y para eso no hay que ver a don José», y para alegrarla le hice unas caricias y le dije que ese momento aún estaba lejano, que no tenía que pensar en ello, que pronto se pondría buena, pero ella, como si no me oyera, siguió diciendo: «este es mi pueblo, ¿sabes?, y lo quiero, aunque hayan quemado a la patrona y aunque parezca que sobre él se hayan abierto las puertas del infierno, quiero a mi pueblo y quiero estar enterrada con todos los míos», «claro, madre, también yo quiero a este pueblo y nadie ha pensado enterrarte en otro sitio, pero, ¿por qué hablar de eso ahora, si cada día estás un poco mejor?», y ella esa tarde se quedó tan silenciosa y tan abatida que a ratos parecía completamente acabada, y se quedaba tan quieta y tan silenciosa, que ni la respiración se le oía, que yo no me apartaba de ella, y a veces hasta la sacudía un poco, levemente, para que abriera los ojos o hiciera algún movimiento, porque me temía lo peor, que alguien me había dicho que enfermos como ella podían quedarse en un momento como pajaritos, sin estertores ni nada parecido, y por eso aquella noche de lívidos presagios, larga y amoratada de sobresaltos injustificados y de terrores ciegos, me quedé sentado en la sillita baja de enea, al pie de su cama, fumando un cigarrillo tras otro, que los tenía yo escondidos, y antes apenas había fumado, que creo que fue aquella noche cuando yo me envicié en el tabaco, vicio que aún me dura, aunque haya tenido rachas de dejarlo o de intentar dejarlo, pero aquella noche se me quedó grabada, mi madre no hablaba, ni siquiera entrecortadamente, como otras veces, porque se había quedado como exhausta, sólo a veces me parecía que movía los labios imperceptiblemente, quizás rezaba, entonces le tomé una mano y me apretó la mía, y supe por eso que estaba viva, y miraba yo al pueblo, a través de la ventana, y sólo unas pobres luces mortecinas indicaban el lugar donde el pueblo estaba, y aquellas luces lejanas y como amortiguadas llegaban a darme una sensación de paz y de quietud, aunque sabía que algo abominable podía estar ocurriendo allí, porque era lo que ocurría todas las noches, y absorto en la contemplación de aquella auténtica boca de lobo lejana y como disecada en medio del páramo oscuro, se me pasaban las horas pendiente del inasequible y fatigado respirar de mi madre, y todavía ella quería como sepultura aquel pueblo hosco y bronco, y recordaba aterido aquella tarde macabra, una tarde en que el viento parecía llevar agujas que se clavaban en la carne, cuando abrieron el nicho de nuestro padre para enterrar a la abuela, paredes todas iguales, un corredor de nichos todos iguales, un corredor de muertes conservadas en lata, muertes iguales y numeradas, muertes en serie, seriadas, colocadas etiquetas, como productos de feria horrenda e insana, una feria para la perpetuidad, para la memoria desmemoriada, para el imposible olvido, las visitas, las flores, los rezos, el cordón umbilical entre la vida y la muerte hecho mármol inapelable, y nunca sabías si los muertos estaban realmente conservados o hechos ceniza, «*pulvis eris*», porque recuerdo que cuando abrieron la caja de mi padre estaba tal cual, hasta con su pelo crecido, y también me pareció que le habían crecido las uñas, pero en cuanto le dio la primera racha de viento y lo movieron, desapareció la figura y todo se resolvió en un polvillo resbaladizo, que perdió consistencia y forma en un segundo, «*pulvis eris*, efectivamente», y el polvo se fue al polvo y todo era polvo en el arenal cuadrilátero del cementerio, polvillo revoloteador, como el que levantan los toros cuando corren sueltos por el campo, nube de polvo que se hace cúpula y remolino sobre las torres del pueblo, losa de polvo impalpable sobre las conciencias del pueblo, sábana de polvo como un sudario sobre las miserias del pueblo, antes de que el sol se durmiera tras los cerros sangrientos, polvillo espectral de ese pueblo fantasma que a ratos canta y reza y a ratos mata y persigue al hombre que ha criado, pavor del silencio inusitado en aquella noche insomne e interminable, mientras las salamanquesas bajaban a la luz de la ventana y las temblorosas palomillas que se habían pasado la noche divagando en torno a la luz se disolvían en ella o caían al suelo como briznas de paja...

Y un día en que yo me había ido a Hécula a arreglar algunas cosas de la casa, al regresar al campo vi que había un coche parado delante del parral, y el vuelco que me dio el corazón fue tal que me quedé paralizado durante un minuto, porque siempre temía enfrentarme con aquel final inevitable, pero al llegar vi que se trataba del coche del notario, nuestro primo, que estaba con mi madre y ya se despedía, y guardaba unos papeles, y al verme me saludó poniéndome una mano sobre la cabeza, gesto que repetía desde que yo era pequeño y que me molestaba bastante, pero don José era así de silencioso y solemne, que hablaba casi por gestos, y éstos siempre atinados y aparatosos, y al despedirse me dijo «ya nos veremos», y la que aparecía evidentemente cambiada era mi madre, que parecía más animada que nunca, con los ojos brillantes y muy sonriente, y se veía que habían estado leyendo o firmando algo porque mi madre tenía las gafas sobre la colcha de la cama, y estaba como muy satisfecha y me explicó que le había enviado a don José unas letras por medio de Rafaela y que por eso había venido, y yo le pregunté un tanto serio, «¿y por qué no me lo has dicho a mí?», y su respuesta fue elusiva, porque me dijo: «ya te lo contaré todo después», y se mostró tan contenta que me dijo que al día siguiente pensaba levantarse un poco, y efectivamente al día siguiente la ayudamos a vestirse y se sentó un poco en la mecedora, y lo que más me sorprendió es que mandó a Rafaela al pueblo a ver si encontraba algo dulce en la pastelería, y una vez más yo estaba admirado de su voluntad de vivir, que parecía que le habían insuflado una nueva energía, y quiso que se matara el único pavo que teníamos en el corral, diciendo que había que disfrutar un poco, que bastante malos estaban los tiempos, y también pidió que le trajéramos un pañuelo de seda gris que tenía en su cómoda, y se quitó el negro que llevaba y se puso el gris, y yo estaba asombrado, porque nos pidió que la sacáramos un rato afuera, a la sombra de la parra, y en cuanto se vio frente a la balsa recordó al profeta Andresico, que había puesto la mano en el hoyo de los cardos borriqueros y había dicho «aquí», y del reseco redondel había brotado el agua, «bendito Andresico», decía mi madre, misterioso ser que tocaba la tierra, la olía, la tiraba al cielo y durante este rito murmuraba unas palabras que nadie entendía, pero al final sabía decir lo que la tierra guardaba en su entraña, que no sólo encontraba el venero del agua, sino monedas antiguas, estatuas o ánforas de otras civilizaciones, que Andresico podía haberse hecho rico si de verdad hubiera explotado su ciencia, pero él era humilde, desprendido, seráfico, no tenía ambición ni avaricia, y no se sabía si lo que le daba aquel poder era una ciencia o un don milagroso, pero yo creo que más bien era un secreto suyo, del que quizás él mismo era ajeno o indiferente, que sólo se ponía en acción cuando se trataba de ayudar a alguien, y a esto es a lo que yo llamo ser un santo, Andresico era un santo, y mi madre lo decía muchas veces, «san Andresico», y esa mañana estaba ella bajo el parral que daba gloria verla, y yo saqué el frasco de la colonia y le pasaba la mano por la frente y por el pelo, luego la abaniqué como jugando y le traje un vaso de agua, y cuando yo le alisaba el pelo con la mano mojada en colonia se reía y me dijo «ni que fuéramos al teatro», y yo le contesté que no íbamos al teatro, pero que ya que estaba mejor teníamos que irnos a Murcia, a que la viera el doctor Candela, y ella aceptó con la condición de que antes pasáramos unos días en la casa del pueblo, que tenía varias cosas que poner en orden allí, y yo me figuré de qué se trataba, y en efecto cuando nos fuimos al pueblo me hizo sacar papeles de un baúl, y los estuvo mirando, y luego más papeles de la alacena del comedor, y luego me hizo ponerlos en un sobre y llevárselos al primo notario, y cada vez que hacía estas operaciones de papeles, se quedaba como más tranquila y hasta un día me dijo: «ahora dormiré mejor», y también se ocupó de que se guardaran y escondieran algunas cosas que había de valor en la casa, y a Rafaela le dio muchas ropas y cacharros que fue sacando de los baúles, y yo veía que se trataba de una liquidación, pero ella lo hacía todo con gran entereza y casi con alegría, y para mí era también como la salida del agujero fatal, y comencé a tener esperanza, una esperanza que no por confusa era menos excitante, y el día que llegamos al pueblo en una tartana alquilada, se abrían ventanas y puertas conforme pasábamos calle abajo, y las mujeres se hacían cruces, que parecía que mi madre había resucitado, y la entrada en la casa nos trajo cierta emoción y cierta paz, mi madre se acomodó en la habitación grande de arriba, y yo en la de al lado, y dormía con la puerta abierta para escuchar la menor alteración en su respirar; lo más triste para nosotros era ver la plaza de San Cayetano, donde no había quedado piedra sobre piedra de la ermita del santo, y también apareció enseguida Rafaela queriendo contarnos chismes del pueblo, pero mi madre le prohibió que nos dijera nada, que era como si ella quisiera mantener una paz que nacía de su interior y no quería saber nada de fuera, pero lo peor fue cuando una tarde de aquellas aparecieron en la puerta un grupo de hombres con monos azules y pañuelos rojos y preguntaban nada menos que por el marido de Rosa, y no pudimos evitar que mi madre lo oyera, lo cual sirvió para remover su herida y comenzó a llorar y a decir que por Dios que la dejaran en paz, que no era su hija, que allí no sabíamos nada de aquel hombre, de aquel mal hombre, y entonces fue cuando una miliciana dijo aquello: «ah, ya caigo, esta es la madre, que la sobrina del cura se había fugado con el chulo ese de la calle San Antonio», y menos mal que lo dijo en voz un poco baja y mi madre no pudo oírlo, pero yo sentí como un manotazo de rabia y estaba a punto de enfrentarme con ellos cuando la miliciana dijo «vámonos, camaradas, que aquí no saben nada de ese tipo», y entonces se fueron, pero a mí todo aquello me dejó una sensación de impotencia grande y ya sólo quería huir de nuevo, salir del pueblo cuanto antes, que toda la libertad que se sentía en el campo había desaparecido y ahora nos sentíamos como atrapados, y aquí los ruidos nocturnos eran mucho más inquietantes, algo como una zarabanda trágica, desfiles, gritos, arrastrar de botas, que a las campanillas y las salves de los «auroros» habían sucedido ahora las voces revolucionarias y las proclamas del pueblo, y los cuadros de la Virgen de los auroros que antes era llevada entre cánticos y plegarias, andaban ahora escondidos por las cuadras, debajo de las esteras y en los vanos de los tejados, y si antes se pregonaban las agonías ahora se celebraban las muertes violentas y violentadas, qué más daba, si siempre era lo mismo, siempre la muerte presidiendo la danza macabra de los pueblos, de los pobres pueblos que estaban necesitando otras cosas muy distintas, canciones y trabajo, alegría y pan para todos, pero lo que siempre se encontraban por un lado o por el otro era muerte, agonía, odio, carnaza, y yo no sólo estaba temiendo la muerte de mi madre, sino lo que más me espantaba era la horripilante turba vecinal de aves de rapiña que se me echaría encima, como si se tratara de un festín, despojo de brujas harapientas y de borrachos de sangre, y por eso me propuse rápidamente, lo más rápidamente posible, sacarla del pueblo y llevarla a Murcia, sacarla de noche si era preciso, o de madrugada, a la hora más apropiada para evitar la curiosidad de las gentes y también los controles de los milicianos, y para ello comencé a organizar todo para salir si era menester clandestinamente, como si se tratara de una fuga, de un acto delictivo o inconfesable, y así lo decidí, y recuerdo que lo que me daba más pena era dejar a Juanín, que no hablé de Juanín y tengo que hablar, porque fue una novedad de aquellos días, uno de mis antiguos compañeros de escuela, un muchacho algo simple, de corazón angelical que, en cuanto supo que estábamos en el pueblo, apareció una noche con una cesta de huevos, fruta, un poco de queso de cabra y hasta media gallina, y yo no comprendía nada porque Juanico, que era como le llamábamos siempre, era más bien de familia muy humilde, su padre trabajaba como jornalero en la finca de una señorona de Pinilla, y lo más sorprendente era la sencillez con que lo había hecho, que se presentó con la cesta y la dejó allí como si alguien se la hubiese encargado, y mi madre que oyó algo, preguntó desde la cama quién era, y yo dije que era Juanico, el de la Juana, y al principio ella no caía, pero luego se acordó y se alegró mucho, y cuando le dije lo que había traído, empezó a llorar y a mentar a san Cayetano, que nunca nos abandonaría, y menos mal que Juanico no era precisamente religioso ni de derechas, sino todo lo contrario, y por eso resultaba más inexplicable su gesto, y aquello se repitió otras veces, y tardé mucho en saber de dónde lo sacaba, porque su padre estaba siempre metido en la Casa del Pueblo y toda su familia más bien era de las que iban al socaire de la revolución, y lo teníamos siempre en casa, todas las noches, y nunca con las manos vacías, y yo alguna vez había querido pagarle algo por aquellos alimentos, que unas veces eran latas de conserva, otras frutas, hortalizas o aves muertas, pero él nunca quería nada y parecía feliz de ver nuestra emoción, y un día mi madre me contó que la Juana, madre de Juanico, era una mujer muy desgraciada, que encima de que no tenía pan para sus hijos, alguna vez se había tenido que ir de su casa porque su marido le pegaba unas palizas tremebundas, y yo recordaba ahora que alguna vez la había visto por casa con su hijo pequeño que lo bañaba en el patio en un gran lebrillo, y lo restregaba tan fuerte que parecía que lo iba a desollar, y el niño salía de la refriega de estropajo y jabón como una brazada de ababoles, y el Juanico ahora también nos traía siempre noticias de la guerra y de lo que pasaba en el pueblo, pero lo contaba todo con mucho sigilo, y él era como un ser insignificante, inofensivo, un ser como de caricatura o de broma de libro con estampas, pero ya nos habíamos acostumbrado a él de tal manera que si una noche no venía parecía como si nos faltara algo, y por fin un día me dijo que él estaba encargado de los repartos del racionamiento para el asilo y el colegio de los huérfanos, y entonces comencé a explicarme de dónde venía aquel cuerno de la abundancia y se lo dije, pero él enseguida me notó que yo no lo aprobaba, y entonces me dijo que él en conciencia no robaba nada, y que si aquello era para los necesitados, nosotros también lo éramos, porque ni teniendo dinero podríamos conseguir aquellos alimentos, siendo mi madre una enferma tan grave, y en medio de todo lo comprendí y se lo agradecí más, y mi madre enseguida dijo que Juanico era un eviado de san Cayetano, santo de la Providencia, al cual tanta devoción teníamos todos en la familia, y el bueno de san Cayetano nos premiaba así, decía mi madre, volviendo en forma de Juanico desde las cenizas de su capilla, y a mi madre todo esto la hacía llorar, y otra cosa que nos traía Juanico eran noticias de la guerra, pero como no sabía nada de geografía, se armaba unos tacos tremendos y no daba pie con bola, en realidad tenía fama de simple y de infeliz, pero yo siempre creí que Juanico era un redomado comediante y sabía hacerse el lelo como nadie, porque a veces yo notaba que tenía intuiciones o malicias geniales, y lo que más me maravillaba era que, teniendo los padres que tenía, se mostrara tan respetuoso con la religión, con las fiestas del pueblo y con las personas que sabía que tenían otros ideales muy distintos a los suyos y los de su familia, que, por ejemplo, se lamentaba conmigo de que hubieran mandado retirar los arcabuces, que todo el mundo los había tenido que entregar en el ayuntamiento, y muchos los habían tirado al mar en Cartagena, y era una pena porque algunos de estos arcabuces antiguos eran obras de arte, y yo me preguntaba de dónde sacaba Juanín estos rasgos de finura y de sabiduría, y también se quejaba de que decían que iban a suprimir todas las procesiones, tanto de semana santa como del día de la Virgen, «con lo vistosas que eran», decía, y que a él le gustaban los romanos, con sus capas adornadas de oro y sus sandalias atadas y trenzadas a las piernas, y Juanico describía las procesiones con unos detalles que revelaban su buen gusto y su memoria, todo lo que contaba tenía en su voz apagada y dulce un sigilo extraño, hasta las cosas más triviales, y todo se hacía un poco misterioso, quizás porque lo contaba por lo bajines y con mirada entusiasta, lo mismo con la guerra, que hasta las batallas y las muertes se hacían en su boca como algo cándido y bondadoso, y con seguridad esto lo daba su ignorancia inocente y servicial, que se había convertido en personaje de confianza para los sindicatos y los cuarteles de las milicias, y a la vez un elemento caritativo y entrañable para familias como la nuestra, que estaban más o menos en entredicho y a las que él, sin que se sepa bien por qué, se había propuesto ayudar y me enteré luego que ayudaba también a otros, y en nuestra casa desde luego había llegado a hacerse en unos días insustituible y tan consolador como si se tratara de un ángel que nos visitara cada día entre luces, y según me enteré la última vez que estuve en Hécula, este Juanico todavía vive, pero está en Pinilla, dueño de una granja pequeña pero muy rentable, y que vivía en la granja como un fraile franciscano, que no salía nunca a tabernas ni a fiestas, tipo extraño y admirable este Juanico, que seguramente había hecho unos ahorrillos durante la guerra, para montar su granja y con eso se conforma, cosa que me llena a mí de sugestión y de cierta envidia, un muchacho que logra superar una guerra, sin envilecerse y sin destruirse, y me pregunto muchas veces cuáles serán los recuerdos de Juanico, y cómo ha podido vivir tranquilo y vive, quién sabe, y cuando estuve en Hécula pude ir a verlo, pero me dio miedo hablar con él, me dio miedo enfrentarme con su mirada, enfrentarme con los recuerdos comunes, que seguramente no se parecerán en nada los suyos y los míos, que él era un alma seráfica, mientras yo he sido siempre un ser cruzado de agonías y de desengaños, ¿habrá olvidado Juanico aquellos atardeceres de cornetas y tambores, desfiles de alpargatas sobre un pueblo de piedra y cuevas polvorientas, trepidar de los pies sobre alfombras de polvo, resollar de los pulmones a las voces de mando, ruido de los brazos al rozar sobre las ropas tiesas de unos uniformes recién estrenados, ir y venir de una tropa que terminaba cansada y se sentaba en los portales, bebiendo de la bota o de la cantimplora, combatientes que la mayoría de ellos no sabrían nunca lo que era el frente de verdad, tropa aburrida y siniestra que se ejercitaba principalmente en la caza de los enemigos de retaguardia, por las casas de labor, por los desvanes y las bodegas, en los cobijos del monte e incluso en el cementerio?, porque se supo que más de uno, viéndose perseguido había pasado más de una noche metido en un nicho, con los muertos familiares, Hécula trágica, huracán de bayonetas enrobinadas, sombra de espadas viejas y melladas, y en medio de todo esto mi madre iba repasando todas las cosas, despacio, con la fatiga que le permitía su debilidad y su respiración agotada, abriendo cajones, repasando baúles y maletas, como si supiera ciertamente que no volvería más a su casa, y rompía cosas, y quemaba otras, todo con una angustia insoportable, y yo trataba de consolarla, diciéndole que pronto volverían Pascual y Manolo, que la guerra ya terminaba, según decían todos, y quién sabe si hasta Rosa no volvería, y ella entonces se puso tan pálida y agarrándose a los muebles se sentó y creí que se moría y mandé llamar enseguida a don Ramiro y él, aunque estaba también malo, vino corriendo, apoyándose en un bastón, y nos riñó porque no la habíamos llevado a Murcia, y allí mismo nos escribió en una receta unas letras para el doctor Candela y cuando auscultó a mi madre me miró con el ceño fruncido, y luego cuando pudimos estar solos, me dijo que estaba muy malica, y que había que llevarla a Murcia sin remedio, y mi madre al reponerse un poco, y como si supiera que iba a ser la última vez que veía a don Ramiro, quiso que tomara una copita de mistela, y él poniendo los ojos en blanco, nos contó una anécdota de uno que era muy aficionado a la mistela, y que, estando malo en la cama, le dieron un vasito como medicina y la tomó con tanta ansia que le dio hipo, un hipo tremendo, y del hipo murió, «y no es broma», nos decía, «y por eso yo, por si acaso, me tomaré el vasito de mistela muy despacio», y con estas bromas mi madre se animaba un poco, pero yo notaba que la vida sólo anidaba ya en sus ojos, unos ojos que parecían querer aferrarse a las cosas y a las personas como única forma de detener un poco el final inminente, pero don Ramiro la ponía de buen humor, y aquel día sobre todo, que él estaba malo y se le veía cansado, parecía que quisiera descansar con un rato de conversación, y siguió contando cosas, principalmente los horrores que había visto en pocos meses, desde que había empezado la guerra, que a veces, cuando despedía en la Cruz de Piedra a algún muerto que había fallecido en su cama, rodeado de los suyos, con cierta paz, cosa tan rara en aquellos días, él dijo que le daba un golpecito con el bastón en la caja y le decía como despedida: «dichoso tú», y también aquella tarde, en un momento en que mi madre no podía oír, me preguntó «¿y tú piensas seguir siendo cura?», a lo cual no supe qué responder ni él esperó respuesta, que pasó rápidamente a otra cosa y dijo algó así como «¡qué vocación la de tu madre!», y yo callaba, y él entonces, como si hablara para sí mismo, dijo: «¡quién te verá a ti dentro de unos años!», pero en eso se equivocaba si quería decir que mi destino iba a ser algo envidiable, que aquí estoy, tan confuso, desconcertado y perdido como aquella misma tarde en que mi madre se moría a chorros y don Ramiro nos contaba anécdotas macabras, pero precisamente porque él sabía lo que había sido mi madre como mujer de su casa, siempre entre los pucheros de la cocina, la escoba hasta el carril de la calle, la vara de apalear colchones, los grandes cazos de madera para aliñar las aceitunas, y la veía ahora tan desprovista de medios y tan desvalida, le dijo: «te voy a mandar un pernil para que te tomes unos caldos buenos cuando te den ascos las medicinas», lo cual conmovió a mi madre, que le dijo: «¿cuándo, don Ramiro, podré pagarle todo esto?», pero él le replicó «todo está muy bien pagado», y lo que más me sorprendió fue que don Ramiro no mentara para nada a los tíos Cayetano y Cirilo, sino que añadió, simplemente: «y que Dios guarde también a los que están fuera», una fórmula muy discreta que le permitía no nombrar a Rosa ni a Manolo ni a Pascual, y más tarde vino la ex-monja a poner las inyecciones a mi madre, ya todo se preparaba para la marcha hacia Murcia, y cuando nos quedamos solos todavía mi madre medio se arrastró hacia el armario y me mostró unos almohadones viejos, y me dijo: «dentro de esos almohadones encontrarás mis ahorros, todo lo que haga falta para el entierro y lo demás», pero yo no pude contestar nada, y menos mal que en aquel momento llamaban a la puerta, sería Juanico, y fui a abrir, y efectivamente Juanico era, y casi me dio un susto, porque dentro de una canastilla traía dos palomas, pero no muertas, sino vivas y bien vivas, que al abrir la cesta echaron a volar hacia la lámpara y la chimenea, y casi se nos escapan, y durante un rato fue muy divertido, porque él y yo, los dos, detrás de las palomas por toda la habitación, hasta que se cansaron un poco y pudimos cogerlas, pero luego había que matarlas, y ni él ni yo nos atrevíamos, y mi madre estaba muy cansada y se acostó, y entonces a mí se me ocurrió una idea para matar las palomas, y fue sujetarles las alas y el cuello y meterles la cabeza dentro de un barreño de agua, y aguantarlas así hasta que dejaron de temblar y de sacudir el cuerpo, que se sacudían como diablos, y con las rodillas le sujetábamos las patas, y yo no miraba mientras le tenía la cabeza dentro del agua, porque si miraba me daban pena, y luego las pelamos, que llenamos toda la cocina de plumas, y cuando vino Rafaela al día siguiente ya estaban preparadas para guisar, operación que mi madre dirigía desde la cama, sin olvidar nada ni de especias ni de condimentos, y también Juanico aquel día, antes de irse me dijo: «oye, a tu hermano Pascual, ni aunque a tu madre le pase algo, que no se le ocurra aparecer por aquí», y también me dijo: «yo creo que deberíais tener una foto de Manolo vestido de oficial de las milicias, y tenerla por ahí, bien visible», y yo le dije: «estamos esperando que nos mande una foto, nos la ha prometido», y él asintió con la cabeza, y parecía que con eso se iba más tranquilo, pero mal sabía él que apenas nos daría tiempo de nada, porque hubo que salir para Murcia a la carrera, como quien dice, pero recuerdo que esa noche yo me atreví a preguntarle, «¿y de Rosa, sabes algo?», cosa que a él le cogió de sorpresa y tardó en contestarme, pero al fin me dijo: «no sé de Rosa, aunque creo que está por Pinilla o por Trinquete, pero a su marido, Rosendo, lo buscan por todas partes, y ya que me preguntas, te voy a decir que tuvo suerte, porque logró escapar en un camión cuando casi lo tenían atrapado, y ahora nadie sabe nada de él», y lo que menos podía comprender yo, ni Juanico tampoco, era por qué Rosendo se había metido casi a jefazo de los fascistas, o de los falangistas, que es la misma cosa, porque él ni era religioso ni pertenecía a una familia de las llamadas «de orden», y quién sabe al servicio de quién o de qué se había puesto, seguramente intentando ganar en río revuelto, porque sus mismos hermanos unos eran socialistas y otros libertarios de los más extremistas, pero no era el suyo el único caso, que en nuestra misma familia se daba, Manolo en un lado y Pascual en el otro y en la cárcel, y según Juanico todo en el pueblo era un rompecabezas, que los jefes estaban divididos y no se entendían, y cada uno tiraba para su lado, y que la guerra iba muy mal, y como mi madre sólo se enteraba de cosas a medias, lo único que decía era: «yo creo que el demonio anda suelto», pero lo decía sin un tono especial, lo mismo que si dijera: «este año es un año de mucha sequía», y lo peor fue cuando mi madre, queriendo ser simpática con Juanico le dijo aquello: «y tú, Juanico, ¿no tienes novia?», y Juanico se puso muy colorado y dijo que buenos estaban los tiempos para tener novia, y «yo, ¿para qué quiero novia, y más ahora que seguramente me van a llamar enseguida a filas?», y en cuanto lo dijo se dio cuenta de que había metido la pata, porque mi madre sabía muy bien la edad de Juanín, y si lo llamaban a él, también tendrían que llamarme a mí, o más bien me tenían que haber llamado ya, pero Juanico lo arregló enseguida, diciendo: «claro que Pepico, su hijo, tiene suerte, porque siendo hijo de viuda, y con dos hermanos ya combatiendo, no lo van a llevar, vamos, creo yo...», y se quedó titubeando, porque él bien sabía que Pascual era un prisionero y no un combatiente, pero él era miel del campo, palabra que alivia y nunca ofende, y también vinieron los del molino y el hombre que cuidaba nuestro campo a traernos buenas noticias, y también traían patatas, cebollas y tomates, y dijeron que todo en la casita estaba tranquilo, que aquel hombre y aquella mujer surgidos de la oscuridad, no habían vuelto y que la cosecha era muy buena, y parecía que algo iba cambiando para mejorar, o por lo menos nos íbamos acostumbrando a una situación insostenible, y es que a todo se acostumbra uno, incluso a las guerras y a las agonías largas, y alguna vez que yo salía a la farmacia o a algún recado notaba que la gente no me miraba tan mal y muchos me saludaban, y sobre todo noté también que las muchachas se fijaban en mí, quizás porque me había comprado una cazadora a cuadros, y ya no iba de luto, y algunas me sonreían y me miraban con ojos tiernos y prometedores, y esto era lo peor, porque me ponía a temblar sin tener seguridad de nada, y todo se me hacía un vértigo de dudas, de deseos y de temores, y también los campesinos, de manos encallecidas, cejas espesas y ojos nublosos, que se pasaban las horas en la taberna, cuando yo pasaba no me miraban tan mal, y acabé por comprender que los que parecían más matones y más chulos era que tenían miedo, tanto miedo como yo, todos teníamos miedo, un pueblo lleno de miedo, raíces crispadas en el campo, grietas en el vientre de la tierra, paredes y postigos hoscos en la horizontal de las calles, todo inspiraba o reflejaba miedo, y aunque nadie se atrevía a nombrarlo, estaba en la mente de todos, y a veces también surgía su nombre, el de don Jerónimo, y su muerte de perro rabioso entre la cal viva, una muerte monstruosa, pero yo siempre recordaba también –no cómplice pero testigo– aquella caja de hierro, en la cual iban cayendo las perras gordas y los reales, y a veces hasta pesetas, del agua y de la sed de todo un pueblo, el agua de los enfermos, el agua de los niños, el agua para la sed que rompía los labios de mi madre, y es que el mundo evidentemente no estaba bien distribuido aunque en el cementerio todos, más o menos, ocupaban el mismo espacio, un espacio ya sobrante aunque se pagaba caro también, pero para qué, qué pérdida de espacio, qué pérdida de ladrillos, de cal y de mármol, qué pérdida de flores de trapo y de coronas, que a mí todo esto me erizaba los pelillos del cuerpo, y una de aquellas noches supimos por Juanín que habían detenido al marido de Rosa, mi madre no quería pronunciar su nombre, pero tuvo que llorar por Rosa y el hijo que llevaba en sus entrañas, era verdad que estaban casados, pero ahora comenzaría el calvario para mi hermana, y esto acabó por hundir a mi madre, que repetía «no quiero verla, no quiero saber nada», pero lloraba, y cayó en un estado de dejadez total, no quería comer, no quería levantarse, un desasimiento de todo, un desprendimiento de la vida misma, que a mí me dio miedo, un nuevo miedo, y don Ramiro decía que había que salir para Murcia, y ella no quería saber nada, y yo me temía que de un momento a otro podía aparecer la propia Rosa, qué iba a hacer ella si no, sola, embarazada, con el marido preso, y cómo la recibiría mi madre, porque yo estaba deseando que apareciera y decirle «esta es tu casa, quédate», pero no podía hablar de ello con mi madre, aunque yo procuraba irla preparando, con medias palabras, con alusiones, pero el que apareció un día trayendo nuevos papeles, que mi madre firmó sin leerlos siquiera, fue el primo notario, y entonces supe que se trataba del testamento de mi madre y poderes notariales para mí, para que pudiera vender, si fuese necesario, la casita del campo y todas nuestras propiedades, y para eso había también unos papeles para emanciparme a mí, porque no tenía la edad para poder vender, pero tenía la edad para ir a la guerra, y yo también tuve que firmar, pero todos estos papeles me molestaban bastante y estuve por romperlos, y si no los rompí fue por ella, que me miraba suplicante y como satisfecha, como si hubiera cumplido un rito necesario, pero aquella noche, como si todos aquellos papeles nos hubieran traído maleficio, fue una noche abominable, que yo estaba lleno de pavorosos presentimientos, y mi misma madre estaba nerviosa y no hacía más que pedirme que le remojara los labios, y cuando miraba hacia fuera veía aquella bombilla que se balanceaba en medio de la calle, y al balancearse distribuía sombras y luces por las cuatro esquinas de la plaza de San Cayetano, y este juego de luces y sombras penetraba hasta en nuestra sala, y parecía que se movieran los muebles, y los cuadros, como en una horrible pesadilla, todo chirriaba aquella noche, las ventanas, los alambres de los focos, los quicios de los postigos, los agujeros de las chimeneas, noche heculana de viento y rondadores ciegos, de astros ciegos, de coches ciegos, y tan ciega fue la noche que yo no podía dormirla, y recuerdo que me repetía una y otra vez: «sólo se vive una vida, sólo se muere una vez», pero parecía que mi madre hubiera muerto muchas veces, una muerte repetida, en cada minuto, en cada suspiro, en cada mirada, en cada palabra susurrada desde el abandono total; aquella noche no la puedo olvidar porque la ventisca lanzaba piedrecillas contra las ventanas de abajo, y el polvo de los carriles de la calle se levantaba hasta los tejados y penetraba por las ranuras hasta hacerse sentir en los ojos y en los oídos, y en medio del trepidar del ventarrón, pude escuchar unos golpes en la puerta, y al rato más golpes, y no sabía qué hacer, pero volvían a llamar y entonces me acerqué con mucho cuidado y era Catalina, la vecina, que metió sus labios arrugados por la ranura abierta y dijo como en un susurro: «han matado al Rosendo», y desapareció en el viento, como una aparición, y yo no me atrevía a decírselo a mi madre, y seguí un rato observando la calle, pero nadie rebullía en la vecindad, excepto alguna luz que se apagaba, o se encendía, entonces pensé salir hasta la casa de al lado para pedir detalles, y fue cuando pude ver que había gente silenciosa en las esquinas, como si esperaran algo, y entonces salí a la puerta de al lado y llamé con los nudillos pero nadie quiso abrir, y cuando ya me metía en casa, un coche fantasmagórico apareció por la calle dando bandazos y disparando a un lado y a otro, y comenzaron a oírse carreras y gritos, y más disparos, y el coche se perdió camino de la estación, y entonces yo cerré la puerta con llave y puse todos los cerrojos, y mi madre preguntaba desde la cama: «¿qué es lo que pasa?», pero yo le contesté «nada, nada», y recuerdo que fue precisamente entonces cuando ella me dijo dónde estaba el hábito que quería que le pusieran como mortaja, y yo palidecí pero le contesté fingiendo una voz alegre y despreocupada: «pero, madre, si tú eres más fuerte que un roble», y ella replicó: «los robles también se pudren», y se buscaba el pulso y no se lo encontraba, y yo me acerqué y tampoco se lo encontraba, y sin embargo ella hablaba y hablaba sin parar, a pesar de la enorme fatiga, hablaba de mis hermanos, que si Pascual era como un higo chumbo, de los de pala, con pinchos, y Manolo en cambio era un higo de higuera, todo miel y azúcar, el uno revestido de alfileres que se clavaban en la carne y el otro bálsamo y ternura, por supuesto muy diferentes, Manolo siempre cariñoso, comprensivo, pacífico, Pascual siempre tieso como un sable justiciero, así eran los dos, y yo me preguntaba qué estarían haciendo ellos, qué estarían pensando, y yo no sé si aquella noche había cogido una pulmonía o qué, que me pasé la noche tosiendo y respirando muy mal, y esperaba que de un momento a otro echaría también yo la gran bocanada de sangre, para comenzar otra historia más dentro de la serie de historias de la familia, pechos reventados como los globos de la feria, uno tras otro, y yo tendría que terminar igual, yo no iba a salvarme, y mientras sudaba frío dando vueltas entre las sábanas, por el pueblo seguían las carreras y los tiros, qué noche de perros, y recuerdo que me levanté para ver dónde estaba la cajita de la levadura, y estaba en su sitio, muy disimulada entre las orzas de las aceitunas, y me volví a la cama, qué cosa tan miserable es una guerra civil, y lo que trae luego de colas, que hay que ver cómo entre vascos se sacan las uñas de dentro del alma, y con ellas quisieran despedazar todo lo que no sean ellos, antropofagia del castellano, del andaluz, del extremeño, que ellos no respetan a nadie, sólo atentos a una revancha sucia y estéril, una revancha suicida, pero de esto lo mejor es no hablar, que yo tengo que seguir contando cómo mataron a Rosendo dejando a mi hermana sola, viuda, embarazada y tan desvalida que yo sólo pensaba en verla aparecer por la puerta, «esta es tu casa», «esta es tu casa», era el estribillo de mi pesadilla constante, una pesadilla que se hace ahora en el olvido sin olvido de la memoria bruma grisácea o lluvia menudísima de imposible caricia en los últimos días de mi madre, postración total y aquella súplica que parecía llegar de la otra orilla, «por Dios, Pepico, no dejes que se echen sobre mí estas moscas gordas, devoradoras», y yo no veía moscas por ninguna parte, y entonces creo que mi madre deliraba con la fiebre, y la voz le salía como un silbido de vidrio roto, y a la mañana siguiente me pidió la comunión, «al fin, tú pronto serás sacerdote», y no tuve más remedio que traer la cajita de la levadura y actuar de diácono, «y tú también» me dijo, pero yo sentía que en mi interior todo un mundo pasado se derrumbaba sin remedio y sin estridencia, como algo que se derrumbara en el vacío sordo y ciego, y ni siquiera cuando vi cómo ella, después de tragar aquel leve pan blanco se quedaba tan serena, blanca y clara, más clara que había sido ella nunca, siendo Clara de nombre y de conciencia, yo sin embargo me debatía en turbión de irrealidades, paralizado en la voluntad, como acequia estancada, podrida, maloliente, a pesar de haber sido educado, leído, machacado, amonestado, advertido, dispuesto para la muerte súbita, la muerte como único bien sabido y esperado, la muerte, además, si podía ser, larga, trituradora, lenta, para que la criatura llegara ante Dios vencida, sumisa, consumida, molida, disuelta en vapores inefables, y acaso aquella guerra, que era como la poda de los árboles en primavera, o como la quema de los rastrojos, o como el incendio del pinar, quería significar otra clase de muerte, la muerte sin agonía, sin sudores macabros, la muerte animal, brutal y despojadora, esa muerte a la que mi madre se resistía, porque lo suyo tenía que ser una muerte resistida, compartida, alargada hasta el límite de las fuerzas de la vida, de los recursos de la vida, como en un forcejeo de igual a igual entre la vida y la muerte, cosa muy diferente lo que pasa en este país ahora, que las muertes son visto y no visto, lo mismo a la puerta de un bar que a la salida de una iglesia, muertes de tiro en la nuca, sin despedidas, sin sonrisas y sin amor, que no da tiempo a nada, que la nada se interpone entre el corazón y los ojos y el ser se rompe groseramente, muerte con alevosía, como la araña desde la tela, como cuando la luciérnaga enciende instantáneamente su faro diminuto, un chasquido, un fogonazo, una vida menos..., y luego estos vascos del diablo, tan tranquilos, se van a comulgar, y se reúnen en los monasterios, y los curas dicen que son sus confidentes y en los monasterios o en las sacristías seguramente les guardan la goma dos, pero para qué hablar de esto, esto que llaman terrorismo, pobre palabra, que revela una miseria de nuestro lenguaje, y a mí, después de todo, qué me va en ello, si yo sólo quiero llegar a traspasar esa niebla del tiempo y obtener una memoria nítida de aquellos días en que se quebró para siempre la posible línea de mi destino, si así puede llamarse ese proyecto de vida que todos, por lo visto, tenemos que forjar y realizar, pero el mío se quedó en germen marchito, en feto coagulado, maldito, como esas plantas que amarillean y languidecen en ciernes, y yo sé muy bien, aunque de piel afuera procure disimularlo, que mi vida no es en realidad una vida desarrollada, tendida como un arco hacia un fin definido, abierta y desplegada como una alfombra que se desenrolla, sino una vida en hibernación, al margen de todo, porque cada mañana tengo que vestirme con la camisa y con enorme esfuerzo esa partícula de voluntad que me permitirá salir, ir al trabajo, mover los pies sobre el pavimento y regresar a la noche para volver a empezar...; pero ya estoy otra vez divagando, y debo regresar a aquellos días y coger por los pelos el hilo de la milocha.

Efectivamente, el pueblo era el mismo pero no era el mismo, que Hécula hervía de motores en marcha, de coches que se estropeaban en cada esquina, pero cuándo se había visto tanto coche ni tanta arenga, ni tanta radio, ni tanta música, pero lo que no se podía cambiar era la climatología, ni la orografía ni la meteorología, y por eso el viento de Hécula era el mismo de siempre, y por las calles hacía correr fundas de asientos, pieles de conejos, trapos y levitas apolilladas, cuellos duros salidos de los baúles antiguos, toda una almoneda extraña, porque nada ya valía, ni nada se vendía, todo se regalaba o se tiraba, y las casas de los ricos huidos eran saqueadas y lo que no servía se tiraba a la calle y los demonios sueltos lo empujaban todo con el viento en zarabanda zarrapastrosa y sórdida, y por cierto algunas de las cosas viejas que circulaban con el viento o aparecían en montones por las esquinas yo pude ver que procedían de la casa de tío Cirilo, y ahora estaba convertida en Centro de Propaganda y Cultura, que en sus balcones habían puesto altavoces y toda la plaza resonaba de gritos y de ecos, por lo cual era muy difícil enterarse de lo que vociferaban los altavoces, mezcla inútil de arengas, órdenes, noticias y hasta recitales, y a mí me daba risa pensar que todo aquello estaba sucediendo en la casa de tío Cirilo, si él pudiera verlo, si él pudiera oírlo, pero era impensable, porque él estaría bien camuflado en Orihuela, al lado de la hija monja que había tenido que vestirse de mujer, y entretanto su casa estaba llena siempre de gente que entraba y salía, y parece que sus baúles y armarios eran inagotables en estampas, relicarios y vestiduras que ahora danzaban en el viento y en las manos de las mujeres de los milicianos que las tiraban desde el balcón entre risas y gestos obscenos, las cosas más increíbles, como paraguas viejos, sombreros ridículos y hasta faroles y cascos de cartón dorado que servían para las procesiones de semana santa, y estandartes y túnicas, y los niños cogían aquellas cosas y las miraban y remiraban con gran atención y muchas se las guardaban o se ponían los cascos, y si no fuera porque estábamos en guerra uno diría que aquello era la preparación para un gran carnaval, porque también danzaban en el viento hábitos de monjas y sobrepellices que algunos se ponían de broma y bailaban así, haciendo juego al viento, pero yo cuidaba mucho de que mi madre no pudiera asomarse y ver todo aquello, sino que ella se había dedicado a repasar sus arcas, de las que salían también las cosas más extrañas como vestiditos de cristianar, refajos antiguos y pañuelos, capas, peinetas y mantillas, y a mí me entraba la gran tentación de tirar todo aquello por la ventana para enriquecer la gran batahola que en la calle y en la plaza danzaba con el viento en remolinos de guardarropía, pero me contenía el ver a mi madre tan seria, tan pálida, con sus dos hermosas rosas de fiebre en las mejillas, sus manos de marfil seco, tan hermosa que se me ha quedado para siempre grabada la estampa marchita de su agonía prolongada, una agonía que duró meses pero que no por eso fue menos agonía, porque no era otra cosa aquella lucha desesperada por seguir respirando, moviéndose, hablando, disponiendo la casa, cuando su pecho era ya una criba y el soplo de su vida, como se demostró enseguida, era apenas real, sólo un puro esfuerzo de su voluntad, porque por aquellos días llegaron de parte de don Ramiro los papeles arreglados para que pudiéramos ver al doctor Candela y pudiéramos ingresar en su clínica de Murcia, y ella antes de salir quiso comulgar por última vez, y como vistiéndose de luz, se puso muy guapa, se arregló como hacía años que no se arreglaba, se echó polvos en la cara y se puso las ropas nuevas, y mientras tanto yo buscaba un coche, cosa nada fácil, pero se arregló gracias a un médico de Pinilla, amigo nuestro y sobre todo amigo de don Ramiro que se las arregló para enviarnos una ambulancia, porque el propio don

Ramiro había dicho que en un coche ella podría morirse en el camino y que tenía que ser una ambulancia, y recuerdo que mientras esperábamos la ambulancia que tenía que llegar, pasaron por la calle dos «tanques», y es que le llamaban tanques a los camiones de guerra o de combate, y dentro iban unos hombres con camisetas muy sudadas y gorros de pico, y mi madre muy ajena a todo dijo que lo que había aparecido en la casa eran unas moscas muy grandes y asquerosas, unas moscas feroces, que zumbaban al volar, y mi madre se levantaba con mucho esfuerzo, cogía la paleta y las iba matando con muchos ascos, porque decía que hasta daban mal olor, pero estas moscas monstruosas parecía que se multiplicaban en el aire, porque no valía de nada aplastarlas contra los cristales de la ventana, que enseguida había otras, y las plantas del patio, que yo cuidaba por encargo de mi madre, estaban ahora plagadas de esta clase de moscas, pegajosas y zumbadoras, y yo no decía nada pero pensaba que aquella plaga de moscas era debida a las muertes, muertes en serie y en montón en los recodos de las carreteras y los *cornijales*[5] de los huertos, y también aquellos hombres que llegaban en aquellos artefactos llamados «tanques» quién sabe si no traían sangre pegada y reseca, de no se sabe qué batallas o de qué torneos sangrientos por los corrales de los pueblos, y mi madre, mientras no llegaba la ambulancia, iba cubriendo con sábanas y mantas viejas los muebles, los cuadros y las lámparas, y luego me decía: «comprueba que las ventanas queden bien cerradas, con sus aldabas y pestillos, no sea que entren gatos de la vecindad», y menos mal que nosotros ya no teníamos gatos, ni perro, ni pájaros, que todo concluyó con la primera salida de mis hermanos hacia Madrid, y sobre todo porque estando yo en el seminario ya no tenían objeto los animales preferidos de

5. Esquinas, rincones.

mi niñez, y también aquella marcha era para nosotros insólita y extraña por la ausencia de los tíos Cirilo y Cayetano, el uno mandón y el otro aconsejador, y ahora sin ellos nos movíamos como en el vacío, porque siempre ellos, en todos los acontecimientos de la familia, fuera bautizo, primera comunión o viaje, tenían que ser el «ordeno y mando», y en cierto modo era cómodo, que uno no tenía más que obedecer y callar, es decir, que todo te lo daban hecho, y había algo de ventaja en eso, pero ahora nos sentíamos como en una barquichuela a la deriva, faltos de costumbre, se nos venía el mundo encima, tú, sobre todo, recuerda que estabas hecho a una ley, a un destino que no era el tuyo, que te estaba prefijado, colgante sobre tu cabeza como la soga vertical del ahorcado, todo lo tenías trazado, había siempre sobre ti una ley y una costumbre, y aunque las rompieras con el pensamiento, no era lo mismo, que a la hora de actuar sabías que no había cáscaras, y la guerra te había enseñado que el curso de tu vida no estaba hecho pero estaba inventado, marcado por ellos, por tu misma madre, porque tu madre no había hecho más que soñar los resquicios que ellos le dejaban, que eran muy poca cosa, al fin ella era también víctima programada, aherrojada, y si alguna vez había tenido alguna alegría, había sido interior, nacida de su propia sonrisa, de su propia naturaleza abierta, liberal y comprensiva, pero nunca tuvo una alegría desde fuera, porque fuera todo era hosco, impositivo, apocalíptico, negación de todo, negación sobre todo de la alegría, de la fuerza de la vida, del brote de la ilusión, oh, la ilusión, pecado mortal, pero la ilusión era necesaria dentro de uno mismo y yo sé que ella tenía ilusiones, ilusiones que no se atrevería nunca a confesar delante de los tíos, sus hermanos, aves siniestras que parecían colocados a ambos lados de su pequeña, exigua figura, para sofocar cualquier desvarío loco de una ilusión, de una alegría, de un entusiasmo, y ella, que para eso se llamaba Clara, a pesar de ser tan poquita cosa, supo decir alguna vez verdades como puños, pesara a quien pesara, ante los aspavientos atónitos de los dos hermanos, los iluminados, fortalecidos, prepotentes tíos Cirilo y Cayetano, dos aves lúgubres, aunque tío Cayetano menos, pero él, aun siendo el cura, también estaba supeditado al fanatismo y al rigor lacerante, cilicio de carne enjuta y reseca, de tío Cirilo, porque Cirilo era el mayor y el depositario de la fe y la moral no sólo de la familia sino de todo el pueblo de Hécula, y por eso yo ahora me reía cuando veía colgados de las verjas y los balcones, arrastrados por el viento, los viejos y risibles despojos de su fe de trapo y cartón, y estos dos seres que se complementaban en sus imposiciones y su despotismo familiar, habían presidido toda mi infancia, haciendo de mí este ser oscuro y reprimido que seguramente todavía soy, porque nunca he podido liberarme, por más que en ocasiones haya sentido aletear dentro de mí el pájaro loco de la vida, como en aquellos días en que desfilaban por delante de mis balcones las milicianas con falditas cortas y blusas más o menos ajustadas, y entonces yo sentía la necesidad irreprimible de lanzarme a la calle y mezclarme con las turbas de tambores y cornetas, y caminaba anonadado, aturdido, perdido de mí mismo, hasta que unos ojos me miraban con cierta fijeza y entonces ya echaba a correr, con disimulo por supuesto, pero no paraba hasta llegar a casa y encontrarme en el refugio de mi madre, de la enfermedad de mi madre, clavo al que me aferraba para tranquilizar mi conciencia y mi incapacidad de comunicación, de sociabilidad, de extraversión, y por eso cuando llegó el aviso de que la dichosa, o la maldita ambulancia estaba a punto de llegar, fue para mí una especie de alivio, como la puerta entreabierta de una liberación, falsa y engañosa liberación, como la habías de sentir otras veces a lo largo de la puta vida, y nunca sería verdad, porque, quizás ahora lo sabes bien, no hay liberación desde fuera, que toda liberación tiene que venir de dentro, ¿y no es por eso, acaso, por lo que estás emperrado en escribir todo esto, en este cuaderno de tapas de hule negro, que escondes cada mañana cuando te vas, y que sacas subrepticiamente cuando te encuentras más solo, en esas horas necias, vacías, sordas, pobladas de ojos y de voces que no te dejan, en medio del silencio solitario de tu enajenación propincua a la locura?, horas que se pueblan de los recuerdos, maldita memoria, de aquella disolución de la casa, aquella despedida de todo en las cosas más pequeñas, aquella espera hacia la nada de las nadas, todas las nadas juntas, porque estaba claro que se trataba de la marcha para siempre, tú lo intuías y ella también, tácitamente, de acuerdo, como siempre, la salida imperiosa hacia el irás y no volverás, y lo que no podría saber ahora, porque hay cosas que se nos escapan de este inventario de sueños y realidades, es si en aquel momento no sentías tú la primera sensación de libertad, salir de Hécula para siempre jamás, que eso creías entonces, y ahora, en cambio, no lo niegues, estás deseando volver...

Sí, la ambulancia no terminaba de llegar, maldita sea, y era el tiempo tan escaso, tan apurado ya, que mi madre era como una pavesa apagada, ¿y qué día, de qué mes era?, no lo sé, aunque si lo pienso un poco... tenía que ser octubre, más o menos, porque las tropas «nacionales» se decía que estaban llegando a las puertas de Madrid, y también recuerdo que la mañana era gris amarillenta, espesa y larga como la placenta de una burra, uno de esos días tristes y fatídicos, que en Hécula también los hay, a veces más tristes y oscuros que estos del norte, con unas brumas torpes que germinan vapores en descomposición desde la tierra, brumas que acaso surgen de los resquicios del cementerio, y de pronto hubo que hacerlo todo deprisa, el repaso de puertas y ventanas y armarios, aunque ella ya lo había repasado y ordenado todo, pero yo tenía de repente el presentimiento de que no iba a volver a pisar aquel castillo de mis sueños y desván de mis terrores y derrotas, y fui mirando entrañablemente la puerta de la casa, de madera gruesa y antigua, cuyas vetas me sabía de memoria y cuyo umbral debería tener grabadas nuestras entradas y salidas, y donde tantas veces habías apoyado el trasero mientras merendabas tu pan con chocolate, o pan con miel, o pan con vino, y al lado la reja del balcón de abajo, en cuyos marcos había grabados a navaja signos y palabras indescifrables de aquellos primerizos novios de Rosa, y si alzaba los ojos veía las tejas del alero, con sus agujeros en los cuales asomaban los nidos de gorriones deshechos y abandonados, y estaba el canalillo para el agua de la lluvia, donde a veces se había quedado alguna pelota de goma, y había estado ahí días y días hasta que se había resecado con el sol o deshecho con las lluvias, y el recorrido insufrible a las habitaciones para dejarlas a oscuras, y en la ceguera del silencio olvidadizo se quedaron para siempre vibrando las voces de mi madre, «Dios mío, ¿qué va a ser de nosotros?» y yo, «madre, todo pasará», y efectivamente, todo ha pasado sin remedio, sin vuelta atrás, irremediablemente, y quién me lo iba a decir entonces, aunque algo sospechabas, recuerda, que sentías una opresión en el pecho, algo desconocido, por ejemplo al pasar delante de la cocina, la viste como una cocina fantasmal, como si llevara siglos cerrada y fría, porque hay sensaciones que se adelantan en nuestra mente, y el vacío del retrete, y no pudiste más y entraste a mear por última vez y aquella fue como la mayor y más secreta despedida, «Pepico, ¿dónde estás?», «madre, estoy meando, ya voy», y fue aquella una meada consciente y significativa, y luego enrollé muy bien la cadena de la cisterna, y sujeté con un alambre su tapadera de hierro, tan hermosamente forjada, para que no pudiera moverla el viento ni la lluvia, porque el retrete estaba en el patio, y luego volví a la sala, la prohibida sala, donde no nos dejaban entrar a los zagales, y quise enderezar algunos retratos, el de mi padre, tan serio, tan desconocido para mí, que apenas lo recordaba, y lo que recordaba ahora era su entierro, y yo con un pantaloncito tan corto que cabía en un puño, y tío Cirilo le había dicho a mi madre, casi con ferocidad, «no lleves a este zagal con todas las carnes al aire», y aquel retrato de mi madre joven, recién viuda, y nosotros cuatro a su lado, todos de luto, y la mirada de mi madre en aquel retrato, tan llena de confianza en la vida, pero nosotros no habíamos hecho nada por ella, nadie había hecho nada por ella, y ahora, cuando su soledad y la mía eran más pavorosas, porque era una soledad llena de incertidumbre, ahora una ambulancia la estaba esperando en la calle, con las cortinillas echadas, y entonces tuve un rasgo de decisión, descolgué aquel retrato y lo metí debajo de mi cazadora, a la altura del corazón, y cuando salí de la sala ella estaba mirando y remirando su bolso, a ver si estaba todo en orden, el salvoconducto, la carta de don Ramiro, las medicinas, pero ella dijo, muy acertada, «yo lo que enseñaré si nos detienen es esto», y me enseñaba la postal de Manolo desde el frente de Somosierra, y su foto entre otros milicianos, y entonces me dijo muy solemne: «prométeme que en cuanto me dejes en Murcia, y empiece a curarme, irás a Madrid a ver a Pascual», y la ambulancia no acababa de llegar, «Dios mío, cuánto tarda», y suspiros que parecían quedarse agarrados a las paredes de la casa, pero en cierto modo ella estaba animosa y en un momento hasta dijo, quedándose pensativa: «creo que esto es lo mejor, casi lo debimos de hacer antes, ¿no te parece?», pero yo estaba peor que ella, me parecía que iba a ser dividido, partido en dos, como si me fueran separando los huesos del cuerpo y no supiera dónde quedarme, si con los huesos o con la piel, y los dientes se me entrechocaban si me descuidaba y no apretaba con fuerza las mandíbulas, y no era capaz de quedarme quieto en un sitio, sino que iba de un lado para otro y esto hacía más lacerante la despedida, y tampoco ella se estaba quieta, que lo mismo se sentaba en una silla que se iba al butacón, o a la mecedora, y quizás para distraerse aún iba arreglando cosas, poner bien el pico de un tapete, colocar derecha la vela del candelabro, cerrar cuidadosamente la capuchina, y suspirar, «Señor, Señor», y preguntas, y recomendaciones, «¿has cerrado la llave de paso?», «no quedará nada de comida en el amasador», «¿has cerrado bien el tragaluz de arriba?», y yo decía a todo que sí, que sí, y poco a poco me iba posesionando de la inesquivable verdad, el inminente, inevitable abandono de la casa, la disolución total de todo lo que había sido hasta ahora, que nadie se para seguramente a pensar hasta qué punto somos lo que nos rodea, somos un entorno, una casa, unas cosas, y algo desgarrador se rompía dentro de mí, estaba seguro de que pisaba aquellos suelos por última vez, y todo lo que había sido mi niñez se desmoronaba en aquellos minutos de espera, pues ella también estaba condenada a la destrucción, encorvada sobre sí misma, respirando con dificultad, era ya un despojo de madre, y sin embargo mantenía una dignidad que a mí me avergonzaba, de dónde sacaba su flaqueza aquella fuerza de la mirada, aquella atención para todas las cosas, aquel cuidado de que todo quedara en orden como si la casa con todo lo que había dentro fuera a entrar en la eternidad, pobre madre, y acordarse de Pascual, y de Manolo, y de Juanico, de todos, uno por uno, y dándome encargos para todos, y a la única que no nombraba era seguramente la que más tenía en el pensamiento, y continuábamos allí, mirando sin mirar, viendo sin ver, ya no había nada que mirar, habíamos repasado todo veinte mil veces, y «cuánto tarda», «¿cómo tardará tanto?», y me asomé al balcón y vi las casas vecinas, la del portón con clavos como los de un convento, que tenía un gran escalón para entrar, la de los campesinos de al lado, cuyo portal tenía dos grandes hojas de hierro que se abrían para que entraran los carros, y la otra que tenía piedrecillas incrustadas entre las baldosas para que no se resbalaran las ruedas del carro pero que hacían un ruido infernal cada vez que entraban el carro y las mulas hasta el patio, y estaba también aquella casa de dos pisos, con unas escaleras de ladrillos rojos que llegaban hasta la puerta, y tenía un mirador secreto para ver quién entraba sin ser visto, y en el patio de al lado había un revuelo de gallinas, y las dueñas con la guerra habían aumentado su luto sempiterno, mujeres negras con flecos en las corvas, muchachas enlutadas con flecos en el pelo, chiquillería menuda con el coco rapado y los mocos colgando, y todos terminarían metiendo la nariz cuando llegase la ambulancia, que estaba llegando y no llegaba, porque una ambulancia era acontecimiento, casi como un coche de la funeraria, que para el caso era lo mismo, que todo iba a parar a lo mismo, y cielo santo, el placer de la vida consistía en consumirse en las agonías ajenas, y todo lo fúnebre, lo fatal, lo descompuesto, lo irremediable, lo fenecido o a punto de fenecer constituía el pálpito más emocionante de la vida paralítica del pueblo, y se guardaban las cruces que habían llevado los féretros encima, y se guardaban hasta las letras de los ataúdes, los lazos de las coronas funerarias, el rosario que el muerto había tenido entre los dedos, y así se establecía una corriente constante de recuerdos entre el cementerio y la casa, entre el habitáculo de los muertos y la estancia de los vivos, los vivos muertos, más muertos que los muertos, y viva el sepulcro y sobre todo quien lo cavó y sobre todo quien lo habita, y quien lo ha de habitar, que en Hécula, más que para las bodas, se ahorra para los entierros y para el nicho, y que venga lo que ha de venir, y lo que tenía que venir era una ambulancia, gran Dios, y ya estaba allí, había llegado por fin, había llegado sin sentir, como por arte de magia, o por obra de milagro, porque no la habíamos oído siquiera y de pronto estaba allí, como si hubiera estado siempre, «ya está ahí», «ya está ahí», «vamos», «vamos», y en ese mismo momento a mí me entró como una corriente eléctrica de los pies a la cabeza, porque escuché una voz, muy débil, muy aflictiva, muy sumisa, pero muy conocida, que me llamaba como arrastrándose desde la puerta, y era ella, ella misma, ella sola, mejor dicho, ella y la criatura que portaba en el vientre, era Rosa, que llegaba no sólo con dolor sino con miedo, y llegaba en el momento supremo, y yo con el mayor gozo del mundo la arrastré hacia dentro, y eché a todos los curiosos que ya se habían reunido en torno a la ambulancia, y sin pensar si era bueno o malo para la salud de mi madre, le acerqué aquella maternidad maltratada, aquel fardo de ilusiones rotas, aquella belleza abultada y deforme, y menos mal que el encuentro se tradujo solamente en llanto y en abrazo, sin palabras, un llanto mudo, y quién podría decir si era dolor o felicidad, las dos apretadas, largo rato, pero aquello no podía prolongarse, el hombre de la ambulancia daba prisas y ya todo se hizo a la carrera, casi de manera inconsciente, atolondradamente, que sin darnos cuenta estábamos dentro de la ambulancia, y esta arrancó, dejando a Rosa allí, como un perrillo que vuelve a encontrar a sus amos, su mano en el aire, su vientre abombado, mientras yo le gritaba «volveremos pronto», «volveremos pronto», y la ambulancia se perdió buscando la carretera del camino real...

Camino de Murcia pude despedirme también de la casita de El Algarrobo, del monte que coronaba el pueblo, y del pueblo mismo, con sus torres incendiadas, sus bandas militares que ayudaban a hacer la instrucción por las eras que había al borde mismo de la carretera, carne de cañón seguramente, y tampoco la ambulancia corría como fuera de desear, que más bien era un cascajo que iba dando terribles bandazos y mi madre se iba poniendo cada vez más pálida, parecía ya un cadáver y entonces yo le decía al conductor «por favor, más deprisa», pero él y su ayudante fumaban tan tranquilos, y era tal su indiferencia por todo que me sentía como un secuestrado, alguien que va allí, raptado, sin que pudiera percibirse el menor interés por la enferma, y mucho menos por mí, claro está, mientras a mí todo me parecía trágico y digno de atención y compasión, los labriegos con sus mulas, los pastores, con el perro al lado, sus ovejas rampantes, todos ajenos a lo que estaba pasando, todos en su quehacer, para qué, hasta cuándo, que la muerte andaba suelta y a cualquiera, en cualquier revuelta del camino, podía llegarle, y la primera mi madre, que en aquellos momentos cerraba los ojos, seguramente rezaba, pero la muerte ponía claramente destellos de lividez sobre su frente, la nariz, cada vez más afilada, más transparente, las manos, y mientras tanto unas nubes esplendentes y limpias viajaban por el cielo, ajenas, radiantes, preciosas, y fue en la revuelta que llaman Torrecilla de las Palomas donde de repente brotó aquel vómito vaciador, inundador, escándalo insólito de la sangre, pero yo no me atreví a decir que pararan la ambulancia porque temía que dijeran «vamos a volvernos, no sigamos», que esto era lo más probable, y entonces acudí a pañuelos, todo lo que pude, ante aquel río de vida que se escapaba, y luego la incorporé un poco y le di a beber de una botella de agua que llevaba preparada, y también una pastilla de aquellas que nos había recomendado don Ramiro para estos casos, y ella, sacando fuerzas increíbles aún me dijo: «mira que si tengo que morir aquí, entre Hécula y Pinilla, en una ambulancia...», y yo: «no, madre, que esto no ha sido nada y tú vivirás mucho tiempo todavía, ya lo verás», «es que me he sentido muy mal...», «ya lo sé, ya lo sé, pero ahora descansa», pero al llegar a Pinilla tuvimos que parar entre gritos y escopetas, y entonces fue cuando el enfermero que iba con nosotros se dio cuenta de lo mal que iba la enferma, y así se lo dijo a los milicianos, y que el médico nos estaba esperando en Murcia, y mi madre, con un hilo fragilísimo de voz decía: «decirle que tengo un hijo en el frente», pero nada fue necesario porque los milicianos de Pinilla se mostraron compasivos, tuvieron palabras humanitarias y nos dejaron pasar, y yo seguía apremiando al chófer, que se diera prisa, y me sentía culpable, ¿culpable de qué?, pues culpable de todo, culpable de la muerte de mi madre, de la guerra, de todo lo que veía, campesinos con hoces y escopetas, que gritaban y detenían la ambulancia, pero a veces el chófer o el enfermero lo que hacían ante estas turbas era levantar el puño y esto era un salvoconducto suficiente, y ya no miraban lo que iba dentro, pero si lo miraban retrocedían casi espantados, porque mi madre era la imagen de la muerte misma, y yo insistía inútilmente, «por favor, adelante de prisa, pero con cuidado», y el propio enfermero iba desencajado y dijo que había que parar y poner a la enferma una inyección que él llevaba en el botiquín y que era muy buena en los casos de hemotisis, que si no él no respondía de que llegara a Murcia, y paramos y se le puso la inyección, y ella se quedó como dormida, pero de vez en cuando movía los labios y murmuraba palabras que yo no podía entender, aunque alguna vez pude oír el nombre de Manolo y Pascual, que seguramente los iba nombrando a todos, como en una despedida, o un desvarío de la fiebre, y cuando yo me acercaba y le acariciaba la frente tenía una sonrisa verdaderamente beatífica y feliz, y el agua que llevábamos se había puesto calentuja y entonces paramos a reponer agua fresca, y es que su garganta quemaba con sólo escuchar el jadeo de su respiración, y allá lejos había sierras azules y acaso brisas aromadas de azahar, y al llegar a Ciriza los milicianos nos dieron un papel, al que pusieron un sello, y nos dijeron: «con esto nadie os va a parar», y algo era obvio en todos los lugares por dónde pasábamos y era que las torres de las iglesias tenían la sombra del fuego, y hasta los árboles estaban como calcinados al borde de la carretera, polvo, sed, calígine como fondo de la crispación de rostros y puños en alto, era como si algo terriblemente expectante estuviera sucediendo, motoristas armados parecían repartir órdenes secretas o consignas, y el viaje se estaba haciendo interminable, en medio de aquella sequedad terrosa, y los trigales se veían doblados sobre sí mismos habiéndose pasado con mucho la época de la recolección, cosechas malogradas, vientos asfixiantes al comienzo de la huerta y a ratos me parecía que la muerte aleteaba ya sobre los párpados de mi madre, pero al rato me pedía el abanico casi por señas, y yo le hacía un poco de aire, Señor, lo que le cuesta morir a un ser humano, que el que no haya visto una agonía no se lo puede creer, y aún no había comenzado el verdadero morir, ese desasimiento total de la vida, ese abandono del cuerpo en pura materia fría, y yo pienso que ella sacó fuerzas increíbles para llegar a Murcia, porque no quiso morir en los descampados de yermo y matujo, con sueños de vergel en el presentimiento del río, y como ahora la carretera estaba más nutrida, teníamos que ir entre carretas de vacas, camiones requisados y gente huertana que escuchaba los altavoces a la puerta de las tabernas, y Murcia parecía cada vez más lejos, como si fuera huyéndonos delante de la ambulancia, Murcia en el deseo como un limón grande para los ojos atónitos y para los labios abrasados, Murcia como una cinta de agua y un rumor de acequias entre humareda de verdor, entre sombras refrescantes y piedras morenas, y al recordar yo ahora mis viajes al seminario en el coche de línea, me sentía como un perrillo con la lengua fuera que busca al amo junto a la fuente, y la gente delante de las casas comía fruta o bebía de los botijos, pies desnudos y brazos embarrados bajo las moreras y las palmeras, insospechados y anchos sombreros negros, como un luto ritual sobre el tomate y la cebolla, amplias blusas volanderas bajo el parral, el melocotonero y los manzanos, y la huerta hervía de gente, como si fuera fiesta, y dejamos atrás, por fin, el cogollo de Alguazas y Molina, y estábamos entrando en Espinardo cuando pudimos oír un estruendo querellante que infundía pavor, y enseguida nos dimos cuenta de que era el sonido lúgubre y distante de las caracolas de la huerta que anunciaban las riadas, temible cuerno del terror de las aguas desmandadas e invasoras, que aquello también tenía bastante de concierto macabro, pero al llegar desde el hinojal disperso, el esparto afilado y la hosca torrentera a los montes de greda, como gibas de camellos moteados y finalmente a lo umbroso donde el agua recorre todos los caminos orlados de cañaverales y eucaliptos, resultaba confortador y uno comenzaba a respirar más tranquilo, incluso mi madre, porque acaso lo que ella tenía era los pulmones quemados por el reseco paisaje y los días despiadados de la guerra y la revolución, pero lo peor fue que, pasado Espinardo, seguía el clamor de cacería de las caracolas, lo cual nos imponía cierto temor, porque en otras ocasiones el Segura se había desbordado, y yo, a medida que nos acercabamos a Murcia, sacaba del bolsillo las cartas que llevábamos, la de don Ramiro para el doctor Candela, sobre todo, y las direcciones del hospital, y de su casa particular, por este orden, como se nos había dicho, y quería llevarlo todo a mano, pero al acercarnos a la capital vimos que la riada no era de agua esta vez sino de gentes enfurecidas que discurrían con pancartas y banderas, levantando el puño y vociferando, y cuando yo les pregunté al conductor y al enfermero qué era aquello y de qué se trataba, no supieron decirme nada, pero la barahúnda se iba convirtiendo en un mar que reventaba en oleaje humano por las aceras y los callejones de Murcia, y aquello imponía, porque aquella muchedumbre avanzaba cantando, de manera descompuesta y atronadora, *La Internacional,* y las voces tenían aire de reto, de amenaza, de conquista airada, pero también de imprecación y ruego clamoroso, y a mí mismo algo me hervía dentro ante aquel odio justiciero, pero no sólo tenía que taponarme los oídos sino cerrar con dureza mi corazón, porque yo no pertenecía a aquel mundo ni podía pertenecer aunque lo quisiera, porque en medio estaba mi madre con su cercana muerte, y ella sólo decía apenas «Dios mío, Dios mío», y este musitar «Dios mío, Dios mío» ponía un muro ante toda realidad que no fuera su agonía, y yo tenía sus manos cogidas y le decía «no hables, no hables», que eso no le sentaba bien y las calles estaban llenas de polvo, porque habían dejado de regarlas, nadie se ocupaba de cosas como esa, regar las calles, y ciertamente por donde no circulaba la manifestación las calles estaban como desoladas, sin un alma, con todas las persianas bajadas y los miradores cerrados, como si todo el mundo estuviera de vacaciones, vaya vacaciones, ay, Murcia, que todavía me resuenan aquellas pisadas de las alpargatas reventadas y llenas de lodo, las camisas con sudor de cría de gusanos y cochinera, la Murcia del pimentón en las pestañas y en los pómulos, de la ropa blanca ondeando en las terrazas, y el rabioso sol que hacía tan lejanos los montes y los pinos, aquel mediodía de Murcia, con una procesión interminable de gentes con palos y guadañas tapando la alegría de las palmeras y los naranjos, y el llamear de pañuelos rojos y gorritos, todo un mar de gritos y estridencias, como si todos los habitantes de la ciudad estuvieran desparramados por el laberinto de las calles, y en realidad así era, ríos de camisas blancas sobre las carnes morenas, y aquel chasquido de los pies sobre el suelo polvoriento, un ruido como de presa rota, presa humana y enloquecida, y las mujeres levantando por encima de sus cabezas a los niños, «ellas son las peores», decía nuestro chófer, y en las plazoletas se asfixiaban los pobres pajarillos, enloquecidos con el clamor humano, y se abarquillaban las hojas de los árboles, y de vez en cuando me parecía oír algún disparo, o quién sabe si no eran cohetes para festejar aquello que estaban festejando, que a veces parecía un festejo y a veces una revolución, no se sabía bien, pero en los rostros comenzaba a notarse cansancio, ese cansancio que sigue a las grandes iras desatadas, flojedad voluptuosa del que ha gozado la verbena de la sangre, que unos gritaban «muerte» y otros «tribunal», pero lo que dominaba desde el puente a los cañizales y desde las plazas a las tapias de la capital era la palabra «muerte», como la muerte que yo llevaba en los brazos, pero qué muertes tan diferentes, que parece mentira que sea la misma muerte, que no es la misma, y me armo un barullo en llegando a este punto, pero quiero decir que parece mentira que sean muertes que desembocan en lo mismo, que no lo puedo creer, una muerte como la de mi madre que sea igual a las muertes a manos de aquella patulea dispersa y airada, que ni siquiera sabían lo que hacían, no era posible que lo supieran, porque si bien algunos de aquellos rostros vociferantes mostraban un regodeo en la crueldad, capaces del crimen, que eso saltaba a los ojos, en aquella marejada revuelta de murcianos de todos los pueblos de los alrededores también había rostros infelices, y hasta espantados, que se preguntaban sin duda por qué y para qué, y eran los que estaban allí por miedo, y por miedo gritaban y por miedo caminaban en la zarabanda blandiendo armas de cualquier índole, estacas, palos y hoces, todo servía, un pueblo embravecido por odios y terrores, una Murcia encrespada, como cuando el río amenazaba echarse sobre las casas, pero ahora este encrespamiento era humano, y eran hombres los que amenazaban con destruirlo todo, que es muy difícil recoger las riendas de las masas desatadas, pero yo acaso por tener a mi madre entre los brazos, desencajada y moribunda, todo aquello me producía menos impresión, aunque también me espantaba la idea de pensar que una muerte, aun la de la propia madre, no significaba nada en el maremagnum de la vida, una vida que se mostraba en la crudeza de un salvajismo humano, pero era vida, era torrente de vida y de muerte, todo junto, porque la vida lo arrolla todo, la vida sigue aun cuando uno se esté muriendo, o deseando morir, o esté muerto en vida, la vida sigue, ya lo creo que sigue, aunque a uno lo maten y lo estén matando, y siguen los pueblos teniendo los mismos tontos, los mismos ciegos, los mismos vendedores parados en las esquinas, y ella, acaso queriendo penetrar este misterio, queriendo ahondar en lo que dejaba atrás, ella, de vez en cuando abría los ojos y en su mirada había una indagación profunda y angustiosa, una mirada que parecía querer penetrarlo todo, pero no podía llegar más allá de mi presencia, más allá de las paredes de la ambulancia, más allá de la existencia misma, y su gesto ante lo imposible, si bien era doloroso, era también consolador de su misma resignación, incluso a veces con una cierta expresión de alegría, una alegría no de este mundo, en medio de los últimos imperceptibles quejidos, tan suaves que no se sabría decir si eran quejas o suspiros de alivio, como rotas armonías cortadas en su origen, y los ojos que brillan un momento para enturbiarse definitivamente, qué cosa tan misteriosa ese soplo de vida que se abre paso como un vaho en los orificios de la nariz, y los pelillos que amenazan con volverse ceniza en un instante, y antes de la paz temida y hasta deseada esas lagrimillas reveladoras, y el último sudor que ya ha de quedarse frío sobre la piel, el mover los labios sin saber por qué ni para qué, las palabras inconexas, entrecortadas, que quedarán sin terminar cuando sobreviene la mueca inevitable, que a veces se transformará en sonrisa y otras veces en gesto de espanto, según, y ella estaba pasando este tránsito con verdadera belleza, blanqueada por la cal presentida del osario, blanqueada también por la hermosura de su alma, que había sido siempre inocente y comprensiva, y entretanto las calles estaban cada vez más abarrotadas y ahora no teníamos más remedio que encontrarnos con aquella catarata humana, y apenas podíamos avanzar, y entonces supimos que se trataba del asalto a la cárcel, pidiendo justicia, muerte, masacre, y mientras unos todavía se dirigían hacia allá, otros ya volvían, sin que hubiera un orden establecido ni guardado, y de repente se hizo el clamor más agudo, como de jauría siniestra, y la gente que caminaba por las aceras se paró de repente, en silencio, y entonces pude ver que hombres y muchachos sudorosos, en mangas de camisa, arrastraban tirando de unas cuerdas algo así como un muñeco de feria, pero enseguida supe que no se trataba de un muñeco sino de un hombre, un cadáver desfigurado por el barro de la huerta, despellejado por los trompicones contra las piedras y el suelo, un hombre que babeaba un líquido sanguinolento, con el rostro deformado, monstruoso, guiñapo de ser humano casi descuartizado en el arrastre furioso, y luego supe que aquel cuerpo arrastrado entre charcos, nubes de polvo y gritería era el del cura del Carmen, y es que habían asaltado la cárcel y ejecutado por su propia cuenta a algunos presos condenados por el tribunal popular, y la ambulancia avanzaba ahora entre las turbas hacia el Hospital Provincial, que eran las instrucciones que teníamos, y no hubo más remedio que parar un poco, y hasta el enfermero se bajó y habló con algunas personas y subió diciendo que se hablaba de muchas muertes, o ejecuciones, que es como ellos decían, y para poder salir de aquel atolladero de gente chillona y greñuda, yo saqué el pañuelo y lo agité por la ventanilla, y es que aquella ambulancia no tenía sirena, y poco a poco fuimos penetrando aquel río telúrico de sombreros negros, gorras, pañuelos, palos y puños en alto, y el suelo aparecía goteado de sangre pegada entre boñigas, escupitajos y greda del río amasada con colillas mordidas más que chupadas, cortezas de plátanos y colfas de naranjas, suelo de verbena sangrienta, y me horrorizaba que ella pudiera morir allí, sobre aquella podredumbre, cuando podía haber muerto en la casita del Algarrobo, o en la casa del pueblo, con sus cortinas oscuras y su paz, una casa para bien morir, como había muerto allí mi padre, al que yo había visto sacar en su caja sobre unas andas, acaso porque pesaba demasiado, o porque era agosto y olía tanto y tan mal, y ella entonces se había quedado rodeada de curas que la consolaban, y de vecinos que se pegaban al duelo y al dolor de una familia como las lañas se pegan a las tinajas rotas, o como las garrapatas se agarran al lomo de los mulos y de los perros, y nos echaban a mis hermanos y a mí las manazas encima, y nos toqueteaban, con las manos encallecidas y sudadas, y nos vaciaban sobre el rostro el aire fétido de sus bocas de dientes amarillentos, pero ahora era peor, ahora era como sacar la muerte de mi madre a las cuatro esquinas del mundo, sacarla en aquella ambulancia anónima, entre aquellas turbas enfurecidas que blasfemaban al mismo tiempo que se santiguaban mirando las cerradas cortinillas, que todos se suponían más o menos lo que iba allí dentro, y comencé a sentirme culpable de aquella profanación de una muerte para mí tan sagrada como temida, no había derecho a que ella no tuviera al menos una muerte en paz, en quietud, rodeada de los suyos, como debería ser, y en lugar de eso allí estaba yo, solo a su lado, yo, el más indigno, el más vacilante ser del mundo que ni siquiera sabía a qué atenerme sobre mis propios sentimientos, yendo de un lado para otro, metidos en aquella renqueante ambulancia, trasto de desecho, a través de una Murcia para mí desconocida, la Murcia embrujada en su propia modorra que de vez en cuando se sacude la siesta del blando gusano de la seda con eclosiones salvajes como esta que estábamos atravesando, y justamente podía ver ahora el Palacio Episcopal y el Seminario, ambos flameantes de banderas y cartelones, la revolución estaba en marcha, una revolución que había de resultar tan inútil, y al poco rato estábamos, por fin, delante del portalón triste, desangelado y repulsivo de aquel hospital, en cuyos escalones, al bajar la camilla, creí que allí mismo expiraba ella, y aunque mis nervios estaban tensos, como el cable que sujeta una pobre barquilla en el sendero del río cuando arrecia la inundación, tuve moral y entereza para tranquilizar a todo el mundo y llamar rápidamente al médico, y también el enfermero anduvo presto y eficaz, porque la sangre volvió a brotar como un torrente, pobre madre, y cuando nos dirigimos a la secretaría, o la administración, no sé, allí había seres apilados, lisiados y enfermos que temblaban, excitados seguramente por lo que estaba sucediendo en el exterior, y no había nadie que atendiera a nadie, y nadie sabía nada del doctor Candela, sólo nos supieron decir que no había venido, aún teniendo hospitalizados algunos operados del día anterior, y preguntamos si estaba reservada cama para mi madre, y no había nada de eso, creía un enfermero que apareció que el doctor había dicho algo de una enferma, pero no había hecho ningún vale de ingreso, no había ningún papel, y ellos no se podían hacer cargo de una enferma sin papel, y acaso tendría que decidirlo el comité del hospital, porque los hospitales ahora eran del pueblo, entonces me acordé de que llevaba el teléfono de la casa particular del doctor Candela y pedí que me dejaran llamarlo, pero nadie contestaba en su casa, ni una ni varias veces que llamé, y yo quería morirme, morirme antes que ella, morirme al menos con ella, porque ella estaba allí, en la entrada, sudando su interminable agonía en aquella camilla irrisoria, entonces pensé volver a la ambulancia y dirigirme al sanatorio particular del doctor Candela, ¿cómo no lo había pensado antes?, esta era la mejor solución, costara lo que costara, pero el conductor de la ambulancia había desaparecido, no sé si había huido o se habría ido a alguna taberna, pero no aparecía por ningún lado y no era cosa de esperar, entonces una muchacha de ojos muy dulces y que dijo que se llamaba Isabel, me dijo, al verme tan atribulado, que la casa del doctor Candela estaba muy cerca, y que ella iría corriendo a avisarle, pero al rato volvió, antes de lo que yo pudiera esperar y dijo que la casa y la consulta estaban cerradas a cal y canto, y que un vecino le había dicho que el doctor y su familia se habían ido al campo, en realidad habían tenido que huir por amenazas, oh, Dios, ahora sí que nos habías abandonado, y a todo esto mi madre me llamaba por señas a su lado y me decía: «no te vayas, no me dejes sola», pobre madre, y cómo la iba yo a dejar sola, antes quería que los dos dejáramos de existir allí mismo, en aquella antesala destartalada y siniestra, y a todo esto, cuando ya creía que no quedaba otro remedio que el holocausto total, porque yo, que nunca tuve veleidades de suicidio, en aquella ocasión estaba decidido a quitarme la vida como fuera en cuanto ella dejara de respirar y de mirarme, pero el enfermero traía consigo a un señor bajito, con voz atiplada, el cual, temblando, se estaba poniendo un brazalete de la Cruz Roja, y dijo que él nos podía conducir al sanatorio del doctor Candela, que estaba metido en el corazón de la huerta, y «adelante, no hay tiempo que perder», decía muy animado, y salimos, y otra vez las iglesias convertidas en garajes, y los manifestantes cansados y aburridos ya se apelotonaban en la puerta de los bares, y se pasaban unos a otros las jarras de cerveza o los vasos de tintorro, y mi madre preguntaba, con su débil aliento, «¿qué pasa?», «que están de fiesta», le respondía yo, «¿qué fiesta? preguntaba ella, y yo no podía decirle que era una fiesta de sangre, y ella, como torrecilla caída, como una rosa marchita entre los pliegues de la sábana, y ella, «¿qué celebran?», y yo estaba violento, sin saber qué decir, pero entonces el hombrecillo que llevaba la ambulancia se volvió y dijo, guiñándome un ojo, como si se hubiera dado cuenta de todo, «no hable, usted no debe hablar», «no debe fatigarse hablando», y ella cerró los ojos como si estuviera completamente de acuerdo con el hombrecillo de las gafas con montura de oro, y al llegar a la casa del médico no sólo la encontramos herméticamente cerrada, sino que todas las de al lado lo estaban también, y era que un pánico colectivo se había apoderado de la ciudad, como si por las calles corriera un viento de peste, porque a nadie encontramos ni nadie nos respondía en ningún sitio, y entonces salimos hacia la huerta donde el doctor Candela tenía su clínica particular, y después de cruzar unas casas huertanas nos metimos por un bosquecillo de palmeras y cipreses, y la ambulancia daba tales saltos que no sé cómo mi madre resistía, a pesar de que yo la llevaba sujeta en lo posible para evitarle el traquetreo, y en un recodo de la carretera todavía había algunos grupos de gente que al parecer comentaban los acontecimientos de aquella mañana, pero nuestro conductor era un experto y se veía que conocía el camino y los alrededores palmo a palmo porque nos llevaba sin la menor vacilación, pero lo peor fue cuando llegamos al sanatorio y nos quedamos todos atónitos, porque el sanatorio estaba desierto, todo el mundo había escapado, incluso los enfermos, y sólo quedaban algunos que no habían podido moverse y los comités revolucionarios se habían hecho cargo del establecimiento, y comenzaron una serie de preguntas, «de dónde veníamos, cómo fue, cuándo, dónde estaba el informe del médico del pueblo», y todo para terminar rechazando los papeles que traíamos y diciendo que el doctor Candela no estaba y no se sabía cuándo volvería, y que desde luego no había orden ni era posible ingresar a una enferma así, y nuestro nuevo chófer estaba más desconcertado que yo, si esto era posible, y algunas enfermeras que veíamos era como si se escondieran, hasta que apareció un hombre alto vestido con un mono azul y pistola al cinto y nos explicó muy amablemente que el sanatorio había sido incautado sólo unas horas antes, porque hacían falta hospitales para el pueblo en armas, que los enemigos del pueblo asomaban la oreja por todas las esquinas y estaban recibiendo mucho menos de lo que merecían, y al parecer aquel camarada no consideraba digno de atender el caso de una mujer ya casi anciana y desahuciada, pero él nos miraba con una sonrisita que podía parecer complaciente y que era malvada, porque siguió negando con la cabeza, quizás porque las palabras podrían parecer demasiado hipócritas y traidoras, que hay cosas que no se pueden decir con palabras, como es negar una cama a una enferma moribunda, que bien se veía que dejaría la cama libre enseguida, pero yo comprendí que no había nada que hacer allí y me volví hacia nuestro conductor, que parecía verdaderamente un ángel caído del cielo o quién sabe de dónde, porque muchas veces lo he pensado, que aquel hombrecillo, pequeño, calvo, insignificante, no supo nadie decir de dónde había surgido, ni quién era, y más me sorprendió cuando al final de todo, desapareció igual que había aparecido, y él efectivamente me estaba mirando con gesto de lástima, y cuando yo le dije: «quizás tenga usted que llevarnos de nuevo al pueblo», él dijo: «lo que usted quiera», y se subió al volante y nos volvimos por donde habíamos venido, que estaba visto que habíamos de apurar todas las ignominias, todas las soledades y los desamparos de aquella agonía, que si acabó con la vida de mi madre, acabó también para siempre con la mía, si no física, sí síquica y personal, y al rato de estar en la carretera, el hombrecillo del volante se volvió a mí y me dijo: «usted dirá», como si quisiera que recapitulase mi decisión de volver al pueblo, y fue como un rayo iluminador, porque entonces me acordé de que tío Cayetano estaba en el asilo y se alegraría de ver a su hermanica, como él decía, y quién sabe si en el asilo no habría una cama para ella, y cuando se lo consulté al conductor extraño, dijo que era una buena idea, pero que tendríamos que llevar cuidado, por si el asilo había sido también incautado y quién sabía lo que podríamos encontrarnos allí, que a lo mejor las monjas habían tenido que huir, pero él entonces me dijo que él sabía que las monjas seguían allí, pero vestidas de mujeres, o sea, sin hábitos, y que el cura Cayetano se alegraría mucho de ver a su hermana, aunque fuera para verla morir, y yo pensé enseguida que el hombrecillo parecía enterado de todo, y al rato me dijo que el cura Cayetano, por supuesto, no estaba tampoco allí como tal cura, sino vestido de paisano y que era una pena, porque había perdido bastante la cabeza, y ya entonces me pareció raro que estuviera tan al cabo de la calle de todo, pero cada vez que lo pienso ahora mismo es cuando más me sorprendo de todo lo de aquel conductor, enfermero, o lo que fuera, con su brazalete de la Cruz Roja, un ser totalmente extraño, pero extraño en un sentido como benéfico, que si es verdad que hay ángeles yo estoy seguro de que aquel personaje, anodino pero con cierta aura que inspiraba confianza, era uno de ellos, por supuesto sin alas, solamente con un brazalete de la Cruz Roja sobre su mono azul, porque él fue nuestra salvación en aquella negra agonía, negra como la muerte, que siempre es negra, y sin embargo, de una manera como misteriosa e inexplicable, casi siempre, en los momentos más angustiosos, surgen estos seres, u otros detalles luminosos, que asombran con su oportunidad y hasta nos distraen de aquello que nos parecía un pozo oscuro y sin salida, y así, partimos hacia el asilo con una nueva esperanza, pero el asilo estaba justamente en el camino de la cárcel que había sido asaltada aquella misma mañana, y temía yo que hubiera todavía alboroto, y efectivamente, tuvimos que soportar algunos controles, y pasamos a través de una gente que iba como derrotada, quizás borracha de sangre, caras sofocadas, conciencias más sofocadas todavía, y yo a cualquier interrupción les decía: «por favor, déjenla morir en paz», y mi madre ni abría los ojos, ella flotaba como ajena sobre aquel mundo de barbarie, con el rosario bien apretado entre las manos, un rosario que no soltaría ni en el último momento, y en algún lugar que nos detuvieron y se asomaron, hubo uno que dijo a los demás: «camaradas, dejad en paz a esta señora», y enseguida parecía avergonzado de haber usado la palabra «señora», pero yo se lo agradecí, porque era lo que correspondía al decoro de mi madre y a aquella agonía mantenida con tal dignidad, con tan hermosa conformidad, y noté perfectamente que el pueblo ante una cosa así se impresiona y conmueve, y cuando la veían se acababan las risotadas, los gritos y los insultos, y era tan plácida la imagen de ella, que yo me sentía el único culpable, desesperado, descolocado en aquella ambulancia, porque yo era el responsable estúpido de aquella peregrinación macabra, porque aquel viaje o se debía haber hecho antes o no debió hacerse, y ahora mi impotencia era grande y mi horror al asilo, que conocía bien, aumentaba a medida que nos acercábamos a sus tapias, que aunque estaba entre palmeras y naranjos, por lo alto de los muros se descubría la lobreguez de sus galerías y el tétrico espectáculo de sus pasillos, por donde circulaban los viejos, que arrastraban su podredumbre pegada a las gorras y a las viejas chaquetas malolientes, y sus zapatones o sus alpargatas costrosas parecían adheridos a unos pies nunca lavados o a unos calcetines nunca mudados, y recordaba el tufo que nos asaltaba nada más abrir la puerta, un tufo que era como un anticipo de la descomposición de la muerte, seres descompuestos en vida, muertos en vida, arrumbados en esta clase de edificios, o instituciones, como se llamen, como detritus humanos arrojados al borde del camino de la vida, y recuerda que con tanto miedo como asco tiraste de aquella cuerda absurda, y como no se oía sonar la campanilla, casi te colgaste de la anilla, inútilmente, inútil todo, hasta que el chófer-enfermero, o ángel, o quién sabe qué, se dirigió con cierta sonrisa a un timbre que había como escondido en el marco de la puerta, apretó el botón y fue mano de santo, porque enseguida se entreabrió el portón y asomó una cabeza pelada y gorda de mujer o muchacha, imposible adivinar su edad, que olía a vinagre y tenía unos ojillos tan pequeños y lacrimosos que parecían enfermos, y pestañeaba constantemente, y cuando quiso preguntar algo la voz se le rompió como cuando una caña se pisa con el pie, pero en realidad ella no era más que un estorbo puesto allí, detrás de la puerta, porque enseguida apareció otro personaje, esta vez un hombrecillo con boina capada y, cosa rara, con zapatos blancos de señorito, y parecía un portero porque quiso hacerse cargo del asunto y preguntaba, «a ver», «a ver», pero entonces el hombrecillo-enfermero-chófer-ángel, haciéndome un guiño, se hizo cargo de todo, se bajó de la ambulancia, y haciéndome señas nos pusimos ambos a descorrer cerrojos, y abrimos las anchas puertas y el coche entró hasta lo profundo del patio, allí donde comenzaba un jardín con gruta y todo, con una imagen de la Virgen, a imitación de la de Lourdes, y había muchos árboles, hermosos árboles, viejos árboles frondosos, y palmeras, con los troncos cubiertos de polvo y hasta con telarañas, y al fondo había unas anchas escaleras rojas, pero aún no habíamos llegado cuando ya teníamos a nuestro lado a unas ancianas que eran monjas, aunque no lo parecían, sino que parecían más bien asiladas, y enseguida se destacó una de ellas por lo mandona y enérgica, y pensé que sería la superiora, aunque por su aspecto pudiera ser una delegada del sindicato de la escoba o de la cuchara, y lo primero que hizo fue asomarse a la ambulancia, y lo comprendió todo enseguida, porque comenzó a dar órdenes, y también se dirigió al chófer-enfermero y estuvo hablando con él muy confidencialmente, y a mí no me hizo caso, aunque estaba bien claro que yo era el hijo seminarista, pero la monja mandona, sabelotodo, ordenalotodo, resuelvelotodo, se dirigió entonces a otra que había, muy rechoncha, bajita, colorada y como muy tímida, que iba vestida como una aldeana de la huerta, y hablaron entre ambas y se dirigieron a la camilla y trataron de mover a mi madre, por lo visto no hacían falta papeles ni trámite alguno, pero antes de trasladar a mi madre, volvieron ambas a hablar con el chófer-enfermero y pude oír que trataban del obispo, que por lo visto se había fugado por Cartagena, y había estado escondido en el asilo, y allí lo habían ido a buscar aquella misma mañana, pero ya no lo habían encontrado, y yo vi que la conversación y las lamentaciones se alargaban y entonces me acerqué y le dije a la monja mandamás: «por favor, que ella está muy mal», «sí, hijo, sí», «sí, hijo, sí», y nada más mediar estas palabras, cuando justo nos asomábamos todos a la ambulancia, pareció romperse la última compuerta de la vida de mi madre, que brotó como un cántaro lleno que se rompe, y el río de su vida comenzó a fluir de nuevo sanguinolento e indetenible, y estaba visto que esta vez era el vómito de su existencia toda, y que la náusea de la agonía final había comenzado con sus estertores y contorsiones, con sus hipos y sus ahogos, y fuimos el chófer-enfermero y yo quienes la trasladamos con mucho cuidado a la enfermería, y cuando ella se vio en aquella sala limpia y blanca, con el crucifijo encima de la cama, debió de tener conciencia cierta por primera vez de su fin próximo, y me buscaba con los ojos y hasta hizo una señal muy leve con la mano, pero sus ojos ya no podían fijarse en nada, vagaban apagados sobre todos los presentes, y yo le tenía cogida la mano y en ella había todavía calor, entonces me di cuenta de que el chófer enfermero le estaba leyendo de memoria la recomendación del alma, y ahora estaba claro que también era sacerdote, o sea, un chófer-enfermero-sacerdote-ángel y quién sabe cuántas cosas más, y era ahora cuando acababa de entenderlo, porque enseguida me di cuenta de que él actuaba por encima de las monjas pero de acuerdo con ellas, pero no era momento para aclarar nada, ni para pensar nada, porque yo estaba sólo pendiente de aquellas amapolas de mi madre que se iban haciendo rosa pálido, como el fuego granado cuando se va convirtiendo en ceniza, cera y ceniza, y yo la cubría con mis brazos porque no quería que nadie, ni las monjas ni el enfermero-sacerdote pudieran ver el derribo de aquellas carnes casi transparentes, una niña por madre que se iba, se iba, una niña rota, deshecha, y no sólo se notaba que sus pulmones hacían un enorme esfuerzo, como de fuelle cansado, sino que su corazón fallaba por momentos, pero era como si su enorme voluntad, la misma que le había hecho salir adelante viuda, oprimida por sus hermanos, exigida por sus hijos, y ella siempre animosa, la estuviera sosteniendo ahora por encima de las fuerzas agotadas de su cuerpo convertido en un guiñapo de huesecillos menudos y venillas azules, y yo debía de tener más aspecto de muerto que ella misma, que una monjita, vestida como una huertana de Quitapellejos, vino con una taza de algo caliente y me la ofreció, diciendo: «esto le hará bien», y aún mi madre abrió los ojos y me miró y vi que quería hablarme y me acerqué más y pude oír aquello, «sé bueno, sé bueno siempre», horrenda recomendación, tremendo compromiso, que no sabría decir si lo he cumplido o no, que tampoco sé si ella y yo teníamos ni entonces ni ahora el mismo concepto del ser bueno, el caso es que a partir de aquel momento todo se precipitó y se hizo más atropellado y confuso, recados misteriosos entre las monjas, idas y venidas y cuchicheos, y el chófer-cura-enfermero seguía diciéndole a ella cosas atropelladas, consoladoras, que no puedo recordar pero que eran como frases de compañía y aliento para un camino sin fin, y yo entretanto estaba atento solamente a la respiración de mi madre, acariciando su frente, tomando su pulso, y de vez en cuando le hacía a él una señal de que seguía viva, de que todavía había un resquicio para la comunicación, pero estaba claro que ella se alejaba sin retorno posible hacia una orilla desconocida para nosotros, impracticable para nosotros, y entonces fue cuando comprendí lo que tiene la muerte de alejamiento, de navegación hacia los umbrales del misterio total, oh, qué tortura, una persona te habla, te reconoce, te mira y, al rato, parece tan ajena, tan indiferente, tan, diríamos, hasta insensible a nuestra presencia, a nuestra desesperación, y una especie de quietud suprema, de serenidad inasequible se fue apoderando de ella, como alguien que de pronto comienza a caminar por senderos irreales, por nebulosas imprecisas, todo fuera de tu alcance, de tu comprensión, incluso de tu amor, ay, de tu amor, que de pronto era como si tu madre no te conociera ni te hubiera conocido nunca, tan lejana, tan impasible, tan despegada te parecía, una frontera gélida e insalvable se había abierto ya entre los dos, y ni siquiera podías llorar porque todo te parecía una injusticia, una barbarie más, un tirón inolvidable de la nada, y justo en aquel momento fue cuando apareció, traído de la mano de una monja, aquel viejo estrafalario, de mirada asustada y pasos torpes, babeante y temblón, una figura calamitosa que resultó ser el tío Cayetano, nunca lo hubiera reconocido, él, tan pulcro siempre, tan atildado y presumido, dónde estaban ahora su empaque y su humor de cura elegante, sus uñas relucientes y limpísimas, su cabello cuidadosamente peinado, para cubrir un poco su calva incipiente, y ahora unas greñas sucias y escasas apenas cubrían su calavera amarillenta, oh, mundo, oh, tiempo, que no perdonas, y él se echó lacrimoso y escupiendo salivilla infecta sobre el lecho de mi madre, «ay, mi hermanica Clara, se está muriendo, se está muriendo. Ven, Cirilo, y verás morir a nuestra hermanica, ay, ay...», y yo intenté apartarlo y le hacía señas de que se callara, su figura grotesca contrastaba con la inmensa serenidad y la dulzura que iba cubriendo el rostro de mi madre, la cual no pareció ni enterarse de la presencia del hermano cura, mejor para ella, que estaba ya al otro lado de la frontera, y él seguía mascullando palabras imprecisas e incoherentes, pero le pude entender que decía «Señor, perdónala», y a mí me entró una indignación que apenas pude controlar, porque ¿qué había que perdonar a mi madre?, una persona siempre sometida, siempre regañada, combatida, estrujada entre los dos hermanos mandones, y ella sacando alegría de la trifulca, amor de la tiranía, paz siempre para todos, una paz imposible por cierto, pero ahora tenía la paz, tenía la paz suprema reflejada en su rostro hermoso, como transparente de una luz interior, pero tío Cayetano seguía, absurdo y torpe, perorando incluso crueldades, «¿dónde están tus hijos?», «¿dónde está esa hija tuya que no quiero nombrar, ay, ay?», y yo no pude más y pedí a las monjas que se llevaran de allí a aquel viejo que parecía endemoniado, él sí que necesitaba perdón y penitencia y llorar por sí mismo, cuando mi madre estaba allí, ajena a sus palabras y a sus babas, ajena a todo y a todos, con una sonrisa dulce en sus labios y en todo el rostro, menos mal que yo comprendí que ahora sí que estaba a salvo de sus hermanos, de sus reprimendas, de su insania religiosa, de sus represiones oscuras y malignas, y fue el chófer-enfermero, como si estuviera en el secreto de todo, el que agarró a tío Cayetano y lo fue empujando suavemente, pero tío Cayetano se resistía y forcejeó con él, y perdió los estribos porque quiso pegarle, y como no pudo, porque el chófer-enfermero-cura, o lo que fuera, lo sujetaba como sin esfuerzo, entonces el tío, furioso se volvió hacia mí y comenzó a barbotar maldades: «estabas deseando que viniera la revolución para quitarte las sotanas, míralo, es un judas, un prevaricador», y parecía que se le salían los ojos, y se le abultaban las venas de la frente, y en ese momento recordé sus ataques de nervios, sus cóleras, y cuando se metía en la cama dando gritos de dolor, y decía que se moría y toda la casa al retortero, y mandaba traer papel y pluma para hacer testamento, y todos temblando, y ahora parecía haber vuelto a tener energía para gritarnos a todos y hasta hizo temblar las vidrieras de la puerta, hasta que por fin lo sacaron de allí y ya en el pasillo cambió la ira por un llanto infantil y lo vi perderse por última vez a lo largo del corredor, encogido, con las manos en la cabeza y sollozando que daba pena, y me dio verdaderamente pena, pero yo volví fascinado a la vera de mi madre, cuya hermosura aumentaba por momentos, y entonces fue cuando ocurrió aquello, imprevisto e incomprensible, y es que el chófer-enfermero-cura, o lo que fuera, volvió a la enfermería desangelada, se acercó a mi madre y como si estuviera en el secreto, fue derecho a la cajita de levadura que mi madre escondía entre sus ropas, a la altura de la cintura, y la sacó, me sonrió y me hizo otra vez un guiño, y me dijo, «vamos a darle la comunión, el viático que ella misma ha traído», y era verdad, y yo pensaba que estaba ya muerta y así se lo dije a él, pero él me hizo otro guiño, actuaba muy deprisa y al rato ya tenía un pedazo de tela morada sobre su mono azul, y las monjas trajeron dos cachitos de vela y a mí me dio a entender con gestos que tenía que ayudarle, y allí por última vez hice de monaguillo, y él decía «rápido», «rápido», y todo era como un cuadro de pesadilla, con aquellas monjas rapadas y vestidas de aldeanas y santiguándose todas, y la única que permanecía en su lugar, trascendida, hermosísima y como victoriosa de todo, era ella, mi madre, que hizo un gesto levísimo con la mano y fue la única señal por la que supimos que aún vivía, y efectivamente recibió la comunión y una pequeña lágrima asomó en el rincón de su ojo derecho, y eso fue todo, que ya no había nada que hacer, se había consumido como el tarro de miel cuando lo apura el dedo de un niño, y ahora me daba cuenta de lo frágil, menuda, débil, que había sido toda su vida, resistiendo sólo a base de tesón, voluntad y amor, a sus dos hermanos que habían sido como dos tercas mulas que arrastraran insensatos a una muñeca de porcelana, y por eso mi madre no tenía ahora esta muerte grotesca, en una enfermería destartalada, un cuarto para una muerte anónima, mientras de fuera llegaba el chillido de los pájaros y un olor de pesebres en descomposición, la Murcia de las boñigas y los gusanos de seda, con su olor a sexo enfermo o a muerte de niños abortados, la Murcia de los eruptos huertanos, sino que mi madre había tenido varias muertes a lo largo de su vida, una vida que era muerte, muerte para ella misma y si había vivido había sido solamente para los demás, porque la necesitábamos, y ahora mismo yo la necesitaba tanto que tuve que salirme al pasillo para llorar, y recuerda que llorabas más por tu soledad, no te habías sabido hacer un hombre, no querías hacerte un hombre, y ahora entrabas en la orfandad total como un niño, como si no hubieran pasado años desde que habías acompañado aquel ataúd goteante de tu padre en una siesta de agosto, como si te hubieras quedado detenido en aquel niño asombrado, vestido de luto de pies a cabeza, y sin embargo ahora eras un prófugo del ejército revolucionario, un vulgar desertor, y serías muy pronto «un recuperado de la hostia», como diría el capitán Castañeda, pero al rato vi que tío Cayetano volvía, acompañado de una monja, habían conseguido tranquilizarlo y volvía muy callado y compungido, pero al entrar en la enfermería volvió a sus gritos y sus llantos, «hermanica, hermanica», repetía, y quién sabe si estaba aterrado con la evidencia de la culpabilidad, siempre atosigando a la hermana, «no hagas esto», «haz lo otro», y «haz lo otro, no hagas esto», siempre como un badajo haciendo mella en la campana, y aquel ponerse con los puños cerrados en alto pidiendo clemencia al cielo, con jaculatorias que sonaban como maldiciones, y todos en casa asustados, y después de aquellas crispaciones locas, sobre todo cuando comía y bebía más de la cuenta, hasta que caía exhausto, y entonces clamaba «ay, que me muero, perdóname, hermanica», y ahora yo sentí de pronto que ella estaba salvada, triunfante, por encima del hermano cura por primera vez, y casi sentí una alegría loca por dentro y pensé que ya no podía nada contra ella, y no sé si hice mal, pero no me daba ninguna pena aquel viejo grotesco que peroraba y lloraba como un orate, y de pronto, lo más absurdo del mundo, se vino derecho a mí, y como en secreto me alargó un pañuelo muy atado y vi que contenía dinero, y quiso dármelo y recuerdo que, horrorizado, yo lo rechacé y te apartaste de él como si fuera un endemoniado, a qué venía ahora darme dinero, y pensaste que era el dinero que toda su vida le había negado a la hermana, y a ti y a todos, el dinero que escondía con tanto cuidado, y me perseguía con él atado en la mano, y entonces le dijiste que se saliera al pasillo, y él se puso rabioso y volvió a su orgullo y me dijo: «malcriado, malcriado, mimado de mierda, que siempre has sido un mimado», y tú sentías que la sangre te quemaba las orejas pero te callaste, y volviste al lado de ella, que parecía deslizarse sonriente sobre un cristal, y su sonrisa tenía algo de un navegar feliz por la orilla de un sueño profundo y hermoso, y era como si su vida, su penosa vida, hubiera ido cayendo lentamente sobre la corriente plomiza de un río cubierto de plantas flotantes, hasta quedar inmóvil, rodeada del misterio único, sobrecogedor, de la muerte, y yo tomé sus manos blancas, buscando un pulso que ya no existía, y quería dar el último calor a aquellos dedos a los que estaba tan acostumbrada mi mano desde niño...

¿Y cómo pasaron aquellas horas, cómo se hizo el entierro, de dónde saqué o sacaron un luto para mí, en dónde dormí, comí, lloré, que apenas recuerdo nada, si no son algunos abrazos de desconocidos, condolencias ridículas, tipos misteriosos que aparecieron en el velatorio, gentes que me ofrecían sus casas, y el chófer-enfermero-cura, que cuando quise buscarlo, quizás para darle las gracias, no sé bien, me dijeron que se había ido, pero ¿a dónde?, nadie sabía nada, nadie le conocía, las monjas no supieron decirme nada, y a tío Cayetano que hubo que encerrarlo, porque había empezado a tirar macetas por las ventanas, «está loquito, loquito», decían las monjas, y todos hablando de mi madre, al parecer todos la habían conocido de alguna manera, y para mí algunas palabras me resbalaban como sonidos oscuros, sin sentido, pero otras eran como chispas de luz, o como pepitas hinchadas para la siembra, vaguedad de condolencias o promesas de ayuda que me hacían sufrir, y recuerda que cuando fuiste a poner unos telegramas no supiste qué poner ni sabías los nombres, ni las señas, y estuviste como dormido un largo rato, con la pluma en la mano, que no era ella sola la que había muerto, porque tú también estabas muerto, y si alguna parte en ti no había muerto, estabas intentando entrever, adivinar, qué clase de vida podía haber después de aquella disolución, de aquella huida, de aquel recuerdo incluso, un recuerdo que suponía agarrarse a una fe, a un Dios, pero un Dios que por supuesto no era el de tío Cayetano, ni el de tío Cirilo, ni siquiera el del seminario, si acaso, si acaso, sería el del chófer-enfermero-cura, o lo que fuera, porque él había sido pacífico, eficiente, manso de corazón y risueño en la desgracia, pero tú andabas aturullado, con una madre reducida a la nada en un día de muertos al paredón, y de esa nada habías provenido tú, y estabas ahora camino de esa misma nada, una nada latiendo en cada pulso, la nada que creía amar la nada, soledad infinita y duelo sempiterno, porque un asilo no es ya el sitio donde no se posee nada sino donde se es nada, y tú, recuerda, si es posible, querías concentrarte en algo y no podías, y pasaste así varios días, dónde, cómo, no sabrías decirlo, sólo recuerdo las horas que pasaba pegado a las barandas del río, viendo pasar remolinos de naranjas y limones podridos, y seguía el vuelo de las palomas desde los palomares a las torres, o me quedaba paralizado entre los niños que volaban las milochas en lo alto del Malecón, y por las calles veía muchachas, sólo me fijaba en las muchachas, pero era como un sufrimiento, porque me atraían sus sonrisas, sus labios, sus piernas, pero sentía que entre ellas y yo había como un muro insalvable, aquel beso frío, aquel último beso helado, aquel beso muerto, como un topetazo ciego contra el muro de la nada, beso al vacío sin eco posible, aquel frío que desde la pesadilla desnuda del asilo todavía recorría todo mi cuerpo, y en aquel estado de alienación total, de dispersión hacia la nada habían de encontrarme los celosos centinelas de la revolución, «documentación», que «quién eres», que «de dónde vienes», y «cómo no estás en el frente», y al frente había de ir a parar de la mano de aquel capitán Castañeda, como «un hijo de puta más», y recuerdo que en aquella primera guardia, o lo que fuera, que yo no había recibido instrucción ni aprendido a manejar el fusil que llevaba en la mano, empecé a marearme, porque la noche era como un vino fuerte y yo estaba muy débil, y recuerdo que mi mayor temor era que el fusil se disparara solo, y temía sobre todo que se disparara contra mí, como habían hecho algunos, para ser luego rematados, que no era cosa de que ocuparan una plaza en los hospitales necesarios para los defensores del pueblo, pesadilla negra mirando las estrellas, y sin comprender nada del silencio de aquella noche, cuando ya estaban enterrados a menos de cien pasos los fusilados de aquella tarde, ¿por qué?, ¿por qué?, nadie sabía nada, y a mí la muerte no me daba miedo, nunca a mí me matarían, lo único que me daba miedo era el ruido del disparo, y la sangre, y a veces el fusil me temblaba y volvía a temer que se disparara solo, y que me acusaran de querer matar a alguien, y la noche fue larga, y mil veces vi sombras que se movían, o eso me parecía a mí, y tampoco sabía si tenía que dar el alto, ¿alto a quién?, alto a mí mismo, alto a todos, y a veces pensaba que el fusil estaba descargado pero no me atrevía a comprobarlo, y pensaba que sin duda todo era un pretexto para eliminarme, tenía este sentimiento muy fuerte, y cerca dormían todos los que habían llegado en el camión conmigo, «un atajo de traidores», como había dicho el capitán Castañeda, y seguramente el miedo es una traición, y la cobardía es también traición, y entonces yo era un traidor, además yo no estaba en ningún bando, eso era seguro, pero estaba allí, y decían que aquello era el frente, ¿dónde estaba el frente?, «allá, en aquellos cerros», habían dicho unos, y otros habían dicho que «allá, en aquel pico tienen piezas de artillería», allí, pues, estaba el enemigo, enemigo ¿de quién?, yo no tenía enemigo, de eso estaba seguro, pero estaba allí, y los de enfrente dispararían contra mí, posiblemente de madrugada, o al amanecer, y total nos separaba un pequeño trecho, una carrera y estaría en el otro lado, pero yo nunca elegiría, nunca había elegido, siempre había dejado que decidieran por mí, y ahora también habían elegido ellos, aquel retén de policía militar que me había «cazado» a la orilla del río, ellos decidieron por mí, otros habían decidido antes, condenado a ser sacerdote primero, condenado a estar en el frente ahora, condenado a tener un fusil en la mano, condenado quizás a matar, condenado a ver morir a todos, noche de terror aquella por su misma pasividad, por sus confusos ruidos, por sus extraños silencios, por su amoratada frialdad, por aquella procesión de nubecillas grises, por el miedo a mis propias pisadas, por la lentitud con que pasaban las horas, a lo mejor se habían olvidado de mí, y entonces tuve ganas de mear y me pregunté si podía mear con el fusil en la mano, o si podía dejar el fusil un momento, pero tenía que mear, o dejar correr el meado por el pantalón caqui abajo, hasta las botas, que por cierto me estaban un poco grandes, y uno de los fusilados de aquella tarde debía de tener las botas sin atar porque cuando cayó una bota le saltó por el aire, pero yo las llevaba bien atadas, y casi las sentía pegadas a la tierra, como si estuviera clavado en tierra, como un palo, igual que un palo, pero nada más pensarlo sentí ganas de moverme, de andar, y empecé a moverme, ojalá no lo hubiera hecho, o fue mejor así, que entonces descubrí que había piedras gordas, y comencé a dar patadas a las piedras, así empezó aquella locura, creía que alguien me dispararía un tiro, que todo acabaría así rápidamente, pero el silencio era tan profundo como el de un tren en vía muerta, y lentamente comencé a caminar y era una especie de terraplén, y al dar una patada a una piedra la oí caer en el agua, y es que el río estaba a unos pasos solamente, y anduve como hipnotizado hacia el río, y llegué hasta la orilla, y pude escuchar el rumor imperceptible de las aguas oscuras, que me atraían, y una vez más sentí que debía obedecer aquella inercia sonámbula, y al detenerme un rato y mirar hacia atrás me pareció ver un incendio, algo como un gran resplandor, pero no había habido explosión ni ruido alguno, y esto me ayudó a seguir adelante, hasta llegar al agua, y me metí suavemente en la corriente, hasta notar su helor piernas arriba, y me entró como una alegría que procedía del agua, y seguí, seguí, y fui descendiendo hasta la mitad del río, y cuando veía que se hacía más profundo volvía hacia atrás, procurando que el agua no me pasara del pecho, y entonces noté que el fusil me estorbaba y pensé que para qué quería un fusil si no había de disparar, no, nunca dispararía, y probablemente hasta estaba descargado, y seguí avanzando todo lo deprisa que podía, y era agradable vencer la resistencia blanda del agua, y a veces tropezaba con piedras resbalosas en el fondo, y daba algún traspiés, pero continuaba avanzando, y también había de vez en cuando hoyos cenagosos, pero yo tanteaba con los pies hasta afianzarme, y seguía esperando algún grito, alguna orden de detención, un tiro que acabaría allí mismo con mi aventura, pero nada, y he de decir que yo no tenía intención de pasarme al otro lado, ni me dirigía a través de la corriente, sino más bien dejándome llevar a lo largo, sin alejarme mucho de la orilla, no tenía conciencia de a dónde me dirigía, sólo quería huir, huir a través del agua, como envuelto en una manta fresca, huir sin saber hacia dónde, porque yo tampoco tenía bando propio, ni mucho menos, ¿el bando de Pascual?, ¿el bando de Manolo?... yo estaba en el cruce dramático en que ni siquiera era desertor, ni tampoco combatiente, los ideales habían muerto en mí antes de florecer, tampoco era un recluta ni llegaría a ser veterano en ninguno de los bandos, me parecía haber encontrado por fin mi destino en seguir la corriente del río, olvidado de todo, enajenado de mí mismo, seguía simplemente el curso del río como una rama arrojada a la corriente, y si era prófugo lo era de mí mismo más que de ningún ejército, prófugo de Hécula, prófugo de su viento y de su sequedad, prófugo del seminario y sus mentiras, prófugo de mi propio cuerpo, del fusil, de la guerra, de la sangre derramada, prófugo de aquella guerra y de todas las guerras, me dejaba llevar por la masa dulce del agua, fuera donde fuera, ¿a dónde van los ríos?, ¿a dónde puede ir un río en la noche?, allá iba yo, y a veces me parecía lentísimo el fluir de las aguas y a ratos me parecía precipitado, pero en todo caso era un río loco, no sabía si río de la vida o de la muerte, y deslizándome como una caña que arrastra la corriente, ni sentía pensamiento ni sentimiento, baño purificador bajo las estrellas, y sólo mi saliva permanecía seca en la garganta, con todo el sabor terroso de la nada, ese invisible, inexistente, polvillo de la nada, el mismo sabor que había sentido al hundirse en la fosa el ataúd de mi madre, pero ahora una mano misteriosa tiraba de mí por las aceras desiguales de las aguas, una mano tan amorosa como la suya cuando me llevaba casi en volandas a través del viento heculano, y continuaba mi fluctuante discurrir por el río, ¿qué río era aquel, cómo se llamaba?, no sabía nada, ni siquiera sabía el nombre del pueblo que dejaba atrás, y más que escaparme yo a conciencia, lo que hacía era dejar que se me escapara la vida, en aquella noche sin luna, como un pozo negro, como un agujero inmenso, y acaso era esta la única posibilidad de escapatoria, pero ¿de quién escapaba?, por supuesto de mí mismo, aquel deslizarse quedo en el medio acariciador de las aguas silenciosas, no era bueno morir fusilado en tierra, rapidez del rayo y tierra en la boca, en los ojos y en los oídos, tierra hasta en los bolsillos, que yo los había visto, y probablemente mi guardia estaba siendo perfecta, nadie a la vista, a pesar de que nos habían dicho: «os tenemos enfilados a todos, con que, cuidado...», y seguramente no mentían, y el tiro podía llegar en cualquier momento y desde cualquier parte, y tampoco sabía si había avanzado mucho o estaba en el punto de partida, braceando tan sólo contra la corriente, aunque a mí me parecía que había avanzado un gran trecho, y dos o tres veces tuve la sensación de salirme a tierra, y es que el río hacía muchos recodos, pero enseguida ganaba la corriente y seguía, seguramente había avanzado bastante, y de pronto sentí como una respiración entrecortada, posiblemente alguien me seguía los pasos y estaba dispuesto a ver hasta dónde llegaba o a dónde me dirigía, pero de repente saltó un pájaro grande desde un árbol, seguramente una lechuza, y el agua me iba helando poco a poco, y aquel frío de madrugada me daba la sensación de que yo no era más que un cadáver sobre las aguas, acaso me habían matado y tirado al río, no sabía, acaso este era el estado propio de la muerte, y yo era un muerto más que seguía teniendo ciertas sensaciones, en todo caso era un estado muy agradable, y quise saber si era capaz de aumentar el ritmo de mis pasos, y le chistaba al agua para que no hiciera ruido, y de pronto me pareció que el cauce del río descendía hacia aguas más profundas, pero yo continuaba, casi en las puntas de los pies, estirado como si fuera un palo, una estatua, un ajusticiado, un crucificado, y avanzaba cada vez con mayor ligereza, como si estuviera durmiendo un sueño de eternidad en el pliegue de las aguas, y hasta parecía que ahora estaban menos frías, estaban casi templadas, y lo más extraño era que yo mismo creía que aquello no era realidad, y no sabría decir ahora mismo si lo fue o no lo fue, porque era como si estuviera soñando, aunque el chasquido del agua, conforme yo me movía, indicaba claramente que mis pasos, los movimientos de mis manos, eran ciertos y bien ciertos, y todo era lóbrego y ciego al borde del río, qué río, algunos árboles alargados o curvados sobre el agua fingían sombras terroríficas, y de vez en cuando algún blancor extraño no se sabía de dónde, pero yo seguía bogando río abajo, con los pies siempre tocando el suelo fangoso, no quería nadar para no hacer ruido, así era mejor, y sin duda había avanzado bastante, dónde estaría ya, río abajo, porque ahora estaba claro que el río se deslizaba en pendiente, pero, ¿cuándo podría por fin hablar, cuándo comenzaría a gritar, cuando sabría si estaba prisionero o libre?, de momento mi gran amiga, mi cárcel suave, mi portillo hacia un espacio nuevo, imprevisto, inesperado, era el agua, un agua que se veía negra ante mis ojos pero que olía a limpia, a libre, a auténtica, y cuando mis pies tropezaban en alguna piedra y la sorteaba, me decía: «todavía soy libre», y entonces deseaba que aquel camino de agua se alargara indefinidamente hacia un alba de liberación, aunque al parecer no iba a ninguna parte, pero tampoco había ninguna parte, nadie te esperaba en ninguna orilla, no había orilla...

Y era verdad, que no hay más orilla que la de estas páginas del cuaderno con tapas de hule negro. Y termino. ¿Qué verdad, qué sendero, qué camino podía buscar entre el cerco de las aguas? ¿Cuánto tiempo pasó desde que había tirado el fusil, o se me había perdido con la presión de las aguas que me llegaban al pecho? ¿Y cuánto tiempo caminaste, terco, fatalista, confiado, iluminado, inerme y abandonado como un tronco que arrastra la corriente? Al parecer, ibas hacia lo que se llama o se puede llamar la liberación personal, pero reconoce que ni la pureza ni la dulzura del agua te liberaron de nada, que año tras año habías de purgar liberación tras liberación, y comenzar siempre de nuevo, todo lo que es mito y realidad, sueño y desengaño, quimera y desencanto, porque cotidianamente te has de liberar de ti mismo y de tus demonios, y ahora mismo, ¿qué? aquí estás en esta Euskadi de los diablos vascos, que deben de ser de los más pertinaces, derrotados y derrotistas diablos del infierno, y tratas de nuevo de realizar tu última liberación,

¿última?, ya veremos, pero de momento, confiésalo, lo que quieres es volver a esa tierra ingrata, dura, áspera, pero que nunca te engañó, que siempre te puso por delante los cuernos afilados del terror... Dicen que todo vuelve al principio y que vivir es recomenzar cada día, y al menos esa es la lección que has aprendido, y tampoco Hécula es la misma, pero es al menos tu tierra, la tierra de los perfiles duros, de las grietas profundas, de los yermos resecos, del sol cortante y los vientos enloquecedores; pero es tu tierra y allí está tu sitio, allí posiblemente te puedas encontrar a ti mismo, por supuesto muy diferente al niño cuya mano apretaba tío Cirilo, al niño que cargaba la caja de hierro de don Jerónimo, incluso al hombre que arrojó el fusil en una noche de guardia para buscar liberación en la corriente sin orillas.

En un lugar de Euskadi. Otoño de 1980.